百部红色经典

监狱里的斗争

茅珵 著

北京联合出版公司
Beijing United Publishing Co.,Ltd.

图书在版编目（CIP）数据

监狱里的斗争 / 茅珵著. -- 北京：北京联合出版
公司, 2021.7（2024.1重印）
　　（百部红色经典）
　　ISBN 978-7-5596-5087-0

　　Ⅰ. ①监… Ⅱ. ①茅… Ⅲ. ①长篇小说—中国—现代
Ⅳ. ①I246.5

中国版本图书馆CIP数据核字(2021)第030785号

监狱里的斗争

作　　者：茅　珵
出 品 人：赵红仕
责任编辑：孙志文
封面设计：王　鑫

北京联合出版公司出版
（北京市西城区德外大街83号楼9层 100088）
北京新华先锋出版科技有限公司发行
大厂回族自治县德诚印务有限公司印刷　新华书店经销
字数242千字　787毫米×1092毫米　1/16　18印张
2021年7月第1版　2024年1月第4次印刷
ISBN　978-7-5596-5087-0
定价：49.00元

出版前言

为庆祝中国共产党成立100周年，全面展现中国共产党成立以来中华民族辉煌的发展历程、取得的伟大成就和宝贵经验，集中体现中华民族的文化创造力和生命力，北京联合出版公司策划了"百部红色经典"系列丛书，希望以文学的形式唱响礼赞新中国、奋斗新时代的昂扬旋律。

本套丛书收录了近一百年来，描绘我国人民在中国共产党的领导下艰苦奋斗、开拓创新、改革开放的壮美画卷，充分展现我国社会全方位变革、反映社会现实和人民主体地位、弘扬社会主义核心价值观、讴歌中华民族伟大复兴中国梦的100部文学经典力作。

本套丛书汇集了知侠、梁晓声、老舍、李心田、李广田、王愿坚、马烽、赵树理、孙犁、冯志、杨朔、刘白羽、浩然、李劼人、高云览、邱勋、靳以、韩少功、周梅森、石钟山等近百位具有代表性的中国现当代著名作家。入选作品中，有国民革命时期探索革命道路的《革命的信仰》《中国向何处去》，有描写抗日战争的《铁道游击队》《敌后武工队》《风云初记》《苦菜花》，有描绘解放战争历史画卷的《红嫂》《走向胜利》《新儿女英雄续传》，有展现新中国建设历程的《三里湾》《沸腾的群山》《激情燃烧的岁月》，有寻找和重建民族文化自信的《四面八方》，也有改革开放后反映中国社会现状、探索中国道路的《中国制造》，同时还收录了展现革命英雄人物光辉事迹的《刘胡兰传》《焦裕禄》《雷锋日记》等。

本套丛书讲述了丰富多样的中国故事，塑造了一大批深入人心的中国形象，奏响了昂扬奋进的中国旋律。这些经历了时间检验的文学作品，在艺术表现形式、文学叙述方式和创作技巧等方面都具有开拓性和创造性，作品的质量、品位、风格、内涵等方面都具有很高的水准，都是有筋骨、有道德、有温度的优秀作品，很多作家的作品都曾荣获"五个一工程奖""茅盾文学奖""鲁迅文学奖""国家图书奖"等奖项。

为将该套丛书打造成为集思想性、艺术性、时代性为一体，展现新时代文学艺术发展新风貌的精品图书，北京联合出版公司成立了由出版界、文学艺术界的资深专家和学者组成的编辑委员会。他们从文学作品的历史价值、文学价值、学术价值、现实意义等维度对作品进行了深入细致的研读和筛选，吸收并借鉴了广大读者的意见与建议，对入选作品进行深入细致的分析与综合评定，努力将"百部红色经典"系列丛书打造成为政治性、思想性和艺术性和谐统一的优秀读物，向伟大的中国共产党成立100周年这一光荣的日子献礼！

/ 目 录 /

第一章　赵庄事件[1]

赵庄事件发生在大革命失败后的第二年——一九二八年。

赵庄是离上海不远的一个县境里的著名的庄子。庄里住着十多户有钱的人家。一道峻削的围子环绕着庄子的四周，庄里遍地种着茂密的竹林，把一座座白墙瓦屋全遮掩起来了。围外还有条水清见底的护庄河，岸边匀称地种着合抱的杨柳，前后都有吊桥。从前一到天黑，就抽起吊桥，借此保护他们的身家财物；现在因已成立了保卫团，有人站岗放哨，势头更大了，就不再干这些麻烦的事。离庄南一里多地有个交叉路口，一条斜路通向桃源村。

赵庄确很美丽，到春天桃红柳绿，翠竹摇曳，真令人向往。然而赵庄的人，并不满足于这样的享受，他们整天忙着收租、讨债、打麻将、抽大烟、玩女人、鞭打穷汉子。乡下人辛辛苦苦种出来的粮食，喂肥了这批吸血鬼。当地人都很羡慕赵庄这个好地方，但没有一个老百姓不痛恨赵庄的地主，特别是对赵四，更是恨之入骨。曾经有人给赵庄

---

[1]　《监狱里的斗争》是茅珵的代表作。其作品在字词使用和语言表达等方面均具有鲜明的时代特色。此次出版，根据作者早期版本进行编校，文字尽量保留原貌，编者基本不做更动。

编了一首歌谣，这首歌谣虽然出于一个文人的手笔，但由于它体现了群众的看法，所以人们把它当作自己的呼声，到处传播着：

> 上有天堂兮，下有赵庄；
> 目击赵庄兮，烜赫而堂皇；
> 彼厌乎珍馐兮，吾乃食其糟糠；
> 彼唯积金累银兮，安问世之饥荒？
> 噫！赵庄之人兮，如虎如狼；
> 赵庄之主兮，赛似阎王！
> 孰敢正视兮，家破而人亡；
> 含怒含怨兮，众俱啜泣而徬徨！

　　赵庄的主人赵四，在前清末年曾做过一任知县，结识了几个有钱有势的官僚，在地方上曾烜赫过一时。辛亥革命后，赵四太爷"归隐林泉"，充当地方绅士，依然声势迫人。他以遗老自命，头上一直拖着一根长长的发辫，穿着长袍马褂，踏着朝天厚底青靴，跨着八字方步，保持着他那忠于清廷的气派。军阀当道的几年里，县长大人上任之前，总得先来孝敬孝敬赵四太爷，才能扎稳饭碗的根子。大革命失败之后，他的儿子因反共有功，成了蒋介石手下的红人。于是素称"肤发受之父母"不肯剪发辫的赵四太爷，这时也学起时髦来，革掉了他那根尾巴。从此，这个小麻面、吊眉毛的赵四太爷就变成了"赵四先生"。但是这样一来他更红了，成了这地区的"土皇帝"。前些日子，他收买了三十多个流氓、惯匪，组成了"保卫团"，说是保护地方安宁，向家家户户摊捐派款，穷人拿不出钱，就捉去吊打一顿。赵四依靠了这批看家狗，任意捉人、杀人、公报私仇，甚至去打家劫舍，把当地居民舞得鬼哭神号。

　　一天，赵四正坐在花厅里的太师椅上，闭目养神，庭院里几盆残菊，随风散出一缕幽香，送进赵四的鼻子里，他感到特别舒服，渐渐沉入朦胧之境。

"四先生！"突然一个声音把他惊醒。他一肚子不高兴，正待发作，但仔细一看，叫他的是他最得意的当差，他才捺住性子，"唔"了一声。

当差的必恭必敬地站在他面前，低声下气地说：

"外边厅里有位姓倪的小子要见四先生，说是有要紧的事情。"

赵四皱了皱眉头，心想倪二叫儿子来干什么？这不成材的东西只知讨钱喝酒，一桩事情也没办好，今天必定又来耍花枪，讨钱花的。

"倪家小子再三说有要紧的事，而且说是很机密的呢！"当差的又补充了一句。

"既然如此，叫他进来！"赵四没精打采地说。

门开处，走进来一个二十多岁的人。他虽面黄肌瘦，穿着一件破烂不堪的夹袄，但看起来倒是一个精明的家伙。他一见赵四，就一躬到地请了个安。

"你来做什么？……"赵四见小倪的举止虽有几分高兴，但是不肯放下威严的架子，随便指指边门角上一张凳子叫小倪坐下。

小倪望了望赵四，一面告罪坐下，一面恭而敬之地说：

"四先生，我爸叫我来禀告一桩紧要的事，……"说到这里，他机警地看了看站在旁边的当差。

"没关系，他是我的亲信。"赵四看见小倪那副谨慎而又紧张的神色，知道一定有重要的事情了，连忙叫当差的倒了杯茶给他。

这种例外的款待，反使小倪不安起来，连忙诚惶诚恐地站着道了谢，然后把倪二交代他的话，一五一十地告诉了赵四。

赵四听了小倪的话，顿时怒气冲天，麻脸上一块红，一块白，竖起眉毛，眼露凶光，狠狠地拍着桌子。

"这还了得，杀不净的共产党！"赵四直着嗓子，对当差的叫道：

"快把队长找来！"

小倪心里高兴极了。他想，以前赵四老说我爸爸对他不忠实，这回，总要记上一个大功了吧！

"很好，这才显出你父亲是尽心着力的！"不出小倪所料，赵四称赞着倪二，同时，慷慨地从腰包里掏出十块大头叫当差的递给小倪说："这款子给你爸爸零花！并告诉你爸爸，只要他好好干下去，将来我一定保举他，给他升发的机会！"

小倪拿着白花花的银洋，谢过了赵四，扭转屁股，欢天喜地的走出了赵家的院门。

自从这天以后，赵庄的情况忽然起了变化：保卫团的人不常出现了，夜里更不见他们的踪迹。赵四也不多露面。人们都不明白是怎么一回事。庄里的人，最近偶尔听到保卫团的人在偷偷地埋怨：

"该死的狗东西，想邀功讨赏，害得人家白白地挨了多少天苦！……四先生偏偏要相信他，还主张……真是莫名其妙！"

保卫团的人员在暗地里埋怨，赵四又何尝不在咒骂倪二呢！他真恨不得把共产党一网打尽，可是看来这回又落空了。于是警戒一天一天地松弛下来。

十月的天气已经转冷了。在离城不远的北郊，有所古老的住宅，大门的油漆已经斑斑剥落了。宅前几棵梧桐树飘落着片片的残叶，栖息在树枝上的小鸟不时发出悲秋的啼声，这情景十分萧索。

一天傍晚，宅上先后来了几个神秘的客人。有的象书生，有的象农民，有的象商人似的士绅，老老少少，长袍短套，真是形形色色。

他们进入了这所古老的院落里，说笑着，互相评头论足地讨论着各人的打扮。主人老刘把大家迎进了自己的书斋。这间房子的四边安放着几个破烂的书架，架上乱七八糟地摆着不少线装书，书上覆盖着一层厚厚的灰尘和密密的蜘蛛网。向阳的窗子下，摆着一张书桌，上面放着两个篮子和其他零星的用具。从那套摆设看来，主人早已不攻读诗书了。大家并不注意这些，边说边笑地围着屋子里的一张圆桌坐下。

区委会议开始了。

于是，金真传达着上级党的新决定：

"上级党委估计了当前的新形势，特别强调了党的工作重心必须从城市转入乡村，用乡村包围城市，才能彻底取得革命的胜利。特别象我们处在这样一个没有现代化工业的小县城里，无从获得工人阶级的支持，党的工作一直漂浮着，生不下根来；但敌人在这些城市里的统治却很有力，因此，我们的组织容易遭到敌人的破坏。农村呢，地区广大辽阔，我们依靠群众，容易活动，生活也不成问题；而敌人在农村的统治比较薄弱，社会基础也没有我们那么强，奈何不了我们。根据党的新方针，我们必须把党的工作重点迅速转入农村。当然，我并不是说我们就不要城市了。……"

大家静静地听着金真的传达。区委书记感到这个报告那么新颖、正确，哪怕一句话，一个字，都尽量地把它记住。

金真弹了弹香烟灰，望着区委书记继续说：

"要加强农村工作，我们想从你区开始。上级并决定我率领武装工作队转入你区，具体帮助你们突破工作中的障碍，主要的任务是发动群众，消灭最恶毒的地主武装。"

"对于上级党决定，必须加强农村工作的方针，我完全同意，但具体的做法，……"区委刘苏皱了皱眉头，有点把握不定的说，"我认为可以研究。当前首先要解决的地主武装，是恶霸赵四收买的一批流氓、土匪、惯盗，不但有丰富的战斗经验，而且很顽强，消灭它可不怎么容易！"

"刘苏同志说得对！"区委书记说，"敌人是比较顽强的，枪枝好，人马多，又是些不怕死的家伙；而我们的队伍只有二十来个人，几支破枪，子弹又那样少，如何敌得过人家？"

金真听了刘苏和区委书记的意见，觉得他们都有信心不足的弱点，于是，他又强调地说：

"目前客观形势逼得我们不能不照上级的决定去干！其实，上级对我们这里的情况早有足够的估计：如果我们不先下手，敌人势必更加猖獗，群众看到我们软弱无力，也决不会再靠近我们。到那时，同志们，恐怕真要死无葬身之地了！"

屋子里的空气显得异样的紧张。大家默默地抽着纸烟，满屋子的烟雾。金真锐利的目光，不时从每个人的脸上掠过。

停了一会，金真望着区委书记和刘苏平心静气地说：

"如果区委确有困难的话，我们不想要求区委更大的帮助，只希望能给我们多搞些确切的情报。"

"那我们一定能办到，你放心！"最熟悉该区情况的区委刘苏说，"我有一个可靠的关系，待我介绍给你，情报问题就完全解决了。"

"这个人政治上是否完全可靠？能不能取得正确的情报？"

"保证可靠。"

"好吧，这任务就由你负责！"金真又向刘苏加重了语气说："情报必须迅速及时。按照上级的决定，下星期我们就要行动！"

"今天这人恰巧进城来了，会后，你就在这里等一下，等我去把他找来。"

散会后，金真又仔细地讯问这个情报员的可靠程度，刘苏拍胸说保证没有问题，金真才让他进城，并叮嘱他说：

"进城得当心点！前些日子，县委会给敌人扑上了，余直他们都被捉了去。"

"我知道！"

区委书记和其他同志一个个散去了，金真独自留下来，心里很不平静，考虑着如何完成党的紧急任务。他踱向窗口，眺望着秋天的田野，庄稼都收割过了，遗下一片无际的平原，风过处，扬起一阵阵的尘土和植物的残枝败叶扑向他的面前，他不自觉地扭转头去，避开了它。然后，擦了擦眼睛，又抬头向远处望去，只见晴空中浮着一朵乌云，飘向渐渐西沉的太阳，阴影很快地蒙住了阳光。

他看得出神了，老呆在窗前不动。忽然，隐约望见刘苏奔来了，后面跟着一个中等身材的人。等他们跑近时，他才看清跟在刘苏背后的人，约莫五十多岁，穿着一件青布长衫，跑起路来歪歪斜斜的，深眼眶，瞟白眼，尖鼻子，长下颚，头上还留着一小撮鸭尾巴似的头发，叫人看着很不顺眼。从外表上看，便是个很不老实的家伙，金真心里有些吃惊，区委怎么把这样重要的工作和他商量？

"这位同志姓倪，因他在兄弟辈中排行第二，人们便把他叫作倪二。他有个儿子名保忠，也是党内的积极分子。他父子俩一向替人家念经拜忏过活，家里很苦，我们时常帮他的忙，他很感激我们，自愿协助我们搞情报工作。"

金真仔细打量着那姓倪的人，一时沉入了深思中，好象在什么地方曾见过他，但仓猝间又回忆不起来，所以一声也不吭，更没有听清刘苏的介绍。

倪二兴冲冲地跑来，斜眼一瞧，也吃了一惊，但他还是强作镇静地说：

"啊，你好！我说金真是谁，原来是你！"

"他现在就是我们的队长。"刘苏指着金真向倪二说，"我还不知你们是旧相识，那很好，你就把赵庄保卫团的情况谈谈吧！"

这时，金真已经想起倪二是曾在武工队里呆过的，后来被清洗掉了。金真和他虽只见过一次面，但从组织上了解，他是个坏透顶的忘本之徒，而他的儿子倪保忠也因破坏县委会的嫌疑给党开除的。于是他打算用话立即阻止刘苏再谈赵庄的事，可是一听口气，刘苏似乎早已把风声透露了，金真便只好无可奈何地听着，暗里打算补救的办法。

倪二一听到老刘的吩咐，觉得自己有了卖弄的机会，立刻指手划脚地汇报了众所周知的赵庄保卫团的情况和驻地的形势，并绘了一张简单的地图，双手捧给金真说：

"我看，打保卫团并不困难，队长同志！"他故意抬起头来，望了望金真。"那里树木竹林很多，不但可以起到隐蔽的作用，而且可以掩护我们前进。……包抄庄后……前后夹攻，不就全部解决了吗？……"

"唔！唔！"金真注意地看着地图，勉强点了点头。随后，指着地图问：

"赵庄后边的路上，原有许多障碍物，难道现在全拆除了吗？"金真锐利的目光直盯着倪二的脸。

"啊！啊！"倪二搔着头皮，揉着袍角，一时答不上腔来。半晌，他才尴尬地说："怪我没头脑，平时没有注意这些……不过，"他做了个鬼脸，阿谀地说，"不过，凭队长的机智和武工队的实力看来，胜利是可以保证的。倪某平时受共产党的照顾，正想报效，如果队长需要作进一步了解的话，那我愿拼这条老命，再跑一趟。"

"不用再去了，谢谢你的好意。"

这场不愉快的谈话，就这样结束。临了，倪二偷偷地瞟了金真一眼，回头对刘苏说："那我先走了。"说完一溜烟走开了。

"怎么，你对倪二似乎很不信任？"倪二走后，刘苏带着不平的口气向金真说，"象这样一个出身贫苦，又受过我们恩惠而愿意为我们效力的人，你还不放心，那我们再有什么办法找到可靠的对象？"

"不错，他是个穷汉子！"金真激动地说，"可是，他已经变质，成为唯利是图的流氓无产阶级。他可以狠心强奸孤苦无依的侄女儿，然后把她卖给人家做小老婆。象这样恶毒的无赖，哪会真心为革命办事？"

"有这样的事？"刘苏惊讶地说，"怎么我一点也不知道？"

刘苏呆呆地站在阴暗的屋角里，圆圆的脸上露出难堪的神色。金真了解刘苏是个行动稍嫌粗疏，但是工作非常积极的同志，怕自己严厉的批评会影响他的情绪，于是又冷静地对刘苏说：

"这不全是你的责任，我和区委同志都对这个问题不够慎重。倪二被清除出武工队和他的儿子给开除出党的事，恰巧都发生在你生病离开这地区的时间里，你不清楚这些情况，是可以谅解的。我只是希望你今后随时提高警惕，特别在这个斗争的严重关头，用人更须审慎，免得党和自己遭受不必要的损害。"

刘苏含着满眶的泪水，注视着金真，无法说出自己那惭愧懊悔的心情。

天晚了，金真因工作关系，不得不匆匆离开这地方。在路上，他独自考虑：上级的指示必须执行，但因区委和刘苏的疏忽，泄漏了机密，现在，为了顺利地完成任务起见，不得不及时请示上级，修改先前的决定，主要是把行动计划推迟，借此麻痹敌人，另外选择适当的时机。

离开区委会议差不多快两个月了。

在一个隆冬时节的傍晚，天下着暴雨，西北风刮得那么厉害。在这荒野的农村里，已见不到一个行人的踪迹，间或从远处传来几声断断续续的狗吠声，突破无边的沉寂。这时，桃源村已经沉醉在睡梦中，只有那村前几棵老榆树兀立在黑暗里，冒着风雨摇曳不定，不断发出呼呼的吼声。

金真正在村中一间空屋子里等待着武工队的同志们。

六点钟了，人还没有来。他感到时间好象故意和他作对，心里十分烦躁。

西北风越刮越猛，雨也愈来愈大，村后的竹林子愤怒地呼啸着，破屋子被震撼得吱吱发抖。金真推开门来，站在屋檐下面，好让冷风吹一吹发热的脑袋。这时，黑暗中突然伸过一只手来，抓住了他的肩膀，他全身的神经立刻紧张起来。

"干吗？金真！"对方怪声怪气地问着。

"捣蛋家伙，快进来！"金真立刻辨认出那是熟悉的声音，又气愤，又欢喜地说。

二十来个武工队员跟着跑进屋子，抱着破枪和刀子，在板凳和桌子上挤着坐下来。他们每个人的衣服都湿透了，屋子里又是冷冰冰的，大家不由自主地连连打着寒战。

"你们辛苦了！"金真打量着大家说。

"这也算得苦，还革什么命！"

在暗淡的灯光下，黑黝黝的人丛中，实在看不清发言者的脸，可是金真一听，就知道那是刘苏。

"你不是武工队的成员，干吗也来赶热闹？"

"我是区委，又是最熟悉这儿情况的人，怎能不来参加行动？是区委书记决定让我来的。"

金真完全了解刘苏的心情，就不再说什么了。

四十多只眼睛都看着金真。他还只是一个二十来岁的青年，中等身材，不很壮健，白白的脸上长着浓浓的眉毛，乌黑的瞳人晶晶发光。他善于发现问题，勇敢坚强。在他任武工队队长期间，部队几次陷于绝境，由于他指挥得当，能依靠群众，充分发挥集体力量，所以纵然遭受了些损失，还是完成了任务。每个队员都很信任他。有时他还有些年轻人的性子，但他待人诚挚，处处体贴别人，因此大家均乐意和他生活、战斗在一起。这样，金真所率领的武工队，便显得格外团结，虽然他们还是一支缺乏锻炼和经验的党的地下武装队伍。

预定的行动时间，越来越逼近了，金真不能不抓紧时间，对队员们进行必要的动员。

"同志们！今晚我们要讨论并完成上级交给我们的一桩工作。……"说到这里，金真的话停了一下，聚精会神地观察着队员们的情绪。大家明知道今晚要有行动，急于想知道具体的任务，但又不便追问，所有的眼睛都盯住金真。

"大家还没有忘记吧？"金真接着说，"地主逼得我们没法生活了，大家才拿起枪杆子来革命，争取我们生存的权利。但地主是不甘心的，他越来越狠毒地用种种手段来对付我们。前些时，我们已有两个年轻的同志被恶霸地主赵四杀害了。最近，赵四又组成了号称'保卫团'的反动武装，口口声声要消灭我们，简直猖狂透顶了。……"

老工人柳继明，头发已经花白，脾气可真犟，容易动火。一听说自己的同志被害，便想起了曾和他在一起工作过的那两位生龙活虎似的小伙子：一个沉默寡言，不怕苦，埋头工作；一个常眯着眼睛爱说笑，到哪里，哪里就活跃起来。现在他们竟惨死在敌人的屠刀下！老柳想到这里，真忍不住了，忽的从人丛中挤出来，望着大家愤怒地说：

"我们要给被害的同志们报仇！我是个共产党员，刀山剑林，我都不怕！谁不愿牺牲自己的一切，那就把他撵出我们的队伍去！"

"老柳说得对！"

人丛中发出一片愤怒的呼声。热血在沸腾，大家再也不考虑别的什么了。

狂风怒吼，暴雨倾盆，英勇的武工队员们捎起刀枪，投入风雨之夜，急急向赵庄进发。

桃源村离赵庄不过十多里路，在平时，只要一个钟点就可到达了，但今夜可不行：迎头的西北风把他们顶住了，三步一滑，五步一倒，加上每个人身上都湿淋淋的象下过水似的，潮湿的棉衣压在身上，越来越重，无形中也增加了行军的困难。

柳继明白发苍苍，顶着风雨，走在最前头。过去他在报馆里呆了十多年，他当过印刷厂的工人，旧社会的黑暗，千桩、万桩从他的眼里滚过。这些经历，激起他对旧时代的憎恨，也激起他对革命的热爱。他不时停下脚步，背着风，给年轻小伙子们打着气。

"老柳真行！不愧是一员老将！"

"哈哈！这就叫做老当益壮！"柳继明不留神脚下一滑，摔了个斤斗。后面的人收不住脚，一下碰倒了好几个。他连忙从地上爬起来，仍然有说有笑的。

"摔痛了没有？老柳！还能走吗？"金真和他并肩前进着。

"没什么，没什么！"老柳摸摸腿节骨，继续迈着大步向前跑去。

队伍在恶劣的条件下行进，暴风雨象在为他们奏着雄伟的进行曲，使大家都忘却了疲倦和困难，只管向前猛进。

队伍到了赵庄南面的交叉路口，他们要分路前进了。金真紧紧地握着两个组长同志的手，重复叮咛着：

"一切按计划进行，保证完成任务！"

武工队立刻分成了两个小队：一个小队攻取前庄，消灭保卫团；

一个小队打进庄后，捉"土皇帝"赵四。

他们扑到赵庄，见前后两座吊桥，平平正正地放在桥梁上，围子的大门敞开着，守望的屋子里并没有灯光。看样子，敌人的防守非常松弛，今晚似乎不需要费多大的劲，就能把任务完成了。于是一个组长率领着五个队员，机警地匍匐前进，渐渐靠近了吊桥。在这紧张的瞬间，忽然有一只灰色的大狼狗"呼呼"地向他们猛扑过来，柳继明"啐"了一声，一枪柄把它打到河里去了，它猹猹地叫着，大家没去理它，一个接一个地冲进了庄子。

另一个小队绕过庄后，也很顺利地突过了吊桥，向竹林子里散开，守牢赵四家的大门，只等打开大门，捉拿赵四。

第一步计划，顺利地实现了。

金真带着剩下的几个队员，小心地警戒着围子外边。当他看到大家冲进庄子之后，里面平静得一点声息也没有，不由得怀疑起来，唯恐出了什么岔子。他急于要了解庄里的情形，但又不好随便离开他的位置。他瞪着眼睛向庄里看，好象时间已过了很久，还没得到庄里的报告，而狗子的狂叫声，却从四面八方传来，他愈来愈感到事情的不妙了，心里也越来越着急。其实，那只不过是几分钟的时间，当部队一扑进庄子，发现情况并不象原来想象的那样，有些反常，便立刻派柳继明来向队长报告。老柳性急大意，跑出大门时，一跤跌在门槛上，闪了腰，不便走动，组长只好另派了一个新队员，他慌慌张张地冲到庄外来，黑暗里正好和金真撞个满怀，两人都跌倒了。那个队员痛得难受，心里又着慌，上句不接下句地说：

"队长，事情……糟了！事……事情……糟了！"

"冷静点，同志！"金真爬起来，抑制住紧张的情绪，把那个同志扶起来说，"你把情况讲清楚些。"

金真镇静的态度，感染了这位新队员，他好象从队长身上获得了力量，也慢慢地平静下来，开始报告庄里的情况：

"我们进庄后，发现敌人的营房里一个人也没有。后来在边屋里找到了一个老伙夫，可是他已吓得连话也说不清楚。他只晓得前些时，保卫团和赵四一到天黑，就离开了庄子。以后，就渐渐松了些。今夜，据说赵四因天时不好，又听见县城附近出了事，他们又全部走掉了。另一队打开了赵四家的大门，可是，里面也只剩下一个老妈子，一样问不出个头绪来。"

奇怪，敌人傍晚时还在家里，是什么时候跑掉的呢？金真暗暗地怀疑着。

"大家等着队长的指示……"

正在这时，四周忽然传来了锣声、人声、狗叫声，还夹杂着尖锐的枪声。声音渐渐地向赵庄逼近过来。金真一楞，马上明白过来：没有完全弄清情况便忙于下手，结果上了敌人的圈套了。情势十分紧急，看样子，上级交给的任务是没法完成的了。眼前顶主要的，是设法把已坠入陷阱的、新近整理组成的武工队撤离险境，尽可能减少损失。

在这千钧一发的时候，金真显出超人的毅力和气魄，冷静地考虑着目前的情况：估计敌人大部在庄北，可能有一小部分在庄东；庄西是一片开阔地带，再过去不远，就是一条两县分界的竖河，这一线似乎还没有敌情。庄南十里路是个小集镇，驻有警察队，通那里的电话线已经给割断。即使警察队听到消息赶来，武工队还来得及向西偏南的邻县地界撤退。他自己意识到：必须充分发挥一个指挥员的作用，从容不迫，有计划地撤退自己的队伍。他随即指定在他身边的一个队员，传令给突进庄内的队伍：

"进入赵四家的队伍迅速转移到保卫团的营房附近，警戒着北边的敌人；另外的队伍赶快把老伙夫和老妈子带来，撤到围子外边，警戒着东西两方！"

通讯员跑去后，金真向东边一望，见庄东遍地是火把，锣声、呐喊声一直向西奔来。这时，雨仍然下得很大，西北风刮得顶凶，没一忽儿，火把全熄灭了，枪声也比较稀落了些。

敌人在这样漆黑的雨夜里，看不见目标，弄不清我们的力量，决不敢冒失地扑上来的。金真看准了这点，稍稍宽心了一些。

柳继明和他的组长、队员们带着老妈子、老伙夫来了，交给金真后，便迅速撤到围子外面去，按照指定的位置，选好地形，准备打击敌人。外面的枪声又紧起来了。金真进入桥头右边的两间屋子里，同老妈子和老伙夫谈话。老伙夫吓昏了，还没全清醒，老妈子只是跪着磕头：

"老爷！饶我一条老命吧！"

"不要怕，老妈妈！我们不是土匪，是给穷人打天下的，决不伤害你一根头发！"金真拉着老妈妈的手，扶起她，温和地说。"你不也是穷人吗？不是和我们一样给有钱人欺侮的吗？你知道赵四和保卫团到哪里去了吗？"

"穷人给人家欺侮，是命里注定的。"老妈子看见金真这样和气，不再象起初那么害怕了，嘴里唠叨着："那是快两个月的事了，赵四先生的太太和姨太太带着少爷、小姐到娘家去了，四先生自己每到天黑便也到外面去。前几天，四先生已不那样东宿西住的了，听说还想把太太他们也接回来的，不知今夜为啥又走了！……"

"那是小倪——倪二的儿子在两月前来过以后的事。"老伙夫慢慢地清醒过来，听见老妈子和金真的谈话，便撑起身子插嘴说，"保卫团每天晚上都隐蔽在庄北的大道两旁。这几天已经随便得多了。"

事情弄明白了：正是不可饶恕的叛徒倪二和倪保忠出卖了武工队。侥幸他们还没有完全中敌人的毒计。现在看样子，不可能再在两个老人身上了解到什么了，于是便让他们在屋子里躺着，金真命令驻守在保卫团团部里的一部分武工队立刻撤下来。

暴风雨还是那样猖狂。枪声、锣声、呐喊声，更加逼近了。

接连几声短促的枪声，子弹穿进窗户，从金真头上和身旁飞过。金真刚走出门，一个被派来向队长报告的新战士，中弹倒在他的面前。这时，东边有几十个敌人，向围子前冲来，几个队员迅速地爬到敌人侧面，"砰砰"几枪，干倒了两个敌人。这下，他们吓破了胆，只好重新缩了回去。

驻守在保卫团团部里的武工队正要撤退，却碰上从北面扑来的敌人。大家依靠竹林和住宅隐蔽自己，东一枪、西一枪地扰乱敌人。不巧，一个队员腰里中了枪弹，不能走动了，同志们要背着他走，但他怕影响队伍的行动，坚决叫大家不要管他，他反倒掩护着部队撤退下来。最后，敌人包围了他，他咬了咬牙，对准敌人，把仅剩的子弹一颗一颗射去，接连打倒了几个敌人。直到他打完了所有的子弹，敌人才敢冲上前去。他准备肉搏，可是已经精疲力尽，结果，在敌人的刺刀下，这位英勇的同志壮烈牺牲了。

　　金真站在桥头屋子的角落里，观察着敌人的动静。他明白，在这个时候拖延时间，便等于束手待毙；于是，他马上命令他的部下向西南邻县地界突围，他亲自带着几个勇敢的队员断后。

　　这时，一部分保卫团，喊杀连天，声势汹汹地逼近过来。金真顺手把吊桥摔到护庄河里，挡止敌人的追击。东边的敌人想拦腰阻击武工队，跟着金真的几个队员看出苗头不对，便不顾一切的向敌人猛冲过去，以便队伍向西面退却。他们冲了一阵就伏下了，等待敌人逼近。恰好一个大个子的敌人带头扑上来，险些踏在一个队员的头上，他看得分明，一匣子枪便把那大个子送上了西天。可是，枪里没有子弹了，于是，他立刻抽出腰间的刀子，冲进敌人的队伍里，东砍西劈，把敌人杀得七零八落，抱头逃窜。这样，才制止了敌人的追击，敌人不敢再逼近过来，只好远远地放着枪。他们趁这个空子，摆脱了敌人，沿着队伍撤退的方向赶上前去。

　　黑夜里的混战是那么残酷，这些没有经过战斗考验的新战士，第一次碰上这样的场面，不免有些着慌，但当他们看到金真站在一边，好象没事的一样，镇定的指挥着队伍的行动，心里敬佩队长的英勇，便也鼓起了胆子，抵抗着敌人。

　　保卫团的包抄围击落了个空，等他们觉察时，武工队已快要接近邻县境界了。

　　队伍走得非常迅速。金真偶然回头，看见刘苏扶着柳继明在艰难地行走着，显然要掉队了，便连忙退过来，帮着刘苏扶着老柳向前追赶队伍。突然，南边传来一阵枪声，火力很猛，金真臆料一定是警察队赶来拦击了。队伍为了争取突过界河的机会，不得不加速前进，可是金真他们再也追不上了，很快就望不见队伍的影子了。

他们三人落入敌人的包围中。敌人的包围圈愈来愈小，他们三人没走多远，刘苏的腿部负伤跌倒了。正当金真弯腰看他的伤口时，有个敌人挺着枪直向金真胸口刺来，金真避开了，敌人用力过猛，一头冲了过去，金真趁势一拳，把敌人摔倒在一边。他想就此赏他一颗子弹，可是枪枝发生了故障。

刘苏的腿伤势不太重，他们继续向前，有时在麦地里滚着，有时爬着。……

"金真、刘苏，感谢你们对我的关心！但你们还是快走吧，不要为了我一个，白白送掉两条命！"柳继明感动地说。

"哪有这个道理？"刘苏插嘴说。

"再坚持五百公尺[1]，就可以脱离危险了！"金真鼓舞着柳继明和刘苏。

已经到了与邻县划界的南北竖河，竖河弯弯曲曲象条卧龙般的躺在原野上。只要绕过这个地段，爬过蔡家小木桥，就可以脱身了。四周除了狗叫声和稀稀落落的枪声外，别无动静。风和雨较前小了些，东南三百公尺远近的地方，偶然有手电筒光照射出来，说明敌人正在向这个方向搜索前进。如果没有意外，金真他们完全有把握按预定计划撤退到河西去的。离界河小桥越来越近，刘苏的心情更兴奋了，格外使起劲来，象已忘掉了自己的创伤。金真还是很细心地搀着两人，放轻脚步走着。河边的路又狭，又泥泞，三个人不知跌了多少跤，浑身都是泥浆。正走到拐弯的地方，刘苏不小心脚下一滑，把金真和柳继明一齐拖下河去，大半个身子陷在冰窟里，河岸象刀切过的一样陡，

---

[1] 公尺：长度单位，1公尺等于1米。

再挣扎也是徒然。

唉！一切都完了！这时，他们三个同样动了绝望的念头。

敌人冲过来了，打着手电筒，四处探照着。有时，几道白光从金真他们身上扫过，但他们忍住寒冷，紧贴在岸边上一动也不动。恰巧，一个敌人拿着一枝装有刺刀的枪，向河边乱刺，差一点碰到刘苏的头上，刘苏沉不住气，用臂一架顺手把敌人的枪杆子往下一拉，敌人惊喊了一声，倒栽下河来。于是，几十只手电筒光集中在金真他们三人的脸上，照得眼睛也睁不开。

"土匪在这里，土匪在这里，这回可不能给他们逃掉了！……"

柳继明拿起枪就打，但是没有打响。

"现在，真是接受考验的时候了！坚持立场，不投降，不招供！"金真抓紧这最后的时机，低声严肃地勉励着自己的同伴。

敌人把他们三人拖上了岸，拳头脚跟齐下，狠狠地打了一顿，嘴里不断地叫骂着。河岸上挤满了反动警察和地主武装。

"就地枪决！"赵四走上来，对着金真他们恶狠狠地嚷着。

柳继明愤怒的目光直对着赵四，忍不住骂了出来：

"你这杀人不眨眼的畜生，总有你恶贯满盈的一天，你……你……"

柳继明骂声未绝，一阵拳头、巴掌纷纷地落在他身上、脸上。门牙被打掉了，额角也打烂了，面孔鲜血淋漓。

金真偷偷地用肩头碰了柳继明一下，暗示他：

"现在还没有到时候，且看他们的吧！"

金真他们被簇拥着进入赵庄，来到赵四家里。

赵四和警察局长一定要追问金真他们的组织和党羽，用尽了种种酷刑，几次把他们搞得死去活来。

"谁是你们的同党？"赵四和警察局长用脚狠狠地踢着躺在地上仅剩一口气的金真他们说，"不说，就要你们的命！"

"天下善良的人，都是我们的父老、兄弟。"刘苏声嘶力竭地回了一声。

"该死的土匪，还是杀掉干净！"赵四发了狠劲。

这时，赵四家的那个老妈子，也挤在人丛里，听赵四这样说，竟不知厉害，傻头傻脑地讲出了自己心里的话：

"好好的小伙子，杀掉，不……"

赵四听了，怒火冲天，不待她说完，就伸出手来，给她两记重重的耳光，并大声骂道：

"不识相的老东西，明天送你进棺材！"

老妈子吓得魂不附体，一面哭，一面掩着脸躲开了。

于是，赵四指着金真他们对警察局长说：

"象这些惯匪，还是就地处决了好。不知老兄意下如何？"

警察局长打算向上级邀功，婉转地对赵四说：

"当然，四先生的话是不会错的。但象这样的要犯，鄙人的意见，还是送到县里去斩首示众，更妥当些，而四先生的功绩、威声，也就更深入人心了！"

赵四被警察局长恭维得太高兴了，便不再坚持自己的意见。

时间已过午夜，警察队绑着金真、柳继明、刘苏走出赵庄，向县城进发。风雨还没停，他们很快地消逝在夜的黑暗中了。

武工队过了界河以后，发现队长他们不见了。从派出的侦察员的报告中，知道金真他们已经落入敌人的手里。

武工队无法营救他们的队长，只好临时推举了一个同志代理队长职务，并连夜和上级党委联系，请示今后的行动。上级党委立即决定武工队暂时分散隐蔽起来。

这样，他们在这地区里，仍然留下了武装斗争的种子。

第二章　血的一课

　　现在，金真他们被丢在一个地方的小号子里，他们还处在恍惚迷离的状态中。从遥远的地方隐隐传来如怨似诉的低吟，断断续续的送进他们的耳朵里：

　　　　在活人的坟墓中，
　　　　充满着死亡的惊恐，
　　　　个个是垂死的音容！
　　　　谁禁得住虎狼的逞凶？
　　　　除非你是钢铁般的英雄！

　　这是多么凄惨的声音！金真还以为他是在梦中，这种可厌的扰乱使他感到非常难受。可是，这种声音仍然不断地飘过来：

　　　　谁无父母妻儿，
　　　　日日夜夜啼哭呼冤，
　　　　惦念着囚徒的苦难！
　　　　一样是人的心肝，

怎能忍受这无尽的辛酸？

虽然是那么微弱的声音，却使金真受到很大的刺激。他想使劲睁开眼睛，看看这究竟是什么地方。但过度的创伤和疲劳，仍使他无法摆脱梦一般的境界。

叫人难受的歌唱，仍然继续着：

> 牢门如海，
> 无底无边，
> 冤死的人何止万千？
> 唉……
> …………！

"牢门如海！"他迷迷糊糊地重复了一句。他的心受到了猛烈的震动，渐渐清醒了些，慢慢地睁开眼睛，才看到那小小的院子里挤满了衣衫褴褛的人们，坐的，站的，仰卧在地上的，个个捆着手，绑着脚，挤得水泄不通，时时发出痛苦的呻吟。他开始明白，这大约就是警察局的拘留所，而刚才的歌声，就是从隔壁县监狱里传过来的。

他很奇怪，他怎么还会活着？但当他想转侧一下时，浑身竟象刀割般疼痛，几乎又昏过去了。捆绑的绳索虽已解去，而手脚还不能动弹，连呼吸也十分困难，头比千斤石块还重。身上浸透了水的衣服，和潮湿的地面冻在一起，好象一个人被死死地钉住在铁板上一样。他已完全失掉自由活动的能力。

受这样的活罪，倒不如早些枪毙或砍头爽快点！这一消极的念头在金真脑子里掠过，但他马上意识到，一个共产党员，难道能为了逃避现实而求早死吗？无产阶级革命的胜利本不是容易得来的。在艰苦的斗争中，无数先烈们用自己的鲜血，创造了许多英勇的史迹，那不都是很好的榜样吗？难道事到临头便……那是多么可耻呀！他心里一发狠，又昏迷过去了。

"啊！他妈的……"

柳继明和刘苏的叫喊，重新把金真惊醒了。他这才知道他们三个仍关在一起。他想：柳继明年纪大了，刘苏的身体不如他结实，而挨打受刑却比他重得多，那么他们的苦难，自然是不言而喻的了。这样，他便加强了责任感，意识到自己无论如何得忍受一切，以自己的具体行动来教育大家，坚持斗争到最后一刻。于是，他咬紧牙关，不再哼一声，哪怕有时痛得连气都喘不过来。

"呵，痛……痛死了！……"

"这比死还难受！……"

刘苏和柳继明的呼吸那样急促，想稍微挪一挪身子也不可能。他们的呻吟声，使金真心痛得发抖。于是使着全身的劲，熬住痛，把身子移向他们，用平静的声调，安慰他们说：

"忍受得了吗？能经得起任何残酷的考验，这是我们必须具备的条件！现在，敌人……"金真没能说完自己的话，已喘得接不上气来。

"队长同志！"柳继明信口这样称呼金真。但他立刻感到不妥，连忙改口说，"金真！……我知道……应该坚持到底……但……但……"他痛得再也说不下去了。

"你知道什么是我们应该坚持的，那就很好！老柳，你好好休息吧！"

刘苏想说什么，但还没开口，已痛得发昏了。

十一点钟光景，栅栏外面出现了一个身材较高，穿着制服，面容瘦削的人，站在那儿，许久不做声，只是打量着金真他们。

"主任来了，还不快些站起来！"一个跟在主任后边的人抢前一步，神气十足地叫嚷着。但谁也没理睬他。

"替他们换去湿衣服，另外去找条被子给他们盖上！"真出人意外，"主任"好象很关心他们似的嘱咐着身旁的人。

"是！"旁边的人虽这样回答着，却以惊疑的目光看着主任的脸色。

"你不知道，县长准备好好审问他们呢！"

从他这句话里，金真完全意识到：敌人暂时还不肯把他们折磨死，好利用他们的案事进行追根究底。本来，落在虎口里的人哪还有便宜可讨，只好任凭摆布了。但暂时换换衣服，有一条被子盖盖，倒也好，只要不让那些忘八蛋打如意算盘就是了。

这家伙走后不久，就有人送来三套破棉衣和三条破烂的被子。金真他们身上的湿衣服给脱下来了，全身都已冻肿了，皮肤变成了紫黑色。金真和刘苏的创口的血，凝成了一个个大血块。医务员给他们绑扎了一下，没有敷药就跑了。这时，刘苏哼个不停，柳继明也偶然哼一两下子，而金真却咬紧牙关不吭一声。

第二天上午十点多钟，金真他们被县衙门提讯了。

他们先被送到候审室里等候开庭。这间屋子阴气逼人，没有桌子，也没有板凳。一个满脸皱纹、尖鼻子、驼背脊的法警看守在门外，寸步不离。金真他们等了很久，还不见提审，心里着实闷得难受。腿酸痛得忍不住了，管不得泥土的潮湿，便席地坐下。眼睁睁地不时向外探望着，心头充满了难于诉说的焦急和愤怒。

"岂有此理……他妈的！"柳继明和刘苏同声咒骂着。

金真向他们使了个眼色，低声说：

"苦在后边呢，耐性点吧！"

敲过三点钟，外面传来铿锵的镣声，金真走到门口一看，原来是早先被捕的几个县委同志，县委书记余直也在里边。他们原都是年轻壮健的人，但现在被摧残得不成样子了。特别是余直，他本来身材高大，肌肉很发达，手臂象铁棍一样又粗又硬。由于体格壮健，同志们给他起了个绰号叫做"大力士"。他那四方的脸上，长着发光的眼睛，配着两道乌黑而微竖的眉毛，是一个十分英俊的青年。可是，只有几个月的时间，他已被敌人折磨得瘦削枯萎、双目失神、脸色焦黄、弯着腰、驼了背，简直认不出他是余直来了。这时，金真的心头涌起一阵无可名状的、复杂的心情，不知是酸，是苦？敌人监视得那样严，就是使个眼色，也得避开狗子的目光。余直走过栅门时，也看到了金真，他不觉怔了一下，连忙装做跌跤，抓住木栅慢慢地爬起来，法警使劲地对他腰部踢了两脚，他却趁此机会和金真交换了眼神——多么坚定而又无限热情的一眼！

接着，金真他们被提上法庭。法庭布置得那样森严可怕：空落落的大堂正面挂着蒋介石的像片，大堂中间用木栅栏隔成内外两边，里面摆着一张长方形的桌子，正中坐着兼军法官的县长。他身穿黑马褂、蓝长衫，头上戴着一顶黑缎子的瓜皮小帽，约五十岁上下，花白头发，尖瘦的脸象狼一样的长，毒辣的眼睛虎视眈眈地望着金真他们。两边坐着奸猾的承审员和书记官。金真他们站在栅栏外面，两侧排列着许多武装的警士，挺胸凸肚地摆出一副吓人的架子。

今天是秘密审问，旁听席上没有一个人，赵四的影子在后边窗外象鬼影似的忽隐忽现。

新的考验来到了。

"俗语说，'好汉勿吃眼前亏'，还是干脆些照直供认吧！"县长照例问了姓名、年龄、籍贯等以后，装做猫哭老鼠的样子对一群顽强的犯人说。

法庭上沉寂得连大家的呼吸都可以听到。突然，县长指着余直等，放大嗓子问金真他们：

"你们是同党，一定相识，赶快指认！谁先供，谁就有生路！"

金真、余直他们互相看了一眼，摇摇头，一句话也不说。

"你们这些匪徒太狡猾了！"县长摆起威风来了。

"我确实不认识他们。请问他们叫什么名字？"余直面对着县长说。

"狗强盗！凭你再奸诈，莫想逃出我的手掌！"他大发雷霆的骂了起来。"快说！你们一定相识的！"

余直、金真他们看着县长这副装腔作势的样子，又好气，又好笑，没一个人回答。

"到底怎么啦？"县长耐不住，又追问了。

"天生不认识，难道还能硬要叫人认识吗？"金真站不住，倚在柱子上，满不在乎地回答。

"不认识，也是没办法的事！"余直好象自言自语的说。

"死家伙，该杀！该杀！"县长虽然嘴里骂着，但是心里在盘算：要是把金真和余直弄服了，就能把县里的共产党全部肃清，那他定能得到上级的器重，平升三级，这是多好的机会！于是，他又换了一种口吻说道："识相点，把所有的秘密统统坦白出来，免得自讨苦吃！"

"我不了解你所说的是什么秘密？"金真冷冷地说，"请你收拾起逼供、骗供的一套手段，进行合法的审讯吧！"

这位瘟官气得脸色发青，狠命地拍着桌子：

"哪有这样不怕王法的囚犯，该杀的狗东西，狗东西……"

县长骂了又骂。坐在旁边的承审员贴着他的耳朵，叽咕了一阵，他才又平了平气，向余直追问：

"余直，你得放老实点，你是这县里匪党的书记，关于他们的一切秘密，你当然完全了解，干脆交代出来，我保证你不吃苦，而且有事做！倪二父子不也是你们的党员吗？他们能改邪归正，为党国服务，不已成为县里的红人了吗？"

"现在完全证实，县委会的同志也是这叛徒出卖的！"金真他们咬紧了牙齿，暗里骂个不停。

"我是一个小学教师，参加过北伐军是事实。"余直平静而有条理地说，"但我根本不懂得什么党不党！从小靠爷娘的栽培，识得几个字，教过几年书，可就没有做过什么书记。 县长，请你查查清楚，再审问我的案子吧！"

"你不要装傻，你是这县里共产党的书记。 你的材料我们已调查确实，靠狡辩是抵赖不过的！"

"我是什么也不知道，既然县里有证据，请给我看看，也许是人家诬陷我的。"

"你和姓金的都是老口，停会叫你再尝尝味道，吃了苦，才知道官家的厉害！"说完，就吩咐法警把金真和余直带开去，而对其他几个人进行个别审讯。但是，同样用尽了种种欺骗、挑拨、恐吓的手段，仍旧丝毫没有问出什么名堂来。

"真是着了魔，无可救药的家伙！"县长狠狠地跺着脚。

经过两个多钟头的个别审讯，已经是上灯的时候了。县长和承审员商量了一下，就对法警作了吩咐，于是带着难堪和失望的心情，退出了法庭。

余直和金真他们，分别关押在大厅两侧的小屋子里，墙壁上发出的潮气，已经结成了薄冰，阴冷使他们不断地发抖。他们背靠背地坐在地上，彼此不多交谈，思想上各自准备着承受夜晚的灾难。

过了个把钟头，金真他们又被一群法警连拖带打地不知经过了几个拐弯、几道小门，带到了县衙门最深处的一排房子——刑审室里。暗淡的灯光下，陈列着各式各样的刑具：老虎凳、踩杠、吊架、火炉、烙铁……等等。屋子四面的墙壁上溅满了旧的和新鲜的血迹，刺鼻的腥味一阵阵直透进鼻子里。金真、余直他们，一字排开，站在刑审室的一旁，内心虽是那样的紧张，但谁都有准备让那些毫无人性的野兽们来考验他们对党的忠诚和决心。横竖横的心理，使他们每个人显得更勇敢坚定，连胸部受伤未愈的柳继明，也挺起了胸膛，站在最前头。

"犯人们！看清了吧！"一个满脸横肉、神气活现的法警，站在阴暗的角落里，嗥叫着，"马上供认，还来得及，免得老子动手，那可不是好受的！"

狼嗥样的声音，撞击着血腥的墙壁，打破了沉寂的空气，已经摆开的刑具似乎也抖动了一下。

犯人们仍象山一般不摇、不动。

"快，……快，……我们没有闲工夫等你们！到了这里，头脑还不放清醒点，谁也逃不了……"

"呸，混账的东西，谁要听你那一套！"余直想免得受伤未愈的金真他们再受沉重的折磨，争先骂了起来。

"来！先拿这个匪徒做榜样，让大家知道老子的厉害！"

先前叫嚷着的家伙，指挥着几个凶恶的喽罗立即把余直拖过去，反绑着两手高高吊起来，用皮鞭子狠狠地抽着，鞭落处，身上立刻起了一条条紫色的血痕。余直只是不吭声，闭着眼睛，牙齿咬得格吱吱发响，额上冒出了豆粒大的汗珠。时间一久，他渐渐失去知觉，昏迷过去了。施刑的家伙赶紧用冷水从他头上浇下去，余直才又渐渐醒过来。但仍没有说半句话，只用愤恨的目光盯着那批毫无人性的畜生。

"招不招？不招，就揍死你！"

"我是小学教师，有什么可招的？你们迫害良民……"

"妈的，再做……看你的骨头有多硬？"

于是，他们又换了一套，七手八脚地摆布好了，然后用辣椒水尽向余直的鼻子和嘴里灌，呛得余直鲜血直喷。接着，敌人又用踩杠、老虎凳……把余直的手脚都搞断了，几次死了过去。但他始终不叫喊，不呻吟，偶然醒转来时，就骂不停口。末了，因过度的创伤，使他无力做声，奄奄待毙了。

金真看到余直受尽了人间最惨的酷刑，心里万分难过。激动的心情使他高声怒骂着，并想因此叫这批暴徒转移目标到自己身上来，暂时救一救垂危的同志。可是敌人也清楚这一点，始终没有放松余直。他们认为：如果第一个回合就半途而废，那么，到后来势必更不好办了。他们下定狠心，无论如何得在余直身上弄出个结果来。

凶手们经过短时间的商议，又把余直绑在十字架形的凳子上，一块块烧红的烙铁，放到他的腿上和手臂上。于是一阵阵刺耳的吱吱声，夹杂着焦腥味儿的青烟，充塞了整个屋子。一块块皮肉粘在烙铁上面从余直身上拉下来。金真他们的心都碎了，闭住眼睛，扭转头去，不忍正视这灭绝人性的暴行。但这不是他们畏怯动摇，而是因为受刑的是自己最亲密的战友，最敬佩的同志。

对余直的用刑，直拖到午夜后三点钟。这批如狼似虎的凶手，弄到精疲力尽，仍然什么也没有得到。在这样顽强的英雄面前，凶手们丧失了继续刑讯的信心，只好垂头丧气，把仅存一口气的余直送进重病监房。

余直被抬走的时候，他那灰白的脸色上，微微地露着笑容，暗示同志们：他已战胜了敌人的刑讯，保卫了革命的利益。金真他们的心中怀着千言万语，要向余直倾吐，但是始终没有获得这样的机会，从此便永别了。

余直的革命精神，永垂不朽！而金真、柳继明等也就在敌人的刑审室里，开始上了残酷的血的一课。

第三章　无期徒刑

最近，赵四经常上县衙门去，为了金真他们的案子尚未判决。

这一天，赵四又匆匆忙忙来到县衙门，很不耐烦地责问县长：

"这样重要的案件，为什么一直拖着？"

"赵先生，请耐性点吧！"县长感到有些难堪，同时也讨厌他这几天老是来县里噜苏。

他原想从金真他们身上追出更多的东西来，好向上级邀功，可是打死了余直，什么也没有搞出来。若说为了满足赵四的要求，杀掉几个人，这在他本不算一回事情，但是，自己却白白忙了一场，毫无所得，这是很不明智的。于是他对着赵四的麻脸，冷笑说：

"人在我们手里，还怕他飞掉吗？"

"到底准备什么时候把他们斩首示众呢？"

"这很难说，要看时机！"

赵四觉得县长的态度和平常不大一样，又气愤，又后悔，他当时不该听信警察局长的话，把人解到县里来。现在，操生杀之权的是县长，而不是他本人了。

经慎重考虑之后，赵四立刻放下绅士架子，堆着满脸笑容，朝着县长说：

"县长，我们来商量商量吧，为什么不能早点处决呢？"

"还不到时候，赵先生！"县长狡猾地微笑着说，"你说他们是共产党，但证据不足，光凭你这样说，是不行的，你能不能叫倪二父子来当庭对证？"

"倪二父子，我不是早告诉过你了，他们怕共产党报复，几星期前就逃得无影无踪了。现在要判他们死罪，只要加上个盗匪杀人的罪状，不就可以了吗？"

"到此为止，金真他们还不认罪，我还没想出办法来呢！"

"这怎么讲？"赵四满腹牢骚，但不敢公然发作，欲说，又住了口。

"如果判他们死刑，我可吃不消！"最近县长听说赵四的儿子因不得蒋介石的欢心，已失势下台，那他就再没有理由奉承这个老头儿了。眼前不趁机捞他一把，更待何时？但他不好直说，只是吞吞吐吐的闪烁其辞。

赵四听出县长的口气，胸中已猜透了七八分。他一面暗暗怀恨，一面又不得不想办法来打通这一关。他恰巧看见县长桌上摆着一个年轻小伙子的照片，他料定是县长的儿子，便灵机一动，恭维着说：

"公子生得怪英俊！听说不久要结婚了，不知是攀哪个富贵人家的千金小姐？"

一说起县长的儿子，县长眉开眼笑，脸色顿时开朗了许多。他的儿子正走着红运，事事称他的心意。

"是的，正是小犬。最近，是要结婚了，但我还没有……准备给他们办喜事呢。"县长说到"没有"两字，故意顿了顿，眯着眼看着赵四的麻脸。

"这些事哪用你自己操心。"赵四摸准了窍门，便打开天窗说亮话了，"我早已备好了价值三百元的一套家具送给公子，如蒙不见外的话，请就收了下来。"

"些些小事，不劳操心。"县长想：区区三百元算得了什么？这麻脸家伙真把人当作穷汉子，亏他说得出口来，真是个吝啬鬼。

两人在西花厅里密谈了一个多钟头，各有各的打算，东扯西拉，问题依旧一点也没有解决。这时秘书来叫县长去开一个重要会议，他趁势做出立刻要走的样子。

"县长，请你稍停一忽儿！"赵四心里发急，如果天谈不好，不知又要拖到几时！涨红了脸，讷讷地问着："你……究竟……要多少款子？"

"孩子的婚礼，可不劳你操心。"县长皱着眉头，好象有桩很重的心事似的说，"几天之后，省里有位要人做寿，据说别县都送三千两千，而我……"他故意拍着赵四的肩膀说，"老兄是知道的，我一贯廉洁守法，连一千块钱也无着落，真急煞人。你可帮一下忙吗？"

赵四想：谁不知道你的本来面目？亏你还说得出廉洁守法的话，真活见鬼。今天请他帮一点子忙，竟要这么多的钱。他失望了，披上大衣，准备辞行，硬着头皮对县长说：

"再见吧！兄弟实在拿不出这样大的款子！"

"最近，我要结束这件案子了，请不要着急！"县长狞笑着，故意又将了他一军。

赵四被弄得上不上下不下，暗里在咒骂着：这家伙好厉害，从前我做一任知县，赚了十来万花银，当地的百姓便把我骂得连祖宗都不超生了。而现在这位"党国"的县长，手法更比老子辣得多，可不知要搞多少钱财？但他转念一想，这样一走了之不是办法，万一把事情弄僵了怎么办？于是，只得重又站住，沉住气说：

"请看素日的交情，让我在三天以内筹六百块钱来，应老兄的急用如何？"

"嗯……"县长仍没有同意的表示。

"六百元，已尽了我的全力了！"赵四斩钉截铁地说，看来再没有转弯的余地了。

本来在这案子上，一千元的进账，是铁炮也轰不掉的。但县长也知道赵四的为人，再挤，也挤不出更多的油水来的，便点了点头，答允款到就开庭判决。

县长待赵四走后，立刻回到公馆去。他的儿子就把几天前父子俩商量好去办的那桩事情的结果禀告他：

"金真家里，七拼八凑，只弄到四百元，答允一两天内送来，他们希望爸爸看在银子的面上，从宽处理这案子。据我看来，这样的人家，如再要多，确也不大可能了！"

县长在这件案子上三天内捞进了一千元。如意算盘打中了，他立刻吩咐承审员开庭审判金真他们。

"嗯！审问金真他们的案子吗？究竟怎样审？怎样判呢？"承审员风闻行贿的消息，自己却被关在门外，怪不高兴，有意无意地嘀咕着。

"对待共产党，反正不能给他们占便宜，判处死刑，免得以后麻烦！"

金真他们又被提庭了。

前次余直受刑的那种残酷的情景，立刻又涌现在他们的眼前。人们知道他们这次提审，很难希望再活着回来。于是同余直一案的几位同志，都忍不住惨然地上前送别，紧紧地握住金真他们的手。

"我们所有的人都可以死，但你一定要活下去！"有人含着泪对金真说。

金真感激同志们对他的关怀和热爱，若无其事地走出了牢门，脚步是那样的稳健，虽然腿上拖着沉重的铁镣。

狱吏见他那种凛然不可侵犯的骄傲的神情，恶意地低声嘲骂着：

"活不长了，还神气什么？"

在候审室门外，站满了武装人员。

没多久，他们被提上法庭。法庭上的气氛是那样的紧张。"活不长了！"柳继明和刘苏多少有些局促，心里引起种种牵挂。柳继明的大儿子在生肺病，两个女儿又小，家庭生活特别苦，没有了他，不知他们怎么活下去？他想在自己临死之前，能看到他的儿子，希望他长大了，继承他的志愿，为他报仇雪恨。刘苏呢？自他出了事，有钱有势的父兄，已和他断绝关系，去年结婚的爱人正怀着孕，暂时，只好住在娘家。但嫁出的闺女，怎么能长期在娘家呆下去？将来生了孩子，更增加了一个累赘，又怎么办呢？他觉得他害了她：使一个善良的女子从此和幸福绝了缘。金真也知道活不长了，但他比什么人都冷静。活着总得要革命，要斗争，既然如此，就得时刻准备着牺牲。不流血，不牺牲，哪能取得革命的胜利？……祖母、父亲、母亲对他确也很钟爱，平时节衣缩食，省下钱来给他上学，这一切，他没有一刻不记在心里，而他也不曾辜负他们的期望——为被压迫的阶级贡献出自己的生命。……

"开庭了，"武装警士的叫喊声，打断了金真的思路。

"为真理战斗到底，光荣将永远属于我们！"金真用低得不易听清的声音，激励着柳继明和刘苏。

柳继明和刘苏会意地点点头。

法庭上的武装警士防卫得真严，好象金真、柳继明、刘苏三人就是大闹天宫的孙行者，一个斤斗能翻到十万八千里之外去似的。

县长开口了。

"从实招吧！余直的样子，你们已经看到了，再不招供，莫怪我要你们的命！"

赵四坐在原告席上，带来了老妈子和老伙夫作证。法庭上那副准备杀人的排场，骇得两个老人魂不附体，更谈不上指认作证了。

"我们实在没有什么，叫我招什么呢？……我们只是得罪了豪绅恶霸而被陷害的平民！"金真挺起胸膛，傲然地说。

"事实俱在，哪容不法之徒信口狡赖？"赵四气势汹汹地从原告席上跑出来，指着老妈子、老伙夫说："就在那次大风大雨的夜里，他们带了几十个人打劫赵庄。还同老妈子说，'自己是为穷人打天下的'。这不是共匪是什么？犯了这样的滔天罪行，县长！务必严加追讯，斩首示众，为百姓除害。"

"请问县长，这是县衙门的审讯，还是赵四的审讯？要是县衙门的审讯，怎能允许原告如此嚣张？请县长问问赵四，他一生做了多少坏事，公开和秘密杀害了多少条人命？白天四处捉人，黑夜打家劫舍，坐地分赃，这不是强盗是什么？让老百姓来和他算算这些血账，算算他犯下的‘滔天罪行’，即使把他粉身碎骨，也抵偿不了他那罪恶的万分之一！……”金真滔滔不绝地揭发赵四的罪行，被告变成了原告，法庭里起了一阵骚动，旁听的人都伸长了脖子去看赵四。

赵四气得疯了似的，叫着，骂着，灰白的脸上，麻粒都涨得发了红。

老妈子、老伙夫见赵四这个样儿，更吓昏了，不知怎么好。

柳继明、刘苏看到金真驳的痛快，暗暗敬佩金真的勇敢大胆，而赵四的这副鬼相，竟引得他们大笑起来。

法庭的尊严被扫得干干净净了。现在金真反成了法庭上众所注目的主角，而赵四、县长和承审员，却成了这个场面中的小丑。金真他们已获得了精神上的巨大胜利。

“扰乱法庭秩序，该罪上加罪！”县长板起面孔，拍着案桌，厉声地叫道，“暂时退堂！”

金真他们被大批武装警士带到法庭外面的走廊里，等着继续开庭。他们互相看了一眼，很自然地露出会心的微笑。

赵四跑到院子里，冷风吹醒了他那气得发昏的头脑。顿着脚，埋怨自己太鲁莽了。他想这班匪徒眼看要上断头台了，哪值得和他们顶嘴，落个不好下台？所好县长还识事务，否则，再闹下去，自己这个老脸真不知将丢到何种程度呢？他正在院子里团团转着，县长的秘书跑来，恭敬地请他到会客室去。

县长重新开始审讯了。他瞟了金真一眼，和书记喃喃地谈了一下，就拿起判决书来宣读：

“金真、柳继明、刘苏等，聚众劫掠赵庄，并杀伤警士和赵庄保卫团人员，依法应予判处死刑。……”他读到这里，干咳了几声，向金真他们恶狠狠地瞪了几眼。

法庭里的气氛象死一般沉寂，他们——连金真在内，猛听到判处死刑的决定，内心本能地狂跳着。完了，一切都完了！让后来者和继起者来完成理想的事业吧！但金真很快地又镇静如常了，他默默地想：革命者所流的鲜血，将会替无数苦难的人们培育出自由和幸福的果实来。

当时，刘苏的身子曾摇晃了一下，眼前一阵发黑，新婚的妻子，尚未出世的婴儿，……一幕一幕的幻象不断地涌现在他的眼前。但他又想起党时刻告诫他的话：作为一个革命的战士，是不能在敌人面前表示软弱的。同时，看到金真的泰然自若，自己不免感到有些惭愧。于是，抑制了胡思乱想，抬起头来，一股愤怒的目光直对着可恶的敌人。

柳继明想自己已经五十来岁了，死也不算什么……可是想到儿子的病，家庭的生活，……不觉有所怅然。可是他感到自己是个老工人，难道还不如年轻人顶得住吗？便立刻振作起来了。

县长咳了几声，得意地狞笑着，扭着鼻子，顺手划了一根火柴，燃起一根纸烟，狠狠地连连看着金真他们，然后又继续宣读判决书的全文。

"惟念为首的金真，年幼无知，柳继明、刘苏均系从犯，误入歧途，特减本刑三分之一，处无期徒刑。"

宣判结束，县长立刻离开法庭，说是另有要事，必须马上赶往上海。

被这意外的判决气昏了的赵四，待要拦住县长评评道理，却被县长的左右推开了，赵四只好两眼发直地望着这位比狐狸还狡猾的县长扬长而去。

四百元，买得了一个减轻死刑三分之一的判决。组织上为了拯救金真，费了多少心力，总算获得了结果。但金真他们并不了解这一情况，认为死也好，活也好，反正得把自己的生命献给党和阶级斗争的伟大事业。

金真他们，现在就以无期徒刑囚犯的身份，开始了监狱中的生活。那恶霸赵四，因在这桩事上既丢了脸又白花了钱，气愤成疾，不久，便呜呼哀哉了。

第四章　县狱素描

金真他们对县政府所作的判决，依法向江苏高等法院提出了上诉。

一九二九年的初夏，金真他们被解送到高等法院的所在地苏州去。苏州是江苏省监犯集中的地方，那儿的牢监据说可吓坏人！但金真他们现在已受过实际的考验，不管如何可怕的牢监在他们看来也不过如此。

在县监狱的一段时间，日子虽不长，但生活内容却非常复杂、生动。

当他们第一天关进大牢时，柳继明首先碰了看守员的钉子。直到现在，只要一提到他们，老柳还得发一通火，咒骂一阵子。

金真他们一进牢门，看守立刻上来粗脚粗手地检查一番，那不过是个下马威，自然不会搜到什么的。最后，看守把他们的裤带解了去。

"干吗，要解裤带？"柳继明楞头楞脑，喉咙又大，便成了看守着眼的对象。

看守狠狠地给了他一个耳光，骂道：

"贼胚，这是大牢的规矩，防囚犯不老实，寻死自杀！"

"狗娘养的，真欺负人，……"

"傻瓜，你发疯了！"不待柳继明说完，金真怕他再吃亏，故意装做笑脸，打断了他的话。

接着，金真他们被钉上脚镣，送进笼子，县监狱地方很小，原只八十来人，自从蒋介石取得政权后，突然增加到三百多囚犯。房子本来就不大，又用木栅子隔成几个号子，简直没有转身的余地。囚犯们的吃、睡、大小便都在里面，即便在开饭时，马桶也不会有空闲。院子很狭，又堆满了许多废物，一股霉味熏得人气也透不过来，简直比猪圈还脏。牢监里的饭菜，也真不成话，一日两餐，说有十八两，其实不到十二三两，尽是坏了的粮食，再配上些臭咸菜，盐水汤，或变了色的萝卜条。囚犯每天总得饿肚子，所以随便什么样霉腐龌龊的东西，只要是能饱肚的，全被当作宝贝样往嘴里送，图个眼前好过。

进号子后，金真他们因为没有同看守和笼头搞好关系，便遭到许多例外的麻烦，弄得他们白天、黑夜都没有安息的机会，更禁止他们和其他难友接触。看守和笼头指定金真他们睡在木栅子边上，夜里，风霜雨雪直透进木栅子，冻得他们浑身发僵。金真他们吃不消了，只好团团坐着，等待天明，可是看守借口他们破坏大牢的规矩，跑来对着他们的创口连踢几脚，逼着他们睡下去。

监狱里的生活，如此残酷，怎能长期忍受下去呢？

老柳第一个沉不住气了，他咬着牙，磨拳擦掌地说："横竖活不过来了，死，也要死得干脆、利索。"但金真和刘苏劝止他不要冒失，等待条件成熟再说，只要有了群众，就不怕不能把监狱变成我们的学校。

过了几天，金真他们发现了新从看守所移来的同余直一案的同志。据他分析：绝大多数的囚徒是在封建地主、官僚和恶霸的压迫榨取下，为了生活，才不得不走上犯罪的路的。其中，往往因受不了酷刑逼迫，而胡乱供认，变成了重要的罪犯，官吏们借此可以邀功受赏。至于那些杀人不眨眼的江洋大盗，却往往和官吏们互通声气，一直逍遥法外。这些人即使万一碰上了，仍能得到种种的照顾，下了牢，还可当笼头，做看守和官吏的帮凶，作威作福，统治着一般犯人。犯人的一举一动，都得凭笼头的支配，吃的、用的定要先孝敬他，否则就没有你过的日子。因此，一般囚徒对笼头和他的追随者，没有不恨之切骨的，只是缺乏反抗的勇气而忍气吞声罢了。

金真针对着这样的情况，抓紧有利的条件，把牢里种种不平的事情，作为向一般囚徒进行宣传鼓动的材料，激起大家的公愤。开始大家只管听，很少有所表示；到后来，才逐渐有人吐露些对笼头的不满，但也只是唉声叹气，不敢公开起来反抗。

"笼头也是囚徒，怕他干吗？"

"话虽如此，可是……"

金真看时机还没成熟，也就沉住气，细心进行教育，等待着囚徒们觉悟的提高。笼头暗中注意着金真的一言一动，而他却十分谨慎，尽量避免和笼头的冲突。

但意外的事情终于发生了：狱中新收进来一个刑伤挺重的囚徒，柳继明、刘苏看不过去，天天替他打饭，洗伤口，扶他起来大小便。大家对他们这种人道主义的精神，暗暗表示钦佩，有时，也上来插手帮帮忙。笼头耐不住了，斥喝着，骂他们是"下流胚"。别人犹可，柳继明却受不下去，忍不住和笼头吵了起来。

"谁是下流胚？"柳继明睁着一双圆眼对着笼头，"见死不救，你才是没心肝的杀胚！"

"奴才种，谁叫你服侍人的？"笼头赶到柳继明面前，指着老柳的鼻子骂道，"敢做声，便给你好看！"

"狗腿子，仗谁的势欺负人？老子可不受你这一套！"柳继明放下手里的东西，和他面对着面，满脸起了痉挛。

"就要你受这一套！"笼头一脚把柳继明放下的东西踢得四处乱飞、乱滚。

金真、刘苏看笼头和柳继明要动手了，怕老柳吃亏，急忙赶上前去，推着笼头的肩胛说：

"你是什么人，凭啥要他受你这一套？"

"我……我……我就是我！"笼头自知理屈，又气又急地叫，"我要他……"

"啐，死不要脸的狗东西！"柳继明的唾沫溅了笼头一面孔。

"快，快，大家快来做死这三个奴才！"三对一，笼头不敢先下手，要全号的犯人一起来对付金真他们。

全号的犯人都没动，装做没听见。只有他的两个忠实的帮凶站了起来，但许多眼睛盯住了他们两个，态度和往常大大不同了。他们心里发了慌，不得不重新坐下来。

在这紧张的瞬间，金真在大众面前指着笼头说：

"我们都是难友，为什么要让这狗腿子骑在大家头上？过去，哪一个没吃过笼头的苦？难道我们真甘心永远充当他的下人，听任他嚣张逞凶吗？"

金真的话，正是大家老早郁结在心里的话。现在金真出头把它揭开了，哪个再肯受笼头的欺侮！有些年轻人，竟想把笼头痛打一顿，泄一泄长久积在胸中的怨恨。但被金真拦住了。

"混蛋，你们这些混蛋，平时老要人帮衬，……现在干吗不替我动手？"笼头卸不下脸儿，咆哮如雷地向他的帮凶们乱骂起来。

但帮凶们终究不敢自讨苦吃，在群众的压力下低下头去。

"嘿，做老大哥，当笼头的时代已过去了，还不识相点！……"人丛中有人在讥讽，有人在嘲笑。

"今天，就把我们这里万恶的笼头制度葬送掉！"号子内外的难友们都纷纷议论，为推翻了笼头而兴高采烈。

在一霎前还是气焰万丈的笼头，这时显得狼狈不堪，倒在床上，没头没脑的用被子把自己蒙起来。

打掉了笼头的威风，等于部分地粉碎了狱吏对囚徒的非法压迫。从此，金真和一些政治犯，在这小天地里，取得了比以前更方便的活动余地。但笼头、狱吏是不甘心的，天天找岔子，准备来一次反攻。

事有凑巧，一个夜里，金真号子内押进来一个粗眉大眼、流氓腔十足的贩毒犯，被分派睡在金真的一旁。这家伙，一坐下，便向四周仔细地探视着，特别注意邻近他的金真。金真料他要搞什么鬼，便装做睡得很熟的样子。于是，他小心翼翼地从口袋里拿出一封信，背着金真偷偷地阅读着，不时点点头，摸着下巴，现出非常得意的样子。他看完了信，往衣袋里一塞，躺下睡了。金真很怀疑这家伙的举动，等他鼾鼾睡熟了，就敏捷地伸手把这信拿过来。在淡淡的灯光下一看，原来是狱中的那个主任写给他的，叫他怎么供，怎么辩，万万不要牵累别人，外边正托人在营救他等等。主任虽没有署真姓名，可是那笔迹明明是他的。金真高兴得心里发笑：抓住了这个把柄，再也不怕狱吏、笼头们的报复了。

由于兴奋的缘故，金真一夜未睡。天亮，一开封，金真就把那封信交给其他号子可靠的政治犯收藏好，并和柳继明、刘苏他们几个人商定了今后的对策。谈话没完，刘苏被叫去接见了。开始，他们怀疑是不是真的接见，不免为刘苏担忧。一忽儿，见刘苏挟着件衣服，高高兴兴地回来了，才放了心。

刘苏急着告诉金真他们说："有人来给我送衣服，说是我的母亲。我想，我的母亲哪会来看我，心里七上八下的。等我出去一看，原来是县委派来的一个年老的女同志，我乐得简直要跳起来了，连奔带跑地赶上前去，亲热地叫了她几声'妈妈'。真的！党是我们的母亲，离开了母亲，斗争和生活就要迷失方向！"说着，刘苏的脸上充满了笑容。

金真一听说党派人来了，急急地问：

"有什么吩咐没有？送来了什么衣服？"

"她给我送来一件新棉衣，还摸着领口对我说不知合身不合身，要不合身，过几天她再来拿回去改。"刘苏装做母亲的姿态，滑稽地笑了。

金真接过棉衣来，翻过领头看了又看，不见有什么痕迹。他忖度了一下，马上把领子拆开，在棉絮里找出一张薄纸，啊！原来是县委给他们的信。

金真并转各位同志：

　　自你们被捕后，我们曾多方设法营救，但还是不能帮助你们立刻摆脱那黑暗的牢狱生活。你们在敌人的严刑拷打下经受了考验，坚持了党的立场，并粉碎了敌人的威胁和利诱，不愧是党的好儿女。你们的革命气节，是值得我们大家学习的。最近，据传说，你们在狱中展开了斗争，这是很有意义的；但敌人是不会轻易让步的，必须提高警惕，以备敌人的突然反击。最后，愿你们时刻珍惜自己的健康，这是革命的资本！

　　　　　　　　　　　　　　　　　阮玮手启　二月十八日

　　党组织的亲切关怀，使大家感动得流下泪来。为了预防万一，金真随即把它毁掉。虽则，他们心里并不愿意这样做，即使把它多保留一秒钟也是好的。就在这个时候，他们正式成立了支部，由金真负责领导。

　　金真回到号子里，见大家正乱做一团。原来那个大贩毒犯，象发了疯似的在大叫大嚷，他说少了一封重要的家信，要大家立刻交还他，否则，他马上就要报告狱吏来追查。

　　"一封家信，有什么了不起，值得这样大惊小怪！"老柳幸灾乐祸的说。

　　"你知道什么？"他跺着脚说，"一定是不怀好意的家伙捣的鬼！"他抓住笼头，要他立刻搜查号子里的人，笼头不敢答应，只看着金真。

　　那家伙怀疑起金真来了。他记起金真睡的地方紧靠着他，不是他捣鬼，又是谁呢？现在，他又见笼头望着金真，于是就肯定是金真拿的了。

　　"姓金的，赶快把信还我！不然……"他瞪着两只饿狼样的眼睛直对金真。

　　"谁叫你不收藏好？还来找别人的麻烦！"金真脸向着木栅，冷冷的说。

“你还狡赖，我和你拼命！”他脱去外边的衣服，摆出一副流氓的架子。

“随你的便吧！”

那家伙见金真不好惹，便侧过脸来向笼头使眼色。

“金真，你常说难友之间要互相照顾，现在请你帮帮他的忙吧！他会永远感谢你的！”笼头替他求情似的说。

“他这事我可帮不了忙！”金真斩钉截铁地拒绝了。

“真的不能帮忙吗？”那家伙见笼头的话无效，就耍起流氓手段来。“好，和你拼个死活吧！”他猛地向金真扑去。

金真见他来势凶猛，往旁边一闪，他一拳落了空。柳继明和另外两个难友立刻跳上去，把他打倒了，狠狠地揍了几拳。这时，笼头躲开了，看热闹的人都不愿上前相劝，有意让他吃些苦头，煞煞威风。

“打死人了！救命，……救命，……”那家伙一面挣扎，一面乱嚷着。

狱吏赶来了，把金真、贩毒犯、柳继明等一起带走。难友们都知道那贩毒犯同狱吏是串通一气的，不禁替金真他们捏着一把汗。刘苏便抓紧时机，马上发动群众，营救金真和柳继明等人。

典狱官和那个主任，马上对金真等进行讯问。狱吏想趁此机会把金真这帮人做个半死，送县政府法办，然后再设法巩固已陷于垂死状态的笼头制度。

“你这坏蛋，为什么结伙打人？”典狱官拍着桌子问金真。

“请查清事实，号子里的人都看见的！”金真一面回答，一面指着贩毒犯说，“他说我偷他的信，动手打我，柳继明他们顺手推开他，他死不罢休，那又怪谁呢？”

一听到信的事情，典狱官和主任都怔了一下，马上追问贩毒犯：

“到底是怎么一回事？”

“金真偷了我的家信，我向他讨回，他们便哄上来打我，恳求狱官替我伸冤，把原信找回来。”贩毒犯边哼边说。

信偷掉，这怎么得了！典狱官和主任都现出慌张的神色。

"偷别人的家信是犯法的，快交出来！"主任喘着气说。

"莫想吓唬人！"金真对惊慌失色的狱吏说，"什么家信……骗谁？……有病自己知道！"

证据已落到人家手里，狱吏们面面相觑了。

典狱官装做糊涂的样子，对金真说：

"你没权干涉他的通信，有病、无病，也不用你管，现在就要你把信还给他！"

金真想，这些笨家伙，竟把别人看得和他一样愚蠢，那就得把真相摊开来了。

"他和他，"金真指着主任和贩毒犯说，"到底是什么关系？……两人做的好事情！信虽不在我身上，但我可以把内容说给你们听一听，怕你们记不清。"

"坏家伙，血口喷人！"主任又羞又急，涨得脸红脖子粗地骂道，"哪有……哪有……我的信！……"

"没有你的名字，可是你的大笔！"

主任楞在那里，怒气冲天，恨不得把金真一拳打死；那个贩毒犯，呆在一旁只管哼，不敢吭气。

"你们和贩毒犯一伙，为非作歹，还有什么好说的！"柳继明大声地插了一句。

"搜，搜，给我搜，搜所有的监房，一定要把信搜查出来！"典狱官狗急跳墙，命令着看守们。

狱吏和看守搜遍了所有的囚徒和监房，用尽了种种威胁手段，信还是没有下落，却激起了全监囚徒的愤怒。最后，典狱官和主任偷偷地溜开了，找了个书记员和金真谈话。书记员厚颜无耻地恭维着金真，说他是年轻有为的人物，并表示自己非常同情金真的境遇，将转请狱官从中帮忙，让他们能早日释放。金真斜眼瞅着他，笑他找错了对象。书记员见金真那样愉快，自以为工作成功了，就向金真提出交换条件，索取那封原信，并且一再保证他决不会欺骗人的。

金真听得厌烦了，几次要打断他的话，但他老是咕哝不停。

"好汉做事一句话！"那书记员装着迷人的笑脸，低声下气地恳求着，"我知道你是够朋友的，真想和你结交。这次，你听我的话，把信拿出来，大家都有好处……"

"信已带到外面去了，你再不用打这个主意！"金真很严肃地对书记员说，"请你转告狱吏们：贪官污吏到处都是，我们并不准备单单对付他们几个，只要他们自己识相，从此，不再任性压迫囚徒，克扣囚粮，让大家有喘息的余地，那也就算了！……要不然，我们不妨较量一下，试试各人的身手！"

书记员没奈何，不敢再多说，垂头丧气地跑了出去。

自此以后，他们总算过了一个时期比较安稳的生活。

现在，他们要离开县监狱了，积怒未消的狱吏们，带着幸灾乐祸的心情，背地里咒骂着：

"让捣蛋家伙尝尝大监狱的味道吧！哼！活的进去，死的出来！"

第五章　更黑暗了

金真、柳继明和刘苏等解到了苏州江苏省高等法院的看守所里。这里的一切，确实名不虚传，比县监狱又大大不同了。那些狱吏、看守们个个凶狠刻毒，动不动就是拳头、脚跟、耳光、棍棒，狱中的气氛显得那么恐怖，使人感到随时都有死的份儿。

新的环境，又向他们提出了新的战斗任务。金真面对着新的事物，默默地思索着。

"妈的，为什么不站端正！"一个狱吏伸出手掌不管三七二十一的把金真掴了几个耳光。接着，就有人来点收。当点到金真的名字时，不由得瞪着三角眼，打量着金真说：

"你在进牢之后，几次煽动风潮，闹得太凶了！这里可不是县监狱，不放老实点，就要你的命！"说着转过头去吩咐看守说：

"把这姓金的犯人，关到最坏的号子去！"

柳继明押在二所四号，刘苏押在一所二号，金真则押在二所五号……

高等法院看守所，分五个部分：一所、二所、女所、病所，另有江苏第三监狱附设的一个分监（事实上，分监早已徒有其名，而成为看守所的附属单位了）。所有监房的格式都是一个样儿：门对门的号子，中间有一条很狭的走廊，供看守来回巡视。牢房面积象上海的亭子间那样狭，里面形式上安置下五张小木床，却关着十多个犯人，挤得睡不下，坐不安。号子后壁上开着一个长方形的小洞，人站在床铺上还攀不到洞的边。铁栅子比大拇指还粗，从里向外望去，外面的东西，都被分割成一个个长方形的小块。向走廊一面，有扇木门，平时除洗脸、开饭、倒便桶，或有特殊事故时，是终年紧闭着的。门上有个小洞，供看守察看囚徒的动静。门的右侧也有扇很高的小窗，站在窗跟前，望不着走廊里的一切。号子与号子间，隔着很厚的墙壁，切断彼此间的交往。在号子右侧的地板上面，放着一只便桶，臭气没处发散，弥漫在号子里。

金真习惯了县监狱里的环境，骤然来到这密不通风、满是恶浊气味的号子里，简直象塞在棺材里一样，连气都喘不过来。

这里，除了笼头，凡是有钱的人，都可享受到例外的待遇，他们吃上好大米的包饭，一个号子只住四五个人，白天不收封，可以在走廊里自由活动。最特殊的人物，住在"病房"里，赌钱、吸毒，丝毫不受拘束，甚至可以请假外出逛窑子，玩女人。这儿的狱吏确比县监狱里高明得多，他们依靠这一套，装满了腰包。而那些贫苦的犯人却越来越受苦，听凭他们鞭笞虐待，只有死路一条。因此，囚犯之间的矛盾加深了，狱吏正好利用这个矛盾来巩固他那血腥的统治。

夏天，难友们的灾难更深重了。关在和棺材一样的普通号子内，吹不进一丝凉风，挤做一团，好象在蒸笼里一般，热得满身是汗，昏头昏脑，活不成，死不得，个个愁眉苦脸，挨着度日如年的生活。一到晚上，不单要忍受闷热，还要和蚊虫、臭虱、跳蚤通宵作战。它们是无穷无尽的，凭你手灵眼快，消灭了千千万万，可是另一批又象潮水般涌来，对筋疲力尽的囚犯猖狂进攻。囚犯们个个满身疙瘩，皮破肉烂。墙壁、地板、草席上，都沾满了斑斑的血迹。

难友们编成了小调，在痛苦无奈时，就不断地唱着：

国法苛，囚犯多，

蚊虫、虱子猛似虎，

千千万万，奈若何？

何处诉？真正苦，

个个皮破肉烂骨头枯！

热天，狱中的伙食也特别糟糕，一到开饭时，整个监房充满着一股叫人恶心的味儿。黄米饭内掺着泥沙、石子，菜汤上漂着几片变成了黑色的菜叶，大家饿得没法，只好掩着鼻子，硬吞下去。难友们也编成了小调：

黄米饭，青菜汤，

不喂猪犬送监房；

吃不饱，饿得慌，

人人消瘦面枯黄！

金真自从解到这个条件更为恶劣的牢狱里之后，不久就病倒了。同号的政治犯郑飞鹏、沈贞等尽力地侍候他，而他的病却一点也没有转机。

眼看金真的病势一天天加重了，发着高烧。沈贞想把自己的床铺让给金真，和笼头不知讲了多少好话，他总是不依。郑飞鹏忍不住气，几乎和笼头冲突起来，最后，还是沈贞掏了五块钱给他才勉强答应了。金真口渴得难受，但是号子里一滴水也没有，郑飞鹏报告了看守，他却睬也不睬，反说他多事。郑飞鹏气得把号子门踢得砰砰响。

"你们这号子里全是坏蛋，敢再捣乱！"看守发怒了，凶狠的眼睛，直对着小洞里看。

"人要死了，讨点水，不能做做好事吗？"老郑压抑着愤怒说。

"他要死，关你什么事？"

"我们是人，看不过去！……"郑飞鹏气得声音都发抖了。

"死掉一个，号子里宽敞一点不好吗？"看守冷笑着说。

"老郑，算了。同他们哪能讲得通？"金真恐怕郑飞鹏弄出事来，挣扎着抬头喊道。

沈贞上前去，把郑飞鹏拖了下来。

"敌人越残暴，我们越体会到自己人的热情和温暖！"金真顾不得笼头的注意，激动地对着沈贞、郑飞鹏说，"我将永远感谢你们！"

"那是我们应尽的义务！"郑飞鹏的眼睛有些潮了，用手按着金真的前额说，"热度这么高，能受得了吗？"

"没有什么！"金真忍住苦痛安慰大家。

"但愿你的病早日好起来……"大家握着金真的手，无可奈何的说。

"啊！……"金真的嘴唇不住地颤动，喉间迸出短促的一声后，就喘得转不过气来了。死的恐怖已迫近了他。……

疾病顽强地缠住了金真，整日夜不能吃，也不能动，躺在床上东想西想。当他在昏昏沉沉中听到陪伴他的难友们在闲谈各自的经历时，他不由得也回忆起自己早年的生活来。

当他十二三岁进中学时，在父亲的影响下，他便开始关怀着祖国的命运。那时，他看到帝国主义加紧对祖国的侵略和掠夺，而国内，军阀们又连年混战，人民生活在重重的压榨下，日益陷于饥寒交迫的悲惨境地。这使他很自然地接受了"五四"以来的进步思潮，激发了爱国热情，积极参加各种社会活动，发表一些不满现状的言论。因此，他老被校方看成是一个不安分的学生，经常遭到申斥或开除。

不久，震撼全国的"五卅"惨案爆发了，革命运动进入了新的高潮。愤怒的火焰，燃起了年轻人的热情，他偷偷地离开学校，跑到当时的革命策源地广州，想投考黄埔军官学校。但因他年龄太小，没有应考资格。这对他那火一般热烈的愿望，无异泼了一盆冰冷的水。他流落在遥远的异乡，无法生活，只得在街头求乞过活。虽然他不免常想到温暖的家，慈爱的父母，以及有趣的学生生活；但由于倔强的个性和参加革命的坚强意志，有力地促使他坚持下去，继续寻找参加革命的机会。

革命的浪涛，随着时间的推移，越发奔腾澎湃，而他仍然是个漂泊街头的流浪儿。在饥寒交迫下，他终于病倒了。为了追求革命而离乡背井，谁知革命的机会没有找到，反把年轻的生命无谓地断送掉了！想到这些，他不觉悲伤了。幸好，当他病危的时候，被乞丐收容所收容起来了。经过一定的时期，他的病竟渐渐好起来。收容所的人们了解了他的情况，就留他在收容所里做些打杂的事情。直到一九二六年初夏，革命军动员北伐，他才参加了部队，充当宣传员。新的希望激起了他的信念，决心以自己的鲜血来灌溉可爱的祖国的土壤，培植自由、民主的花朵！

他随着北伐军前进，常在最前线向敌人喊话；每逢战斗最激烈的时候，他老和战士们一同投入战斗，因此，颇受战士们的爱戴。有一次，他正在向敌人喊话，突然一颗炮弹在他身旁爆炸，他被翻起来的泥土埋在下面，完全失去了知觉。几个最熟悉的同伴把他抢救出来送进医院，才渐渐清醒过来。

伤愈后，他随着节节胜利的北伐军，到了上海郊区。当时上海的工人在共产党的领导下，纷纷组织起来，一次一次地举行武装起义，响应北伐军，打败了军阀部队，占领中国第一个大城市。金真无暇回家探望，继续随着部队向江北进军。一路上，他看到男女老少，特别是工人和学生狂欢歌舞地欢迎北伐军；大街小巷贴满红红绿绿的标语。

革命的歌声响彻了城镇和乡村：

打倒列强！
打倒列强！
…………
…………

他想得太出神了，也就模模糊糊地哼了起来。

郑飞鹏他们见他太费劲了，关心地喊着他："金真，好好地休息一下吧！"

他随便回答了一声，但仍没有打断他的回忆。

随着北伐军的进展，革命的风浪席卷了长江三角洲。

各地的工人、农民、小资产阶级知识分子都纷纷组织起来，行动起来了。大胆地提出打倒列强，收回租界，打倒军阀，打倒土豪劣绅，实现耕者有其田等等要求。有的地方废除庙宇，建立学校，把佛像和孔老二的神主统统摔到毛厕里去了。群众以为今天真是自己的天下了。到处发出快慰的呼声：

"天呀！想不到亲身见到了公道和光明！"

金真在队伍里，根据群众的控诉，逮捕了一批土豪劣绅，正想进行处理。哪知几天以后，情况突然变了，听说那些土豪劣绅捐献了大批军饷，全被释放了；而且，又坐起绿呢大轿，四处拜客、请酒，向人民显示他们的威风。发动群众，打倒土豪劣绅，竟成了那批新贵的生财之道。他们的目的达到了，群众却成了新贵的牺牲品，让他们去受灾受难。

再过几天，那个令人永远不能忘怀的血的日子——"四一二"事件爆发了。窃据革命政权的奸细蒋介石，公然向帝国主义投降，暴露了狰狞的、反革命的面目，对上海起义的工人和进步青年进行疯狂的大屠杀，并在"清党"的口号下，对共产党进行残酷的镇压。

大革命失败了！金真在人们的掩护下，逃出了敌人的手掌，而他的内心受到了深重的创伤。即使在目前，他一想到这些旧事，还是愤恨不平，虽则他也知道那已是不可挽回的历史陈迹。

他怀着沉痛的心情漂泊在上海，黑暗和生活的困难，并没使他消极失望。实际的锻炼，提高了他的政治觉悟，意识到在半封建、半殖民地的祖国想获得革命的胜利，离开了无产阶级的政党——共产党的领导，是根本不可能的。而以后的南昌起义，又给中国人民带来了希望和光明，使他更坚决地相信：只有共产党才是中国被压迫阶级的救星。他想参加党，但在这白色恐怖的环境里，又哪里去找呢？他天天眼巴巴地期待着时机的到来。

下半年，他在亲友的帮助下，重又进了学校。那学校设在工厂区，这就使他有机会常和工人们生活在一起，建立起深厚的友谊。不久，那儿的工人为了争取改善待遇，举行了罢工，他积极帮助工人们写标语，写请愿书，并在最危险的情况下给工人们通消息，当交通，得到了工人们的爱戴。而他自己也通过斗争的考验越发坚强了。

罢工胜利结束后，一个和他最亲切的老工人约他到公园去玩。初秋的公园是那么美丽，绿草如茵，枫叶飘红，红绿相映，格外鲜艳夺目。但那些动人的景色并没引起他们的注意。他们找到一个没人去的角落里停了下来。那位老工人首先就和他谈起想介绍他参加共产党的问题，当时，他那激动的心情简直无法控制了，连话也说不出来，象意外地遇到了久别的母亲一样。又隔了几天，那位老工人通知他：党组织已经批准他入党。随即把他带到一个秘密的地方，参加了第一次党的会议。在这会议上，他道出了自己的心情，实质上是简单而严肃的入党誓词。

"党是中国革命的灯塔，是无产阶级战斗的旗帜！我愿把自己的生命和一切献给中国共产党，为党的事业奋斗到底！……"

会议因种种原因，开得很短促。但是这一天，却是他一生中永远不能忘怀的一天。

金真回忆到这里，两颊露出微微的笑容，喃喃地背诵着入党誓词中的几句话。他好象从那里得到了无穷的力量，他觉得他完全有信心经得起任何残酷的考验。

号子里的难友大部分已睡觉了。只有沈贞、郑飞鹏两人还坐在那里陪着他，突然听到金真喃喃地背诵他的誓词，以为是梦呓，怕被看守听到，连忙轻轻地推他、喊他：

"金真，金真！快醒，快醒！"

"干吗？我……我没有……睡着。"他茫然地望着沈贞他们。

回忆占了金真躺在病榻上的很多时间，这不但没有使他感到消极，反而加强了他求生的意志，终于他战胜了病魔，身体一天天好转了。

在他热度刚退清的一天，突然接到一封意外的来信。在阴暗的光线下，他拆开一看，原来是他童年时代的一个异姓姊妹冰玉写来的。金真勉强支撑着，虽然感到有些头晕目眩，但还是一股劲把信看完了。信上畅叙了他们童年时代的故事，也叙述了当他投笔从军时的别离心情。往事一经提及，留在他记忆中的动人的情景，又呈现在眼前了。

是一个早春的夜晚，明月映在碧清的小溪里，溪水轻轻荡漾，泛出丝丝的银光，微风夹着桃花的芬芳，迎面扑来。他们沿着曲折的小径，在垂柳下缓步倾谈，诉说着各自的志趣。她是多么支持他的志愿，鼓舞他乘风破浪，成为祖国勇敢的好儿女。从此他们就长期分别了。

但她说，时间虽然过得很快，却丝毫没有影响她对他的怀念和思慕。信内，她还摘录了他在广州时寄给她的一篇长诗——《月明千里忆伊人》中的几节诗句：

当年，在遥远的故乡，
正值春夜未央；
我们踏着明月的清光，
沿清溪的柳岸徘徉，
绵绵地细诉各自的衷肠！

春风卷起层层的柳浪，
露水浸润薄薄的衣裳；
年轻的姑娘，谊厚情长：
鼓舞他万里飞翔！
投身革命的战场！

今夜，依旧踏着明月的清光，

但他已在万里迢迢的异乡；
穿上戎装，
搁上刀枪，
兀立在战斗的前方！

革命的波澜将席卷大河、长江，
不久当在我们旧游的地方，
尽情地歌唱；
把战士的愿望，
献给多情坚强的姑娘！

冰玉的确是个热情而坚强的姑娘，她虽经历了种种的苦难，但她总是以微笑来迎接人所不能忍受的苦难。别后，当他流浪在广州街头的时候，老是惦念着她。从军后的第二天，在激动的心情下，他写了一首长诗寄给她。想不到在今天这样的情况下，她还是那么热情地怀念他，激励他，甚至要求他接受她那颗赤诚的心！从这信里，金真进一步了解她是个与众不同、敢作敢为的姑娘，她爱他，纯然出于政治上的觉悟和正义的同情。

总之，她爱他，而他也热烈地爱着她。……

然而，他不能不考虑到自己当前的处境，无论如何，他们的理想绝没有实现的可能，他是个被判了无期徒刑的囚徒！他一阵头昏，不觉把冰玉的信掉在地上了。

突然一阵打骂声惊醒了他，又是狱吏和看守在鞭打犯人了。他怔了一下，徐徐地伸手从地板上拾起冰玉的信，两眼呆呆地望着灰色的屋顶。

爱她，就不能害她！他对业已泛滥起来的年轻人的爱情，展开了猛烈的斗争。对，不能害她，不能耽误她的青春……

牺牲生命，对黑暗展开坚决的战斗，是他当前唯一的任务，除此之外，他还留恋些什么呢？

第六章　星星之火

黑暗越来越深厚。

最近，金真的病好些了，已经脱离了死亡的危险。但这并没有给他带来轻快的感觉。几千个难友在这黑暗的人间地狱里等待着死亡，身为共产党员的他，能这样袖手旁观，任凭敌人宰割着被压迫的人们吗？但一个没有武器的战士，怎样为难友们做一些有益的事呢？他想："星星之火，可以燎原。"牢中有那么多的共产党员，为什么不能组织起来，形成一支坚强的战斗队伍，来争取自己生存的权利，而尽让这批匪徒如此嚣张无忌呢？他觉得：忍受一切，等待时机是必要的，但要等到什么时候呢？……这使他感到很大的苦恼。

他打算和外面的党建立联系。因为他自从解到苏州来以后，和上级党之间便断绝了音讯。好在看守所对一般书信，只要经过检查，就可以邮发的。他了解了这个精况，立刻给故乡的组织写了一封信：

母亲大人：

儿自远离慈亲，怀念何如，谅大人健康如恒，为祷为祷！儿现被押于苏州高等法院看守所二所五号。适以久病，需钱颇急，而狱中相识诸君，亦俱贫病交迫，嗷嗷盼援。望　大人接信后，即转告上海亲友，就近予以照顾。

　　敬请

福安！

儿金真禀　九月十日

　　信发出快一个月了，一点消息也没有，金真的心象被滚油煎熬似地越来越难受。每天，总是倒在床头，愁眉苦脸地牵挂着这封信的下落。

　　关怀他的沈贞、郑飞鹏等不了解他的思想活动，只看到这位判了无期徒刑的青年，经常如此忧郁，便有意识地来安慰他，和他谈谈家常。金真觉得这些人和他谈的话，总有些文不对题。他知道：作为一个共产党员，不但要在组织领导下很好地工作，而且还要在失去了关系的情况下，顽强地坚持工作，这是一个重大的考验。于是，他又振作起来，主动地去了解人，关心人，并通过各个方面掌握情况。在很短的时间内，他便熟悉了号子里的人们，也了解到监狱中的许多问题。

　　郑飞鹏、沈贞，是最接近他的人，在他病中，他们都热情地、尽一切努力照顾他。他感激他们，也清楚他们决不是一个平常的人犯。郑飞鹏是崇明人，从小给地主做雇工，性情纯朴浑厚。因当雇工养不活自己，二十岁时就跑到上海一家铁工厂去做小工，靠自己的努力识了几个字。上海第三次工人武装起义的时候，他积极地参加了纠察队，勇敢地攻击敌人，不久，便参加了中国共产党。"四一二"敌人大屠杀，他侥幸地避开了敌人的追踪，回到家乡，组织农民，反抗地主武装。一九二七年冬，不幸遭地主武装的偷袭而被捕，判了无期徒刑。他已三十多岁，身体挺结实。沈贞是上海一个纱厂的揩车工人，沉默寡言。十九岁那年，参加了共产党。"四一二"事变后，因厂内的组织给敌人破坏而被捕，判了十年有期徒刑。除了这些政治犯之外，还有江洋大盗和严重的政治嫌疑犯。所以五号里的难友绝大部分是重罪犯，最为狱吏和看守所注目。

　　金真考虑着怎样把他们组织起来，首先是沈贞他们，他想得出神了。

沈贞见他老是闷闷地，恐怕影响他的身体，便故意和他开玩笑：

"是不是放不下那女孩子的来信？最近干吗老是不高兴？究竟还是青年人的性情！"

"哪会这样？"

"啊哟！你看他还害羞呢！"个性豪爽的郑飞鹏拍手说。

"不是的！"金真急起来了，凝视着沈贞、郑飞鹏说，"你想，这样黑暗的生活，叫人怎能挨下去！"

"呀！原来如此，我是和你开玩笑的，用不着发急！"

"亏你还有心情开玩笑！"

"怕你再闷出病来，可不是玩的！"

沈贞、郑飞鹏见金真有些生气了，非常后悔。恰好笼头包三已提庭去了，于是，沈贞从床角落里找出一枝香烟，想递给金真，把话扯开。但藏久了，烟纸已经发黄，他仔细看看，又放了下来。可巧给郑飞鹏发现了，便伸手拿过来，送到金真手里，笑着说：

"凭这点诚意向你道歉吧！"

金真已很久没有尝过烟味，对它颇感兴趣，马上接了过来，细细把玩，可是少根火柴，烟还是点不着。

"做好事要做到底，没有火种，叫我怎么抽呢？"

"要火，有办法！"沈贞从草垫上折下一根三寸来长的稻草，拿棉絮把它裹起来，卷成纸烟那么粗细，用木板按在地板上搓了几十下，然后把棉絮卷拉断，轻轻地吹几口气，里面就冒起青烟来，着火了。

"你倒象个燧人氏！"

金真不等沈贞送过火来，就伸手去接，点着纸烟，连连抽了几口。他觉得头脑晕晕地好象飘在无际的天空中，说不出的舒服、畅快。

烟卷顺着次序，传给沈贞、郑飞鹏等人。大家都兴奋起来了。这时号子里的人都午睡未醒，他们便无所顾忌的将心事谈开了。

"金真刚才说得不错，这样黑暗的环境，叫人怎能生活下去？我们必须创造一个新的局面！"郑飞鹏愤激起来了。

"那可不是容易的事，得看我们的努力！"沈贞说。

宝贵的纸烟，这时又传到了金真手上。他敲了敲烟灰，不吭一声地尽管吸着。

鼾声如雷，其他人还睡得正浓。

"我看得多了！"沈贞看看睡觉的人，轻轻地说，"我们的同志往往只凭一股热情和勇气，解决不了问题，反助长了敌人的威风！"

沈贞对金真的印象很好：一个判了无期徒刑的青年，自己尚未脱离危险，却一点也不考虑个人问题，只是注意难友们的利益。那种优良的品德，是一个党员应该具备的条件。但他怕这年轻人性子急，闹出乱子来，所以停了一下，又加重语气说：

"瓜熟蒂落！我们必须十分谨慎，条件没有成熟，决不能轻易行动！"

"成熟的条件，不能专靠等待得来！人们的主动争取也是必不可少的因素。当然，战斗必须掌握武器！"金真看看沈贞说，"我说的武器，便是集体的领导和群众的支持。但这可并不简单！"

他们正谈得有劲，还没得出结论，走廊中发出的吵嚷声打断了他们的谈话。

"狗娘养的，竟敢故意破坏监狱官的声誉，把他拖出来……"这些人一面骂，一面打开五号对过的号子门。

又有倒霉的人遭殃了！金真的心剧跳着。

"我犯了什么法？破坏了谁的声誉？……"是一个难友的叫骂声。

接着，听到狱吏和看守们把那个难友拖到走廊里，按倒在水泥地上打个不停。

"唉！……"金真叹着气，用拳头狠狠地敲着自己的脑袋。

"不要脸的贼囚犯，骂了人，还想赖！"凶手们一面打，一面叫嚷着，"把贼囚犯拖出去，不低头，就揪了他的脑袋！"

"不要脸的狗腿子，我王子义乐得死个痛快！难友们，记住他们！"囚犯王子义的怒骂声响彻了整个走廊，接着，打骂的声音渐渐远去，王子义真的被拖了出去。

"他妈的，拼个死算了！"郑飞鹏气得直蹬着地板。

"乱拼，有什么用？"沈贞立刻制止了郑飞鹏的话。

金真平静下来了，想了想说：

"这样吧，我们利用一切机会联系狱中的同志们和难友们，先从最熟悉的人着手，然后步步深入扩大！"

"对，就这样办吧！"

"我看洗澡、看病、教诲课都可利用作为我们活动的机会，只要利用得好，很快便能发生效果！"

他们的谈话刚结束，王子义被几个凶手连打连拖送进号子来。他的衣服全撕碎了，满身尽是鲜红的血迹。

"狗娘养的，今天够你受了吧……"狱吏冷笑着说。

接着，狱吏又站在走廊里，高声喊着："囚徒们听清，不守狱规的都要受到同样的惩罚！"

金真、沈贞、郑飞鹏等的目光老是碰在一起。他们悲愤地站在门边默默地想：要黎明到来，必须突破黑暗的重围。

"大道之行也，天下为公！"那是写在黑板上的教诲师的训诲题目。

金真他们随着成千的难友，去听教诲课。在一个黯淡的屋角落里团团坐下。

利用一切机会打开局面！今天，金真他们开始实践他们的计划了。

白发龙钟的教诲师困难地爬上讲台，哑着嗓子，半死不活地开讲了。

"囚徒们注意听！我今天讲的，是为人的立身之本。"他喘着气，睁开蒙眬的眼睛，向大家望了半晌，用读古文的调子说："天下为公者，有公无私也。大家有公无私，则天下唯公矣！……"

难友们发出一阵低低的嗤笑声。

"蠢才，你们没有受过圣人之教，真同猪狗一样，所以要行凶作恶！"

教诲师气得咳个不停。

人们听到教诲师发火，谩骂，都气愤愤地搓着手掌，瞪着眼睛，暗里在不断诅咒：

"放他娘的屁，老王八，还要骂人……"

"唯有大道既行，始能有公无私！"教诲师捧着稿子，拉长了声调，又继续念念有词："所谓大道者，礼义廉耻之治也。明礼，则上下尊卑之序严矣；见义，则是非邪正之别著矣；识廉，则洁身正己之志立矣；知耻，则首善疾恶之心固矣！所以礼义廉耻者……"他忽然停了下来，抓着白发，左顾右盼。

这滑稽的场面，并没引起金真他们的注意，他们集中精神在研究有关的问题。

金真他们自那次商谈以后，就一直没有放松过任何一个能进行活动的机会，分头联系难友，了解人们的情况。结果在不长的时间里，便熟悉了许多人，而且还遇到了不少相熟的同志和朋友。

有个叫做冒子仁的青年，从前曾和金真一起工作过，现在又在狱中遇见了。冒子仁这个青年学生，热情、天真，也非常勇敢。"四一二"大屠杀那天，他险些遭蒋贼杀害，幸亏他刚巧有事到另外一个地方去了，敌人扑个空，他才脱了险。以后他参加了党，同金真在一个学校里搞工作。但他很快暴露了身份，组织就把他调到浦东地区去搞农民运动，不久被敌人逮捕了。冒子仁虽然和金真同关在二所里，但因号子门总是死死地关着，没有机会碰到。那天，冒子仁忽然染了感冒，去医务处看病。他一跨进门槛，就遇到了金真。分别了许久的同志，一旦相遇，大家都楞了一下。趁看守跑开的时候，两人轻轻地交谈起来，金真把自己的意见告诉他，并确定了联络的方法。

接着，冒子仁又介绍了和自己一起被捕的施存义。金真一听，十分高兴。原来施存义也曾在北伐军中呆过，和金真挺熟，以前他是一个教师，生活朴素，性格刚强。"四一二"事变前，他就是一个共产党员了，大革命失败后，他经组织决定在上海近郊组织农民武装，在一次遭遇战中，他和冒子仁勇敢地掩护队伍撤退，而落入了国民党手中。自他入狱以来，没一天不在打算，把狱中所有分散的政治犯组织起来，并充分利用囚徒的非人生活这一点来发动群众，巩固党的领导。现在谈起来，正和金真他们的计划完全一致，因而更增强了他们之间的革命友情，以及对斗争的信心。

他们的联系面渐渐扩大了，但通讯联络却跟不上客观形势的发展，这是一个很大的困难。开始，他们除了利用看病等等机会外，还趁个别党员调所、调号时传递一些消息，但那都是偶然的，不能经常化。有时，也用密码交换情况，不过那也是顶困难的，要把一张东西送到某个人手里，不知得经过多少转折和困难，一旦落到敌人手里，虽然他们无法弄清内容，但也得受一番讯问，甚至吊打追查，冒子仁已几次为这事吃了苦头。物色个别炊事员和做工的难友充当通讯员吧，办法倒不错，但仍受很大的限制。最后，他们创造了打电报的办法：通过敲墙头发出的声响，同一连串的号子里互通声息，而临近大门的号子，便执行着警戒任务，一见狱吏进门，便发出警报，告诉所有的号子，使大家能从容准备一切。

虽则，有了这些办法，但总不能满足工作的要求。一次，沈贞提庭回来，走在路上，偶然看见一根很长的铁钉掉在路上，他便装做拔鞋子，偷偷地拾了起来。进监房后，就把它当做宝贝一样藏在枕头边，夜里，他一个人不声不响地用这钉子钻墙壁。经过几个晚上的努力，竟把几寸厚的墙壁钻通了。于是，这根钉子便成了他们有力的工具，为一、二所各个号子开辟了通路。他们依靠这条通路，自由地传递书面的东西，把许多被分割的号子，连在一起了。平时，用牙膏把小洞填住，防备给狱吏、看守和坏蛋发现痕迹。

随着这些活动的开展，许多临时小组成立了起来，金真、沈贞他们所住的号子，无形中成了联络枢纽。

但金真觉得看守所里没有党的正式领导核心是不行的，群众工作不能象他们预想那样的迅速发展。因此，他又建议召开骨干分子会议来解决这些问题。施存义、冒子仁等等，都积极支持这个建议。

集会是困难的，唯一的机会还是利用教诲课。

一所、二所的积极分子，基本上都参加了这次教诲课。金真、施存义、沈贞、郑飞鹏、冒子仁，还有朱之润，他们有意识的都坐在一起。朱之润虽然是第一次和金真见面，但事前都已互相了解，用不着介绍了，于是，他们便毫无顾虑地展开了紧张的讨论。

随着教诲课时间的延长，大家不耐烦起来，屋子里一片嘈杂声，又象上次那样引得教诲师发起火来。

"蠢才，不听我的话，永远不能做人！永远……"他一面骂，一面指着一个坐在前排的年轻犯人说："我所讲的是什么？你说，你说！"

那年轻的犯人慌张地站起来，呆着不做声。

"你说，你说！快……快……"

"天……天……天下为公者，大……大家都有私……无公也！……"他梦呓般地说。

全场不禁哄堂大笑。

"该死，该死……你到底在搞什么鬼？"他的哑喉咙叫得那么凶。

看守赶上去，把那个年轻犯人，没头没脑地打了一阵，罚他立正在讲台后边。

"呸，老王八，真气人！"冒子仁忍不住骂了起来。

"老冒，我们的会议要紧，由他们去吧！"朱之润拉了拉冒子仁的衣角。

一阵骚乱过去了。他们继续讨论着。重点在于如何影响、团结群众，并正确对待流氓无产阶级的问题；同时，还得产生狱中的领导核心。

"根据几个号子里的临时组长所反映的情况来看，"柳继明说，"目前看守所里除了一大批政治犯和政治嫌疑犯比较容易团结外，使人最感棘手的是那批流氓分子。例如我们二所四号姓李的笼头，据说民国八年就进来了，在高等法院判了死刑，他上诉最高法院，案子搁到现在还未判决。他是个总笼头，手下有不少徒子徒孙。对这样的人，我们应采取什么办法？弄不好，我们的组织、通讯工作，都会遭到巨大的破坏。"

"说起李复那个家伙，他原不是帮会中了不起的人物，开始只因生活困苦，才干那抢劫的勾当的。但在看守所呆久了，而他又是个死刑犯，便无形中成了数一数二的流氓头子。他的个性生来倔强，倒也不一定听狱吏的唆使，碰他高兴，还会说几句合乎道理的话，博得一些人的好感。但如果别人说了句公道话，不但得不到他的支持，还要遭到他的打击。"冒子仁皱着眉头说，"那天，他想敲一个新犯人的竹杠，我讲了句话，阻止了他。他就一直忘不掉我，终于他布置人把我身上一张用密码写的条子搞去，说我在犯人中捣鬼，做了我一顿。吃过他亏的人，很多，很多。对这样的人，我看应该组织一些力量，干脆把他斗下来！越早越好！"

"在监狱里不象在外面，对流氓无产阶级，我们不能硬斗，特别在我们开辟工作的时期，必须稳住这些人。狱里，流氓无产阶级实在不少，但顽固不化的，到底还只是一小部分。只要我们的工作做得好，这些人也就孤立无援，无可奈何了。我们应该耐心地帮助所有的人们：替他们写家信，写辩诉状，必要时，也可以在经济上帮助他们解决一些困难。这样，难友们就会很快靠近我们，而逐渐削弱分化帮会组织。"说到这里，沈贞沉思了一下，又建议说："流氓组织里，开口交情，闭口义气，这当然是空头幌子，但我们也不妨抓住这点，钻个空子。尽可同他们交朋友、拜弟兄，在这个基础上搞垮它。不知道大家以为怎样？"

"这个办法倒可以试试！否则，象苏州这个监狱里就是流氓无产阶级多，我们怎么开展工作呢？"郑飞鹏想了想，表示了同意。

"我不反对沈贞同志的意见。同时，在牢监里也只好这样做！"施存义提出补充的意见，并提请大家注意："流氓组织标榜交情、义气，但实质上，他们是反脸无情，反眼无义的。而且，由于它没有立场，容易被统治阶级收买、利用，所以做这工作，必须格外警惕！"

"对，老施从反面把问题提得更清楚、更明确了，这对今后的工作有莫大的意义！"沈贞又发了一次言。

大监狱和小监狱不同，情况复杂多了，我们的工作不得不更注意方式方法。金真独自在想，自己在县监狱里，虽也经过了一番斗争，但问题单纯，不能作为一个经验用在当前的工作上。所以没讲多话，便表示同意施、沈等同志的意见。末了，他强调说：

"搞好和流氓无产阶级的关系，固然要紧，而团结流氓无产阶级以外的群众，却更重要，他们是我们……"

金真的话尚未说完，屋子里又起了一片哄闹的声音。原来教诲师把时间拖得太久，难友们实在忍受不住了。看守便跑来跑去，东打西踢，硬把乱糟糟的气氛压平下来。

金真他们正好借此机会进一步讨论建立领导核心的问题。结果大家主张，由金真、郑飞鹏、施存义、朱之润、冒子仁等五人组成狱中临时的特支委员会。冒子仁觉得自己太年轻，缺乏斗争经验，不配参加领导核心，他诚恳地说：

"我年轻，不懂事，更没有经验，不能担负这个斗争复杂的领导任务。沈贞同志参加革命久，有锻炼，临事沉着，比我强得多，支委会应该有他参加。"

"你害怕吗？"沈贞问。

"不是害怕！冲锋陷阵的事，我能干，决不向组织讨价还价！"冒子仁听了沈贞的话，急起来了，竟忘掉危险，放大了嗓子说。

大家同意了冒子仁的意见。

这时，离他们较近的一个看守，正踱过来，瞪着眼一再凝视这些年轻的政治犯。金真他们怀疑冒子仁的话给他听见了，心里一惊，马上装做很认真的样子，听教诲师的谬论。

教诲师不知在什么时候已摇身一变，从三代之治的"儒家"学说，转为"释氏"之论了。

"释氏有云：人生在世，不肯为善，一定要堕入地狱。如果不及早回头，将永沉苦海！……奉劝大家必须依靠自己救自己！……"教诲师很困难地直着喉咙，发出刺耳的怪声。

"靠自己救自己！"从敌人的嘴里讲出了革命者心里的话。金真感到这是意外的巧合，兴奋地反复把它咀嚼着。

他们的会议完结了。教诲课的一幕戏也演完了。金真他们拖着沉重的脚镣，跟大家一起回到各自的号子里去。

金真回到号子里刚坐下，一个看守送了封信给他。他接过一看，原来是从上海寄来的。信上写着：

金真表弟：

　　顷接家乡来信，知你已解苏州，不胜念念！舅母大人偶感寒暑，身体不适，故不克远道前来。你所需之款，即将专人送上，请勿念！在狱中务必格外珍惜身体！

　　此致

安好！

　　　　　　　　　　　　　　　　常青光上　十月八日

　　再者：据闻同学施存义兄亦在苏狱，有机会，请代为问好！

　　　　　　　　　　　　　　　　　　　　　　又及

金真读完了信，知道是上海党组织寄来的。他是那么激动，沉郁的脸上现出了笑容。

"金真，你怎么这样高兴呀！"郑飞鹏笑着说，"是不是那位多情的姑娘又来信了？"

"呸，你老是打趣！"金真严肃地说，"我们的母亲给我们来了信！"

"是母亲来的信吗？"

"可不是！"

"啊……啊……啊……"沈贞拍着手连忙接过信去。

夜里，金真激动得睡不着，利用昏暗的灯光，就在信纸背后，随手写下了一首小诗：

当我接着了你的回音，
母亲啊！我的心情——
象在黑夜里迷失了方向的孤客，
突然发现了闪烁的晓星！

当我接着了你的回音，
母亲啊！我的心情——
象个久已失明的盲人，
重见了灿烂的光明！

当我接着了你的回音，
母亲啊！我的心情——
象被遗弃在荒野的孩子，
突然听到了慈母的呼唤声音！

第二天洗脸时，金真加紧脚步跨出了五号，赶上斜对面号子里的施存义，趁大家不注意的当儿，把信偷偷地塞在他的手里。

但有个问题，他总放心不下，"舅母大人偶感不适"，这到底是怎么回事呢？难道故乡的组织又遭受了破坏吗？还是……他于是挤在人堆里找到了沈贞他们，一面洗脸，一面商量。

"我们的通信机器太不灵了，这样是没有办法把工作和新的形势密切配合起来的。单靠这些假借的辞语和暗话来表达复杂的内容，是太不够了！"

"是呀！但解决这问题，从哪里下手呢？我想最好利用看守，或在看守中发展党员，这是最可靠的办法。"

"这很难弄，必须看准最老实可靠的才行！"

"以后，我们得多多注意，并把这个工作交下去，让大家留神留神看。"

脸洗好了，各自散去。

第七章　父子相逢

牢监里党的工作的开展，比大家原先的估计顺利得多。狱吏们还沉醉在压迫榨取囚徒的甜梦中，完全没注意到金真他们的活动和整个情况的变化。

这一个时期，由于领导核心的组成，不仅党的组织发展和巩固了，而且通过种种方法，团结了大批群众，并和某些流氓无产阶级分子拉上了关系。

早饭以后，金真正兴奋地和沈贞坐在墙角里交换着意见，忽然看守员打开号门，推进一个穿着补钉重重的蓝布衫裤的新犯人来。他那面黄肌瘦的脸上，长着一对含怨而诚实的眼睛和端正的鼻子。进入号门后，他惶惶然手足无措地老站在那里。这说明他还是第一次吃官司。郑飞鹏忙和他打招呼，帮助他熟悉号子里的生活情况。没有地方睡，就叫他同自己挤；吃晚饭时，又给他打菜、打饭，他才逐渐安定下来。

刚隔一天，全所的总笼头李复叫看守打开了五号的号门，吆五喝六地跑来。他每隔一定时间，总得到各个号子里查看查看，这是他的老规矩。

"那是什么人？"他一眼看见杨四，仔细认了认，然后喝问着。

杨四小心地站起身来，正要回答，狗腿子包三抢着说：

"他叫杨四，才进来的盗犯！"

"喂！你懂得这里的规矩吗？"

杨四瞪着惊惶的两眼，不知又是什么大事，讷讷地说："大爷们，杨四实在不懂事！"

"瘪三，装啥腔？老子现在告诉你，这里的规矩，新来初到的人得孝敬孝敬先在这里的爷们！否则……"跟在李复后面的狗腿子恶声恶气地说。

"请大爷们原谅，我是个穷光棍，实在没有钱孝敬，对不起，千万对不起！"

"凭你怎么来头大，公事一定要公办，大概你还不知道我们李爷的厉害呢！"

"小的实在一无所有，等以后……"

"呸，瘪三，还装死作活呢！给我做……"李复沉下脸来吩咐包三。

包三同几个狗腿子不由分说把杨四揪倒在地上，狠狠地毒打了一顿。开始杨四还挣扎着，后来连挣扎的气力也没有了，只是哀求呼号。李复两手叉着腰，还一股劲地在旁边喝打。

郑飞鹏在一旁看着，火冲天门，发亮的眼睛直对着李复和包三，捏紧了拳头，摆出要打架的姿势，想来个冷不防，叫姓李的也尝尝这个味道。金真见不是事，马上把郑飞鹏推开，使了个眼色，然后跑上去和李复说：

"姓杨的不懂事，请看大家面上，暂时放下他，瞧他以后识相不识相！"

笼头李复板着铁一样的脸，叉着腰，瞟了金真一眼说：

"河水不犯井水，这事不用你管！"

"大家一样吃官司，你干吗欺侮他？"一个新进来的看守责问李复，并且拦住了包三他们。

"新来后到的小子倒管起老子来了！哼，这是咱们的公事，犯不着你多事！"包三叫嚷起来了。

"我是看守员，有责任管你这个贼囚犯！"新来的看守不知李复的厉害，毫不退让的顶撞上来。

另一个看守挡开了那个新看守，连连向李复道歉：

"他来所内工作还只几天，不懂得牢里的规矩，请你原谅！"

那个新看守，不过二十来岁，脸是那样瘦削，颧骨很高。上班后，总是在走廊里踱来踱去，冷冰冰地很少和人谈话。金真几次想和他扯谈扯谈，都没有成功。"你上班了！""嗯！"凭你怎样问他，回答的总是一个"嗯"。他是多么怪僻、难于接近的人物！后来，金真他们不再注意这位冷冰冰的人物了。想不到今天他竟会打抱不平，在太岁头上动起土来，这说明他还具有一定的人性和正义感。但这一来，他在这个环境里怎么站得住呢？

金真见李复的火发大了，脸色又青又白，于是跑上前去，拍着胸脯说：

"算了，杨四的事，由我完全负责！他不拿钱，我来拿！不信，请包三作证！"

包三知道金真是不好惹的，落得卖个交情，连连点头，表示自己愿意负责。

李复见势头不对，也只得随风转舵，气哼哼地跑回去了。一场风波，算是暂时告一段落。

郑飞鹏躺在床头，气鼓鼓地不做声，认为金真在这问题上太软弱了。他想：老郑的拳头正发痒，偏是金真不让我叫李复尝尝老郑的味儿，真没道理。停了一会，经沈贞他们的说服，他才想通了：硬碰硬，结果落得个两败俱伤，不又给狱吏沾了光吗？想到这里，他不禁笑了起来，蠢家伙，为什么总是这副老脾气呢？

晚上，跳蚤、蚊子叮得郑飞鹏和杨四都睡不着，干脆坐起来，背靠着墙壁，慢慢谈心。

"你犯了什么案子？"

"唉，他们冤枉我做强盗……"

"这世界，冤枉的事可多哩！……判了几年徒刑？"

"无期徒刑！"杨四拭着眼泪。

"到底犯了什么罪？家里还有人吗？"

"家里有个七十多岁的老娘和五个小孩子。老婆前年害了病，没钱医治，一命呜呼了。去年春天，眼看几个孩子又要饿死了，万不得已，就动了偷东西的念头……"杨四说到这里，忍不住哭出声来了。

"偷东西怎么变成了盗案呢？"

"说来话长，唉！……"杨四哽咽着说，"那是一个下午，我生平第一次去干那无耻的勾当。但脚步一动，总象有人跟在我后面似的，三步一停，五步一回头地挣扎向前。心里想：杨四为什么竟堕落到这步田地？几次要回转去。但孩子们啼饥号寒的悲惨的呼声，好象就在我的耳朵边上，我实在不忍心听任他们象我的妻子一样活活饿死，才又鼓起了勇气。当我跑到那家窗子跟前，想伸手偷一只台钟的时候，台钟发出均匀的'的答'声，在我听来却象雷轰一般怕人。我浑身发抖；血管差些要破裂了。我不知多少次伸手，又缩了回来。我原是个手艺人，只因失了业，才弄得生活毫无着落，几次想丢下母亲、小孩，死了拉倒。可是，母亲老哭做一团地说，自己是老了，随你怎样都好，最多一死罢了，但丢下这群孩子又怎办呢？于是，我只有走偷窃这条绝路了。我的心一横，再管不得什么了，一下把台钟从铁栅子里拿过来，拔腿就跑。跑了好远，我还不敢停下来，似乎一直听到有人在叫'捉贼'，'捉贼'！末了，我一头撞在电杆上，跌倒了，待爬起来时，才知道是自己发了昏，疑神疑鬼，不觉又好气，又好笑。我怀着台钟，走向当铺，满以为这下子可以当得三元五元，籴两斗粮，过它十天半个月了。哪晓得当铺里的朝奉真混蛋，只肯给七毛钱。为了这点子钱，把自己和祖宗的脸都丢尽了，唉！我真恨自己没出息！回到家，母亲和孩子们哪知道我的心事，高高兴兴地围着我，马上淘米煮饭。不料侦缉队却跟踪查了来，把证据放在面前，我没法抵赖，就被带走了。母亲和孩子们……唉，我不忍再谈到他们了。审讯时，法官又追问到另一桩盗案上来，我当然不能承认，无奈他们不问情由，把我打得七窍流血，不知人事。然后他们拿出预先做好的供状，要我按上了指印。这样，我便从小偷变成重要的盗犯了。现在被判了无期徒刑，唉……"

杨四哭个不停，郑飞鹏一再劝他。睡在他们旁边的金真也觉察了，便爬起来一起帮他研究案情，并追寻推翻盗案的反证。

"这个可就难啦！"杨四苦着脸说。过了一会，他又悄悄地告诉金真："反证是有，只怕案子越弄越大，连老命都保不住了！"

"这怎么讲？老杨！"金真握着他干瘦的手亲切地问。

"唉！……"

金真仔细和他交谈了好久，他才把有力的反证说了出来。原来他在离家十里的一个城市里摆摊子，因没给地痞流氓送礼，便硬栽他和邻近的一个妇人通奸，把他打个半死，又弄到警察局里关了三天。以后不久，那个妇人的丈夫酒醉失足，掉在水里淹死了，流氓又造谣说是他害死的。他慌了，才收摊子跑回家来。而他被关在警察局的时候，正是那桩盗案发生的时间。他所以不敢提出这反证，唯恐再弄个通奸杀人罪，那就更不得了啦！

"统治阶级的法院，爱装腔作势，总得顾三分脸面，怕它干吗？而那盗案发生时，你既关在警察局里，那就是有力的反证，何愁原判不能推翻？"

金真他们帮他写好了辩诉状，送给法院。

没有多久，高等法院提审了。对杨四的案件，居然撤销原判，以窃盗罪判处徒刑六个月。

"救命的恩人！"杨四感激金真、郑飞鹏，一提起，就掉下一连串的泪珠。

杨四在判决前已关了很久，折算下来，他的刑期快要满了，想到这一点，他心里又喜又愁：喜的是他可以重见到他的母亲和孩子了；愁的是离开了这批有情有义的朋友，在茫茫的苦海中他将怎么生活下去，怎么……

金真了解杨四的心情，不时安慰他：

"天下大着呢，到处有好人，你放心吧！"

"现在，我懂得天下只有共产党顶好，象我……能不能参加……"杨四红着脸老问金真。

金真微笑着，没有直接回答。这就给了杨四无限温暖的感觉。

杨四的事情，很快在狱中传开。难友们更相信金真他们这些政治犯了，更乐意接近他们，并接受他们的意见。各个号子里的共产党员无形中也取得了领导地位，笼头制度在渐渐死亡了。

李复在杨四进监时，就落了个不高兴，正无处发作，现在又听说被改判了六个月徒刑，他更是生气，打定报复的主意：先对付那个新看守，再搞金真他们，维持笼头的势力。

隔了几天，李复指使他的几个徒子徒孙，诬告新看守员走私舞弊，搞了假的人证物证，要全所的人犯签字，一定要砸碎他的饭碗。

金真知道了这件事，虽然他对那位冷冰冰的新看守并没有好感，只因他替犯人说公道话而得罪了笼头，所以抱着同情的态度。等包三把这张诬告的状子传到金真手里要他签字时，金真就拿过来一把塞在口袋里，板起面孔，对包三说：

"我劝你不要跟李复一起诬陷好人！"

"你不愿签字，得把状子还我！"包三本来就比较软弱，他不敢不听李复的话，又不敢得罪金真，只得央求着说。

"不行，你叫李复来取！"

李复恨透了金真。第二天开饭时，他串通了看守，选好几名徒弟，想摆点颜色给金真看看，杀杀政治犯的威风。

包三躲在屋角子里不敢做声。其他难友们不待金真出面讲话，立刻拥上前去：

"你想陷害好人，还要强迫别人签字，是什么道理？"

"不关你们的事，快滚开去！"

"啐，不要摆这副穷架子了！有理讲理，不然，请试试我们的拳头！"

气焰嚣张的笼头李复，想不到形势变得那么快，人家竟不把他放在眼里，连个打圆场的人都没有了。于是只好咬紧牙关，怀着一颗刻毒的狠心跑回号子去。他想：这些坏透了的政治犯，得了点势，就找到爷们头上来了，总有一天叫你知道老李的厉害。

同李复的关系搞坏了，大家晓得他是决不会罢休的，金真他们的活动也更加谨慎起来。

隔天，金真趁洗澡的机会，把李复这张状子递给那位姓宋的新看守。他姓宋，还是金真最近打听到的。在状子后边，金真批了几句：

　　　这是笼头李复准备诬告你的状子。现在，他的阴谋已经被我们拆穿了，从此以后，请你格外注意！

过了几天，那个看守找了个借口把金真提出去，偷偷地将三包大英牌香烟塞在他的口袋里，两眼象是很感激地望着金真，但仍然默不做声。金真想退还他，又怕被别人发觉，找麻烦，只好收下来了。从此以后，每隔些时，他总要送点东西给金真。

"你自己也很困难，哪有钱……"金真想劝他以后不要再买东西，并且借此机会和他谈谈。

新看守摇摇头阻止金真讲话，只轻轻地对金真说了一句：

"我报答好人！"

但他仍是那样的执拗，嘴唇整日地紧闭着，严肃地踱来踱去，叫人不易窥测到他心灵的深处。

金真常常想在看守中打开一个缺口，可是没有机会。现在，这个人如此合适，于是尽可能地接近他，考验他。常请他代寄私信，购买违禁的书籍，他件件都能办到。以后，见他确实可靠，便进一步托他转递和组织上往来的信件，他也总是小心谨慎地完成任务。但由于他的个性特殊，双方交谈仍然很少，不能达到更深一层的了解。

李复住的号子，和金真贴隔壁。他一看到那看守，心里就来气，特别见他和金真很亲密，更不能忍受，但也无可奈何，肚子里又闷、又恨，只好拿和他同号的难友，特别是政治犯当做发泄的对象。那些人，可真受够了他的罪。

在将要发动绝食斗争前的一个夜里，老宋在金真的帮助下，终于提出了入党的要求。他是那样的激动，严肃的脸，好象一朵鲜艳的花微笑了。金真答应考虑他的问题，这时老宋含着热泪，紧紧地握着金真的手说：

"共产党待我太好了，要是我入了党，一定不辜负党的期望，坚决完成党交给我的任务！"

老宋虽还没正式入党，而党在看守中已经有了可靠的人员。从此，狱中的党组织和上海党的联系更加密切了，那些没有与党联系上的党员，陆续地接上了关系。看守所里的党组织扩大了。临时支部按照上级党的指令，改选成为狱中党的特委会。

说来也真巧，几天前，四号里收进一个年纪很小的政治犯，名叫葛继成，安徽人，大约十五六岁光景。他那瘦白的小脸上，圆圆的眼睛黑白分明，显得他怪聪敏伶俐。他的一举一动，还未失却孩子的天真。可是，小家伙却挺调皮，爱顶撞，不怕吓唬。因此他便成了李复的眼中钉，事事折磨他。

李复一天到晚弄得他没时间坐，也没地方睡。

"你是什么人？倒会欺负小孩子！"小葛的眼睛盯着他，"你不知道我是个没爹娘的孩子！凭你怎么，也挤不出一点油水的。嘿，算了吧！等我长大成人，有了事，那时你来我府上，我一定好好地招待你。"

李复给他顶住了。但心中还是放不开他，老是叫他扫地、打饭、倒便桶。挑到一些小毛病，就骂得狗血喷头，连爷娘、祖宗全给他咒翻了。

"别瞎了眼，小爷也不是好惹的！"小葛受不住了，不知厉害地和他顶撞起来。

李复大发雷霆了，满脸横肉，竖起眉毛，赶前去要打小葛。

冒子仁、柳继明最近受够了李复的气，为了组织上的布置，只好拼命忍耐着，让他象疯样去东咬西咬。现在，眼看小葛激怒了这个天煞星，生怕小葛吃大亏，再顾不得什么，立即上前挡住了李复，劝他不要和孩子一般见识。李复死不肯罢休。柳继明便做好做歹地把小葛骂了几声，假意打了他两下，对李复说："象那样的小鬼，怎配你老亲自动手。"李复这才没话可讲。但心里总是感到不舒服，想等以后的机会，再来收拾他。

过了一天，小葛写好一封家信，准备发出去。李复见了，狠狠地瞪了他一眼，吆喝着：

"写给谁的信？"

"小爷的事，你管不着！"小葛轻蔑地看了他一眼。

李复突然站起身来，使劲抓住小葛的手，把信夺了过去。但当他看清了信封上开明的地址和姓名后，竟突然怔住了，呆呆地打量着正在他面前光火的小葛，半天不做声。

柳继明怕小葛吃亏，待要上前劝阻，忽见李复颤抖着嘴唇，眼泪汪汪，很尴尬地低下了头。

小葛和大家都诧异地望着他，号子里一时变得非常沉寂。

"收信的，是你的什么人？"他的声音低得几乎叫人听不清楚，眼泪籁籁地掉在信封上。

"写给我舅舅的信，与你有啥相干？"小葛随便地回答着。

李复拭着眼泪，长叹了一声，沉痛地又问了句：

"你的父亲叫什么？"

"我从小没见过我的父亲！"

李复的脸上，这时不觉露出了从来不曾有过的慈蔼的神色，拉着小葛的手哽咽地喊道：

"小敏，……"

周围的人给这突然的情景怔住了，许多双眼睛一下溜到李复的脸上，一下又溜到小葛的脸上。

小葛听到李复叫他的乳名，也呆了，牢牢地盯着他的脸。

"唉，小敏！我就是葛大成！"

"呀……爸爸！"

"我的儿……"

父子相认，抱头大哭。

不知怎地，老柳也激动得流下了眼泪，老冒抹着眼睛，周围的难友都不住地叹气。

原来葛大成家很穷苦，早年结婚生了小敏后，为生活离开了妻子，出外度着流浪生涯。随后，混进了青帮，干起打家劫舍的勾当来。因为这太危险，怕连累妻儿，就索性改掉姓名，同家庭断了音讯。而妻子呢，等了他好几年，得不到丈夫一点消息，就以为他死掉了。小敏幼时，常听母亲说起他父亲，后来，母亲死了，也就再没人讲起这桩事了。小敏的舅父很爱怜他，栽培他上学。学校里的一个老师见他活泼灵敏，便叫他把一群儿童组织起来，他当了儿童团团长。这次，当地的警察局竟认他是政治犯，把他逮捕了。却没想着在监牢里竟遇到了他的父亲。

晚上，李复问小葛：

"儿童团，为什么是政治犯？"

"谁知道！大约他们以为是共产党领导的吧！"

"唔，共产党都是坏蛋！你到底信不信共产党呢？"

"听说共产党专革有钱人的命，我是穷孩子，为什么不信它？"

小葛父子相会的事，引起了难友们的惊讶和注意。金真他们决定叫冒子仁和柳继明帮助小葛做好他父亲的工作。李复由于儿子的关系，不再对共产党抱敌对的态度，但仍有一定的距离，保持着他那流氓的本色。

没有多久，小葛生病了，全身烧得火热，肚子拉个不停，日夜昏迷不醒，病势是那样沉重。 为了救自己的儿子，李复向狱吏和徒子徒孙们提出要求，请他们帮助，但他们都非常冷淡，认为小葛是政治犯，死活用不着他去管。 李复急得走投无路，眼睛哭得红红的，看着小葛快不中用了。 这时，同号的冒子仁、柳继明和隔壁的金真他们决定尽力挽救小葛，掏出所有的钱和东西，替小葛请大夫，买药品。 冒子仁、柳继明更是日夜陪伴着，比母亲还要关心。

开始李复还很顽固，他想，我的儿子生了病，为什么要受共产党的帮助？我是死也不信服共产党的。 后来，他看冒子仁、柳继明他们实在太热情了，柳继明甚至把自己嘴里装的金牙齿也搞下来花在小葛身上，他才渐渐消除了自己的成见。 但他还执拗地不肯说共产党一个"好"字。

某些政治犯和一般难友们，对金真、冒子仁他们尽力救护小葛这桩事，思想上还有点儿不通。 他们以为小葛虽是政治犯，而他的老子是那么反动，不知有多少人吃过他的苦头，何必花这样的代价在他儿子身上。 小葛侥幸好了，说不定还会同他老子一个鼻孔出气呢！

金真、冒子仁他们的看法，却不是这样：小葛既是个革命的政治犯，我们对他就该发挥高度的阶级友爱，决不能因他的父亲而摒弃他。

为了有力地击垮监狱里的封建统治，支委会的结论，现在看来还是正确的：必须团结一切可能团结的任何力量，哪怕是暂时的，不久长的。 因此，在一定的条件下，别说是小葛，就是李复有这种要求时，组织上也得考虑给他帮助。 党的明确态度，终止了大家的议论。

小葛还没全好，李复也染上了疾病。 在危急时，冒子仁、柳继明也周到地服侍着他。

他们父子俩的病好了，而冒子仁、柳继明却因累旬经月没好好吃睡，消瘦得不成人样了：眼眶深凹，脸色苍白，颊腮也瘪了。

"过去，我太对不起共产党了，太对不起象你们那样的政治犯了！"李复每见冒子仁、柳继明替他端水、调药时，他总是感激地重复这些话。

"不经患难，不成朋友，过去的事，不谈它了，你还是安静地养病吧！"冒子仁他们一直安慰着他。

"唉！爷娘待我也不过如此！要不死，我总不会忘了你们的恩典！"

一夜，李复轻轻地爬到冒子仁、柳继明床边，弄醒他们，低声地恳求着说：

"你们待我太好了！我虽不配做共产党员，但愿和你们结成同生共死的兄弟，不知你们能接受我的请求，允许我改邪归正吗？"

冒子仁和柳继明一口答允了。

李复乐极了，伸出膀子紧紧抱住了将要和他结义的弟兄。

于是，他们找了个机会，彼此约法三章：

"异姓结义，情同骨肉；彼此一心，爱护难友；背信弃义，天诛地灭！"

李复站过来了。那些老于世故的流氓分子，一看苗头不对，也就跟着转变了。剩下些极端顽固的家伙，完全孤立起来了，再无人理睬他们。

从此，李复就到处宣传共产党的好处。虽则，他对共产党还只限于一般的认识。他时常对他的徒子徒孙们说：

"帮会害煞人，打流是绝路！你们跟着共产党走，准不会错！"

在流氓中，李复总算是说到做到的。

一次，冒子仁把一份党的重要材料，藏在破鞋子的衬底布下面，他自以为很妥当了，哪知走路时不仔细，掉了出来，给一个国民党改组派分子拾去了。材料的关系很大，冒子仁他们慌了，而拾到条子的那个家伙只装不知道，老说些半吊子话：

"给谁拾去了，终究会搞清楚的，急什么？"

冒子仁真急了，准备和那家伙拼命。李复知道了，便劝冒子仁说，要和那家伙干，必须由他出面。这样，即使狱吏知道了，也不敢来干涉，因为他们有许多犯法的证据在李复手里，不能不有所顾忌。于是，李复不待冒子仁他们同意，便对那家伙说：

"现在我要问问你，到底漂亮还是不漂亮？"

"……"那家伙没料到李复会来干预这桩事，呆了一下，不做声。

"老子问你话，你还想装聋作哑！"李复骂了起来，"你漂亮，我们就客客气气对待你；要是不漂亮，那就别怪老子的性情粗暴了！"

"谁知道是什么事，便老子长老子短地骂人！"那家伙也不示弱，顶得怪凶。

"呸！还要装腔！"李复气透了，握着拳头挺上前去，唾沫溅了他一头，骂道："快把拾到的东西还我，便万事皆休，否则，要你的命！"

"嘿！'要你的命'……"那家伙还想撑一下。

李复不由分说，当胸一拳，把他打倒在地上，用脚踏住他的胸膛说："看你要死要活？老子横竖已判了'死刑'，多做掉一个坏蛋是赚来的！"

号子里的难友都上去做好做歹地劝说一番。实际上没有一个是同情那家伙的，暗里还要弄他两下子。他看形势不妙，才吞吞吐吐地对冒子仁说：

"上午，我拾到了一张破纸，夹在被角头，你自己去看，是不是那东西。"

材料拿回来了，那家伙已吓得面如土色，李复望望他，冷笑着说：

"饶过了你这一遭，下次再不改，一起和你算账！"

李复的活动太露骨了，很快遭到狱吏们的嫉恨，而在暗里查他的旧案。结果，他那上诉最高法院拖了八九年没有下文的案子，突然被驳斥下来了：维持原判—— 执行死刑。

临执行的那天，整个看守所，特别是二所四号浸沉在无边的悲痛中。大家不知该用什么话来向这位即将离开人间的新朋友表达自己的心情！

李复突然气昂昂地站起来，走向他的儿子身边，打破了可怕的沉默：

"老子做了一辈子坏事，活该落到这个收场！你还年轻，应当擦亮眼睛，走上正路，不要辜负自己的一生！"

小葛只是啜泣，抱着他的爸爸不放。李复推开小葛，拉着冒子仁、柳继明的手说：

"想不到我们竟中途长别了！有桩事得拜托二位！"李复指着小葛说，"希望两位教好我的儿子，将来能参加共产党，给我报仇雪恨，那我死也瞑目了！"

随后，看守长带了一群武装看守，把李复押去执行了。

小葛哭得死去活来，赶上去想和他父亲最后拥抱一下，却被看守长一脚踢倒在地上。

李复虽然死了，可是，这正是狱吏的失败。原来无所谓的，甚至较坏的一批流氓，都看清了统治阶级毒辣的本质，而很自然地跟着共产党走了。

党的工作和基础，在苏州高等法院看守所中迅速发展巩固起来了。无数条细流，从各个方面注入这个愈来愈宽广的漩涡里，很快汇成一股巨大的激流，向着禁锢它们的铁堤冲去。

第八章　要活下去

"星星之火，可以燎原"——现在正是考验自己的时候了。

党组织根据目前的形势，作出了新的决定。而偶发的事件，又促使了这一行动的爆发。

早晨，金真拖着沉重的脚镣，跟其他人一起走向洗脸间。在他走到十六号门前时，号子里有人投给他一张条子。这种疏忽的举动，完全出乎金真的意外。他没来得及拾取，却给值日的看守发现了，他飞快地赶来抢夺。旁边看着这桩事的人，都急得心头发跳，唯恐这里涉及到重要的秘密。正当看守弯下身子，伸手去抢那条子的一霎间，金真急中生智，从他屁股后面使劲一推，他冷不提防，一跤摔得老远，头碰在水泥地上，忍不住疼痛，"嗳唷，嗳唷"地直叫起来。有人趁机将条子拾走，另外丢个不相干的纸团在那儿。

看守跌得头昏眼花，一时爬不起来。这时，和金真同在看守背后的沈贞、郑飞鹏，便打定了主意，由他们来承担这桩祸事，免得久病尚未复元，而工作又特别紧张的金真再受折磨。于是，他们便装做既害怕、又抱歉的样子，上前把看守搀起来，并低声下气地连连打着招呼：

"该死，该死，我们跑急了，竟闯出这样的大祸，千万请求原谅！"

"瞎了眼睛的狗蛋，快拿纸条给我看！"看守气得眼都红了。

郑飞鹏连忙拾起纸团给他，仍不断地认错赔罪。

"狗蛋，想欺骗老子吗？"

"哪有这事！哪有这事！请你……"

"好，等着瞧吧，狗蛋！……"他急忙锁上号门走出去了。

金真见看守走了，连忙打开条子，原来是自己起草的一份通告，号召难友们团结起来，准备好一切，为争取白日开封，改善生活待遇而斗争。它已传遍了看守所，现在又回到金真手里。金真暗暗称幸这条子没落到敌人手里，否则，第一次的斗争就完蛋了，那对今后的工作，将产生多么严重的后果。

金真马上把条子毁掉了。他估计狱吏们不会就此放过这件事的。好在事无实证，而情况发生时，包三等人又不在场，事情就好办多了。现在趁包三还没回到号子里的机会，金真便对全号的难友作了布置。

果然不到半小时，二科姓温的科长根据看守的报告，他臆断这张条子一定和看守所最近发生的一系列情况有关，便亲自进来实地检查了。那家伙约莫五十来岁，头发已经花白，瘦瘦的脸上眼露凶光，十足是个吃监狱饭的老奸巨猾的家伙。他查看了一圈后，凶恶地向金真他们瞅了一眼，似乎在暗示：凭你多么狡狯，在我面前没有戳不穿的花招，还是识相点好！

接着，金真号子里的难友全被提出去了。院子里挤满了大批武装看守，恶狠狠地只等一声令下，便动手用刑。

姓温的问全号子的难友：

"纸条在哪里？知趣的，快交出来！"

大家按金真布置的一套回答着：有的说没看见，有的说就是被你们拾去的那个纸团团。

于是，姓温的只好把注意力集中在沈贞和郑飞鹏身上了。

他们还是打躬作揖，一迭连声说：

"该死，……该死，……请求原谅！"

那科长气得把桌子拍得震天响，两边的武装看守见科长这样，更是磨拳擦掌地摆出一副吓人的威势。

"实在就是那一个废纸团，看守先生自己也看过的。"两人仍然装做诚惶诚恐的样子说。

"刁贼，不用装腔作势，免得自讨苦吃！"姓温的站起来，指着他们的脸。

"事实如此，叫我们怎么讲呢？"有人故意喃喃地说。

"刁贼，我知道你们在捣鬼，准备闹监！不吃苦，哪肯讲实话？"他脸上的肌肉颤动着，望了望武装看守。

"把我做死了，我也只能讲这样的实话！"

金真这时愤怒得要冒火了，但为了工作，强自抑制着。

"你也是坏蛋！"姓温的一眼瞥见金真，愤愤地说。

"这与我有什么相干，请科长明察！"金真忍住了气愤，平静地说。

"你不能偏听看守的诳报，冤枉好人！"郑飞鹏怕牵连到金真，连忙挺身出来说。

"一点也不冤枉他们，科长！"看守插嘴说。

"这两个囚犯最坏，你们替我做死他！"他指着沈贞和郑飞鹏对看守说。

一群如狼似虎的野兽，拥向郑飞鹏和沈贞，狠狠地毒打着。

在狱吏的酷刑毒打下，沈贞、郑飞鹏显出了叫人折服的坚强不屈的精神。郑飞鹏警告狱吏们：

"你们这样逞凶冤枉好人，后天是我的庭期，我要依法控诉你们！"

姓温的下不来台了。他想，自己一生中不知处理了多少犯人，可没有遇到过这样顽强的人。但没有实证，又恐他真的向法院指控，不敢过分地伤害他们，只好愤愤地吩咐看守们：

"把他们关到禁闭室里去，等以后算账！"

沈贞和郑飞鹏被打得血淋淋地拖进了禁闭室。

"不兑现，毋宁死，坚决绝食！"

沈贞等受刑、挨打，激起群众的愤怒，于是反对无理压迫，要求改善待遇和白日开封的斗争就此揭开了序幕。

清晨，熹微的阳光才透进狱中时，看守所里全体囚徒齐声喊出了绝食的口号。几千人的洪亮的吼声，震撼了整个看守所，响彻云霄，向四面播开，使这个古老的城市受到了意外的震惊。

几天前，各个号子按照统一的部署，先后提出了几乎是全体签名的报告，要求狱吏取消酷刑，改善待遇，白天开封。开始，狱吏每接到一个报告，总是把整个号子里的难友，提出去臭骂一顿，威胁说，这种行为是反抗政府的犯罪行为。后来，报告越来越多，他们感到老一套的办法不行了，就日夜不息地加岗戒严，企图用武力把难友们威吓下去。走廊里通宵骚乱着：银铛的铁镣声、吆喝声、鞭打声、叫骂声、沉重的皮靴声、呻吟声……一片阴惨惨的景象。

可是现在的囚徒们再不象羔羊般驯服地、任凭狱吏们摆布了。他们在党组织的领导下，坚持"不兑现，毋宁死"的斗争决心。不时唱起囚徒们自己的歌曲，响亮雄壮，压倒了狱吏们的吆喝。

当然，金真他们也曾考虑过：目前世界上所有的被压迫阶级，都陷于漫漫的暗夜里，度着悲惨的生活，而他们是被认为犯了罪的人，难道还能希望受到统治者例外的厚待吗？但现在事实逼得他们不能再作任何审慎的考虑了。不战斗，只有死。这是他们不可逃避的道路。

囚徒们的坚决斗争，使看守所的狱吏们发了慌，下边的人等上面拿出办法来，而上边的人又乱做一团，没个主意。

看守所长原是个只知拍马捞钱的角色，事到临头，就不知所措了。怕事情闹大了，自己贪赃枉法的情迹被揭露出来，对自己不利，打算得过且过，暂时把这事情掩饰过去再说。所长找一科、二科科长商量。姓温的二科长来头大，有靠山，竭力主张彻底查办，狠狠地搞它一下，免得将来麻烦。一科长因不直接管理监房，事不关己，抱着两面倒、不得罪人的态度。于是狱吏们始终得不出一个统一的意见。

所长见囚徒们的势头越来越大，沉不住气，决定不管温科长的主张，先找几个主要人犯来摸摸情况，再作道理。于是金真、王子义、冒子仁、沈贞、施存义、柳继明等四十来人一起被提去讯问。所长先训了大家一顿，但他口齿不清，又边咳边讲，断断续续，说了个莫名其妙。金真他们只听到一连串的："囚犯""混账""违法乱纪""严加惩办"……一类的官腔。

"不要噜苏，我们要活下去！"人丛中有人第一个叫起来。

"谁是'混账'？谁在'违法乱纪'？问你自己的良心！"又有人在喊。

人丛里，你一句，我一言地闹个不休。

那个温科长出场了，他握着拳头，跑过来，面向着囚徒，声势汹汹地说：

"该死的共匪，坐了牢还不安分，该杀！……该杀！……"

"你说什么梦话！我们并不是共产党，为要活下去，只好拼命、拼死！"人丛中又是一片杂乱的声音。

"好，先做一个给大家看看！"二科长指着金真，命令看守们。

金真不慌不忙地从人丛中走出来，对狱吏和看守们说：

"施展你们的手段吧！准备拼性命的人，还怕……"

"反绑起来，吊他几个钟头！"温科长不待金真说完，又一次怒吼着命令看守们。

金真自动地把手反背着，眼睛直盯住跑过来要动手的看守们。

看守们正拿了绳子要绑金真的时候，冒子仁、柳继明、王子义冲过来，推开看守，大声地说：

"要活下去，是大家的事，没有理由做他一个人！"

"横竖死路一条，大家一起来吧！"许多人一齐拥上前去，把金真围在中间。

所长看情形不好，怕弄出乱子来，悄悄地溜到办公室里去了。二科长见所长跑了，心底里着实来气。心想不中用的老贼，硬叫别人上当。自己又何苦定要充个傻瓜？于是，便指挥看守们把金真他们四十多人全关到厂房里去，等待处理。

这时，监房里传来了雷轰般的口号声：

"取消私刑吊打！"

"改善待遇！"

"白日开封！"

禁闭在厂房里的四十来人，差不多有三分之二是政治犯，主要骨干都在这里了，包括新入狱的程志敬、白志坚、徐英等。他们虽然整天没吃饭，但乐观的情绪支持着他们。这真是个难逢的机会，他们坐在地上，有说有笑，从黄昏直到天亮。看守不敢留在屋子里，远远地站在门外。这给大家很大的方便，从容的商讨今后狱中的工作，无异举行了一次党的代表会议。

绝食斗争延续了两天。狱吏们做了不少挑拨、分化工作：把罪过完全推在政治犯身上，劝大家不要做共产党的工具。二科长并且扬言：他一贯同情罪犯们的遭遇，就因为共产党的捣乱，才使监狱当局不得不采取镇压手段；现在，只要大家悔改前非，一切问题都好解决。但这种狡诈的把戏，瞒不了囚徒们雪亮的眼睛。虽有个别动摇分子，对斗争抱着怀疑恐惧的心理，但对斗争并没什么影响，也不敢在许多人面前暴露这种可耻的思想。

在绝食斗争坚持到第三天的上午，各个号子里更激昂地喊响了另一个口号：

"打倒罪大恶极的温科长！"

集中火力对付二科长，这无异是一记重重的耳光，狠狠地回答了他的恶毒的阴谋。四十多个骨干虽然被隔离开了，但在群众斗争中又涌现出了新的积极分子，引导着群众向新的斗争高潮前进。全体难友团结得象一个人一样，把敌人的步骤完全打乱了。许多在入狱前没有受到更多锻炼的党员，在这里却受到了深刻的教育：党的正确领导，加上群众的力量，就是胜利的保证！

早饭辰光，监房里和厂房里，仍然此起彼伏地发出惊人的口号声：

"立即实现我们的一切要求！"

"不胜利，毋宁死！"

"…………"

狱吏们使尽了恐吓、欺诈等等伎俩，但一点也没有发生作用，真急得没法。连姓温的也不得不低着头喊棘手了。狱吏谁都不愿再出面，怕碰钉子。最后，推举出所长的亲信一科科长负责料理这桩弄僵了的难事。一科科长明知事情不好办，但碍于所长的面子，只好自认晦气，摸着汗珠满头的秃顶，接受了这倒霉的差使。

一科科长和囚徒们的谈判结束了。他有气无力，含羞带怒地承认按部实施大家的要求。

"不兑现，准备再一次的斗争！"大家警告着这个老秃头。

当天，被关在厂房里的四十多个囚徒，在全体囚徒们有力的口号声里，回到了自己原来的号子内。

初次绝食斗争的胜利，使所有的囚徒们认识到了自己的力量。

从此，囚徒们在早晨七点钟到晚上六点钟之间，不再被封闭在湫隘的号子里了，能够在走廊中活动，互相往来而无所阻隔了。这对进一步消灭狱中封建统治的残余，广泛地组织群众，以及加强政治活动，起着决定性的作用。

第九章 打倒瘟神

随着看守所内的组织活动和思想教育工作的开展，群众的觉悟很快提高了，于是，难友会便正式成立起来了。

难友会成立不久，百分之七十以上的犯人都参加了这一组织。为了适应群众的要求，难友会又号召建立读书会，从识字班到研究班，根据不同水平，灌输马克思列宁主义的理论；还选择富有诉讼经验的人组成法律组，替新难友们研究案情，写辩诉状；更设有互助会，在各人的自觉下，想法替贫苦的难友们解决物质方面的困难；另外，创办了贩卖部，供给难友日常用品，杜绝狱吏的剥削。

难友们非常热爱自己的组织，随时随地设法保护它，不使遭到任何损害。党通过难友会和广大的群众密切地打成一片了，难友会成了党的有力的外围组织。

狱吏们面对着狱中形势发展的情况，也在不时研究、考虑着他们的对策。被大家封为瘟神的二科长虽已碰过钉子，但心里却不甘服，时刻在寻找报复的机会。

"目前监房里闹得乌烟瘴气，难道你一点不知道吗？"二科长见所长独自苦闷地在办公室里走来走去，故意跑去对他说："如果你甘愿当囚犯的俘虏倒也罢了，否则……"

"这是什么话？"所长不待二科长讲完，就停下脚步，怪难为情地说："老兄，谁不知道里面越闹越不成话了，可就是想不出对付的办法来！"

"我们身为官吏，难道就这么不中用？"

"老兄，你看怎么办？"所长明知二科长在讥讽他，但仍谦虚地请教着，不敢顶撞他。

"以前，你不听我的，现在事已至此，我们不能冒冒失失，只好等机会，各个击破！"

所长装出满脸笑容，连连点着头。

隔了几天，一个细雨蒙蒙的中午，号子里的空气异常沉闷。许多难友都倒头睡觉，金真利用这安静的时间，考虑着难友会的工作。想到某个关键性问题上，他正要推醒酣睡中的郑飞鹏一起商量商量。忽然，门开处跑进来两个青年，他们眉眼间含着慌张的神色，站在金真面前，吞吞吐吐地，好象有话要说，又说不出口。

金真一看他们这副样子，知道他们有说不出的心事，就放下自己的问题，同两位年轻人攀谈起来。

"有什么事啦？"

"没有什么事！"他们很不自然地回答着，"我们怕难友会……不能……不能……存在了！"

"难友会为什么不能存在了？"金真诧异地问。

他们两个互相看了一阵，谁都想由别人先谈，歇了一会大家还是没有做声。

原来这两个青年，一个叫施元明，一个叫张志一，都是共青团员，在上海一所中学里读书，因参加游行示威而被捕。在审讯过程中，由于其他同志的帮助，伪造了一套供辞，并没暴露身份，只判了几个月徒刑。他们进看守所时，正值环境好转，工作较顺利的阶段。这种情况，出乎他们意外，于是凭着一股热情，主动地参加了工作。不久，同志们便觉察到他们作风漂浮，不踏实，好讲空话，曾多次给予批评和帮助。

他们不承认自己的缺点，却老是强调难友会的工作保守，不能适应形势的发展，提出了许多建议和方案，表示自己有办法，有能力。

正当他们闹得起劲的时候，那个狡猾的温科长竟找上他们了。他知道这些青年没经过什么考验，总是好对付的，便亲自和他们谈话，追问难友会的问题。他打算突破一点，搞垮全面。于是，他们害怕了，急得连觉都不能睡，只好硬着头皮来找金真。

"谁谈都是一样，何必你推我让的！"金真催促着他们。

"瘟神是不好弄的，他要追究难友会怎么办呢？"张志一侧转过脸，显出一副无可奈何的样子。

"是不是因为姓温的追问过你们，所以整个难友会便不能存在了呢？"金真的目光注视着两个青年。

"看来，狱吏已完全清楚我们的底细了！"施元明皱紧了眉头说，"而且，瘟神一定要在我们身上做文章呢！"

对这两个意志薄弱、政治上非常幼稚的青年，金真实在伤透了脑筋，既不能听之任之，又不好用严格的批评来解决他们的思想问题，生恐引起不好的后果。他没有马上答话，在号子里打圈子，不时用手搔着长久没剃过的乱蓬蓬的头发。

施元明、张志一见金真这样严肃、镇静，感到他又可敬，又可畏。张志一更稚气得可笑，他痴了似的，面对着墙壁，不敢再看金真了。

金真走了一会，停住了，见他们样子太窘，便心平气和地说：

"为什么这样畏畏缩缩的？各谈各的意见，有啥顾虑的？"

他们仍然很拘束，默默无言。

"你们不是共青团员吗？"金真拍着张志一的肩膀，故意这样问。

"是，我们都是！"他们同时低声回答着。

"既然是共青团员，那么，就应该懂得怎样做一个共青团员呀！"

"这话不错！……但现在，……得请你帮助我们解决当前迫切的问题：如果狱吏再追问我们时，我们到底怎样回答好？"施元明用恳求的口吻提出了问题。

"取消难友会，根本没有考虑的余地！"金真肯定地说。同时看了看他们的表情，又问了一句："不过，你们是否准备向狱吏告密？"

张志一、施元明急得浑身发热，连忙辩解说：

"我们决不是想出卖组织的叛徒，怎能向敌人告密？只是不知道如何对付敌人，所以来向你请示！"

"既然这样，你们就说不知道好了！"

"唔，……"他们糊糊涂涂地回答着。

"作为一个共青团员，就得牺牲个人的一切，甚至用自己的生命来保卫革命的利益。现在正是你们接受考验的时候了！"金真特别加重了语气。

"唔……唔！"张志一听说正是接受考验的时候了，急得连气都喘不过来了。他想，我只判了六个月的徒刑，只要再挨一个多月便可出狱了。如果再闯出祸来，又得罪上加罪，那怎么得了？要是给母亲知道了他现在的处境，那她一定活不下去。当他被捕时，她已经差一点急死了。同时，他已定在明年春天结婚，他的未婚妻，是个非常可爱的姑娘。自从他进了监牢，一直担心会不会影响他俩之间的感情？假使他在牢里又遭到意外，明春不能实现结婚的计划，那不耽误了人家的青春，不知她将如何打算？他思前想后，挂念着母亲，更放不下未婚妻，一颗心狂跳着，头也禁不住发昏了。

金真看了张志一一眼。张志一在他那尖锐的目光下，只得低了头。

"老考虑个人的得失，解决不了问题，徒然自找苦恼。如果给敌人抓住了这个弱点，那时，你还能保证自己不成为革命的叛徒吗？"金真的态度、语气都很温和。

张志一听了，猛然一怔，想起那些懦弱怕死的人，在敌人严刑拷打下，出卖了整体利益，终于被敌人牵着鼻子，干那违背良心的勾当，自己终生苦痛是一方面，还要遭到众人的唾弃，真比死都难过。想着这些，张志一忍不住淌下眼泪，深深悔恨自己为什么竟这样容易动摇……

"死就死，我一定坚持……"张志一嘴里反复着这句话。

金真意识到这些青年很单纯，经不起风浪，而敌人实际上已经看准了他们这一弱点，很可能使整个组织遭到巨大的损失。但只要挺过了这一关，那么实际的锻炼，倒是顶好的教育，也可能使他们的意志就此坚强起来。

他们见金真在思考，便也不声不响地望着他，希望他能替他们出个主意。

"如果敌人逼得凶了，你们可以说：我们新来乍到，的确不知实情！"

"要是敌人进一步追问：谁知道更多的实情？那又如何回答？"张志一天真地问。

"你可说老犯人多呢，我哪知道他们……"

他们的谈话没有结束，狱吏已来提讯施元明、张志一了。他们两人怀着无可奈何的心情，跟着看守去了。走了一段，他们回头看着金真，见金真也正庄严的瞧着他们。这仿佛是一种力量，给了他们精神上很大的支持。

施元明和张志一被提到瘟神面前了。一看见这个老家伙的凶相，他们又恐惧起来。讲好呢，还是不讲好？不讲，敌人是不会轻易放过他们的；照实讲吧，良心将受到严厉的谴责，万万要不得。内心的矛盾，使他们站在那里半天张不了嘴。

"现在得老实说了，不许隐瞒！"瘟神的话那么刺人。

"我们实在不知道，请科长原谅！"两个青年迟疑了半晌，畏怯怯地放低了声音说。

"证据俱在，再不讲，自讨苦吃！"瘟神一边说，一边指挥别人把他们两个反绑起来。

"再给你们最后两分钟的机会，如果不讲，先吊起来做一顿，然后送法院办理！"

"我们新来乍到，的确不知道实情！"他们丧魂落魄地背诵着金真的话。

"那么，有谁知道呢？"

"不知道，……"

"啐，小鬼倒想骗菩萨呢！"瘟神忍不住高喊着："动手！"

他两个被反绑起来了。绳子才穿上吊架，脚还没离地，已浑身发抖，吓得昏昏沉沉了。

"两分钟早过去了！"两个猛兽样的看守向科长报告。

"吊起来！"

绳子刚一抽动，脚尖还没全离地，两人立刻觉得肩膀象刀割般疼痛，浑身发酸，黄豆大的汗珠象雨一样地滚下来，从头发到脚跟，没有一块干的地方。两人痛得大叫大嚷。

瘟神狞笑着，命令看守说："再吊高点！"

张志一吓得神经错乱了，眼前一阵漆黑，似乎听到母亲和爱人在悲痛地呼号：说吧，快说吧，我的心肝，再挨下去……这使他糊里糊涂地喊着："说……说……"

瘟神以为成功了，心里说不出的得意：几个月来受囚犯们的气，这下可逃不过我的手了。于是，命令看守把他们放下来，吆喝着说：

"快说，一切秘密全得交代清楚，否则，苦还在后头哩！"

他们两个象木头人一样的站着。背脊、肩膀……浑身酸痛。到底怎样说呢？他俩哭丧着脸，嗫嚅着说不出话来。

瘟神以为他们玩滑头，不觉又失望，又冒火，挥动着拳头大喊：

"他们想放刁，给我狠狠地做，要他们的狗命！"

"嘿，碰上老子们吃了亏，却拿小孩子来出气，没出息的老狗蛋！"看守们待要动手，突然门口有人放声大叫大骂起来。大家都感到突兀，停了手，向外张望，原来是冒子仁和柳继明两个。他们正好提庭回来，见施元明、张志一被用刑逼供，伟大的正义感和对自己人的热情，使他们顾不得自身的利害而大骂起来。

瘟神一看是他两个，气得象条疯狗似地，乱跳乱嚷：

"先做那两个贼囚犯，一定要揭穿他们的秘密！"

看守知道姓冒的和姓柳的都不大好对付，没敢马上动手，而施元明、张志一却被放开了。他们暗想总算是侥幸，但又感到十分惭愧。

"你凭什么动用私刑吊打无辜的人犯？"冒子仁、柳继明直挺挺地站在门口，理直气壮，向那横蛮的二科长责问着。

"贼囚犯在监房里搞种种秘密活动，目无王法，还不许官吏过问，真是反了……"

"坐牢的人被你们管得象牛马一样，哪有什么秘密活动？"柳继明不待他说完，就顶上去说，"克扣囚粮，虐待监犯，营私舞弊，都是你们干的。你们才目无王法呢！"

"贼囚徒，谁同你胡扯！"瘟神科长气得浑身痉挛，眼睛都发了红，一面骂，一面指着张志一和施元明说："监房里组织难友会、贩卖部等等违法活动，不都是冒子仁、柳继明他们搞起头的吗？你们两个该出来作证！"

"好，就让他们两个说，到底有没有这桩事？"冒子仁看着施元明、张志一说。

"我们不知道……"施元明、张志一见冒子仁他们这么坚强勇敢，自己不觉也胆壮了起来。

"都是你们搞的鬼，不让施元明他们说实话！"那老家伙见看守没有迅速执行他的命令，已经急得头晕眼花，这下听施元明他们也变硬了，更气得发昏了，竟想亲自动手来打冒子仁。可是，脚下被绳子一绊，几乎摔倒下来，幸而给看守们扶住了。于是，他一迭连声地狂嚷着：

"一定得做死那两个贼囚犯，一切由我负责！"

几个看守一齐拥上来，拳打脚踢，把冒子仁、柳继明捆吊起来。但他们两个仍骂不绝口。那老家伙拿着木棍，不管死活地乱揍一阵。

张志一和施元明看见敌人这样凶残，又看见冒子仁他们这样坚强不屈，心里又是惭愧，又是愤恨。张志一想，作为一个共产党员、共青团员，就应该牺牲个人的一切，保卫着党和人民的利益。冒子仁他们便是最好的榜样。而自己呢？竟如此怯弱、自私，平时虽也常常向别人吹嘘，但事到临头，却竟完全暴露了自己小资产阶级的本质。那是多么卑鄙呀！因此，他从心底里发出了真诚的祈求：但愿自己在实际锻炼中得到彻底的改造，不致成为革命队伍中的动摇分子！

冒子仁和柳继明给吊着、打着，已满身创伤。冒子仁的头给打破了，脸上、衣上、地板上都是鲜血。但他们没有哀号，没有求饶，仍然声嘶力竭地为坚持正义而怒吼着。敌人在这样的英雄面前，也显得无可奈何，慌张起来了。

冒子仁和柳继明终于被放下来了，他们仍在大骂不绝。

"你奈何不了老子们！这笔账，总有一天要和你清算的！"

那老家伙究竟是上了年纪的人，经这一番意外，头又昏又重，不知怎样收场才好！他悔不该节外生枝，找到那两个罗刹身上，把事情弄僵了。再做下去吧，深恐万一闹出人命来，全监人犯是决不肯罢休的，而所长又是个没肩胛的人，责任全在自己头上。就此了事吧，他又怎好见人？同事们要笑他，囚徒们要骂他，着实难堪。他急躁得活象热锅上的蚂蚁，上不上，下不下，团团乱转。

"科长，现在怎么办？"一个不知趣的看守来寻倒霉了。

"死人，不中用的死人！"

看守象木鸡似地站着，不知自己犯了什么差错，一步也不敢移动。一时，这个吊打犯人的场所，寂静得只听见那老家伙急促的气喘声。

"不中用的死人……还不替我滚开点！滚……滚……"

被骂的看守抱着满肚子的委屈，站到门外去了。

再没人敢向他请示了。他益发弄得没意思，急得搔头摸耳，不知如何是好。

"老贼，梦做醒了吧？"

冒子仁和柳继明的声音显得更响亮有力了。

"该杀，该杀！"那老家伙精神失常了，象梦呓般地在独自发狠。

看守人员看了他这副样子，又好气，又着急。

"再拣两副顶大的镣，给姓冒的和姓柳的都加上一副！"

他突然睁大了眼睛嘱咐看守们，借此泄一泄胸中的气愤。

当冒子仁、柳继明走回监房时，许多难友见他们满身伤痕，脚上又拖了两副大镣，走起路来踉踉跄跄地十分困难，大家便上来扶着他们，问长问短。

"捐得了吗？老柳！"刘苏因柳继明年岁大了，特别关怀地问着。

柳继明忍住痛，笑了笑，大声背诵着在狱中流传很广的一副对联：

> 手无寸铁，胆怯心寒易动摇；
> 脚戴双镣，根深蒂固长坚定！

说着，他伸手拖住在他身旁站着的施元明和张志一说：

"小鬼，你们说这样讲对不对？"

施元明、张志一红着脸，羞得答不上话来。冒子仁插嘴说：

"这是考验，也是锻炼！"

"向柳老头和冒子仁学习！"人丛中发出了响亮的呼声。

温科长一向自命不凡，又在所长面前夸下了海口，可是偏偏碰了个那么丢脸的钉子，真难交代。他整天在办公室里纳闷，拿下边的人出气。同事们一见他就远远地避开了，背后，却在发牢骚，咒他早点滚蛋！他想，自己好容易爬上了科长的位子，难道就这样甘心认输吗？不行，一定要来一个彻底的报复，把那些可恶的贼囚犯一网打尽！

连日来，温科长一直在动脑筋，倦了，就拼命抽纸烟，急于要想个办法出来。他想前次上了冒子仁他们的当，这次得更慎重些。可是，好办法象天上的浮云般，总抓不上手，他急得连连敲着自己的脑袋。有时，把手里的纸烟捏得粉碎。一次，他叫了个亲信的科员来商量，但科员也拿不出主意，结果又给他骂走了。

全是些只知吃喝的饭桶！问题还是唯有靠自己来解决。他盘算来，盘算去，最后，决定仍从两个小孩子——施元明、张志一身上下手。他认为施元明、张志一年纪小，怕死、怕苦，不象冒子仁他们又硬、又猾，只要抓紧这个漏洞，至死不放松，不怕弄不出结果来。

已是通常开饭的时候了，饿着肚子的囚徒们，眼巴巴地望着送饭的人来，有的已等得心焦火辣，跑到铁门口去叫喊，但老没人理睬。却见狱吏带了一批武装看守，直冲到二所去，慌慌张张地拖着张志一和施元明往外就跑。一出铁门，便把他两人反绑起来，没头没脑地乱打一阵。

"嗳……嗳……嗳呀……"张志一和施元明拼命地挣扎、叫喊。

难友们目击着狱吏的暴行，愤怒地叫喊起来了。

"反对私刑吊打！"

"立刻送回施元明、张志一！"

温科长站在办公室门口，见张志一、施元明被拖来了，他灵机一动，连忙吆喝着看守们解去了两人身上的绳索。

"你们这些可怜虫，不识好歹，自讨苦吃！"温科长用凶恶的目光盯住两个年轻人。死人似的脸上，露出了一丝冷笑。

"…………"

"你们的梦还没有醒吗？"温科长故意大声地说，"为了前次的事情，冒子仁等人要斗争你们两个，说你们出卖了他们的组织，你们竟如此糊涂，全不知觉呀！"

老贼耍鬼计了！张志一和施元明心里明白。

老家伙不待两个青年回答，便装做很关切的态度又说：

"还是听我的话，干脆把监房里的秘密揭发出来！自己不吃亏，又能得到政府的宽容，早点释放回家，那不好吗？"

施元明、张志一装做没有听见一样。

"考虑过没有？"老家伙见第一着不成，急了起来，又怒气冲冲地叫得老响老响。

站在那里的两个青年仍然不做声。

"不识抬举的小贼囚，再装死，莫怪我下毒手了！"他咆哮着。

施元明、张志一打了个冷战。但冒子仁、柳继明受刑的情景，又呈现在他们的眼前了：敌人多么残酷，而他们始终英勇不屈，敌人被弄得那么狼狈。现在，考验落到他们自己头上了，虽然是非常可怕的，但是，难道能三心两意么？……

"打倒瘟神，打倒违法乱纪的瘟神！……"

这时，监狱里传来了一片口号声，大大地助长了张志一和施元明对抗狱吏的决心。

"做死那两个婊子养的！"温科长犹豫了一下，但感到事已如此，只好蛮干到底了，便咬牙切齿地下令动刑。

张志一和施元明被反绑着，悬空吊了上去。这下，他们可真尝到了吊打的味道，象活活地被肢解一样，疼痛得死去活来，眼前一片墨黑。但他们已下了决心，还是拼死忍受着。到后来，他们昏迷了，只是下意识地号叫着。

难友们的口号声和两个年轻人的喊叫声，混杂在一起，响得惊天动地。

温科长有些胆怯了，坐在一张桌子旁边，用手撑着自己的下巴，许久不做声。最使他惊诧的，是那两个青年人竟和前次截然不同，居然也能受得住这套刑罚了。但他决不愿就此撒手，命令看守把他们放下来，好另作打算。

"这味道可不大好尝吧？"老家伙狰狞地问，并用脚踢了他们几下。

施元明、张志一只管哼着。

"再不知趣，苦在后头呢！"老家伙冷笑着。随手，他拿起笔来，在一张公文纸上写了一阵。

张志一、施元明还是躺在那里哼个不停。

"年纪轻轻的，为什么学得那样坏？你们也是人，就不想父母的养育之恩吗？"

一提到父母，正触着他们的痛处。特别是张志一，不觉一阵心酸，忍不住掉泪了。但随着泪珠而来的，却又是一群忠于党、忠于革命的人物——金真、冒子仁、柳继明、沈贞等人的形象，出现在他的眼前，他又获得了有力的鼓舞，马上忍住了眼泪。

老家伙不了解张志一的思想活动，见他流了泪，便认为有隙可乘了，连忙假惺惺地接着说：

"走了岔路，就得及早回头！照我看……"

"科长，照你看怎样呢？"张志一望望施元明，然后问老家伙。

"你们只有揭发冒子仁、柳继明、金真他们的罪行，才有生路；否则，休想逃过眼前这一关！"

张志一想：这老家伙真坏透了，看样子，硬顶下去，准会被他弄得七死八活的，死了倒不要紧，可是大家还不知道我们两个是怎样死的呢！同时，我们也实在没有好办法对付他，只好让大家来给他些颜色看吧。主意打定了，就问那老家伙：

"你说怎样揭发？"

温科长立即把刚才写好的东西拿给张志一看，并强调说：

"一定要照这上面所列的逐条揭发他们！"

张志一点点头。

"到底怎么办？"

"好，把他们提来对证吧！"张志一坚决地说。

这一下，施元明可急死了。他料不到张志一会中途变卦，背叛大家，背叛革命。……自己后悔不该和他如此亲近，这可糟了，有谁再能相信我施元明是清白的呢？他狠狠地瞪了张志一一眼，一句话也说不出来。

所长一听温科长搞出了名堂，觉得报功邀赏的机会来了，就三步并作两步地赶过来，坐在科长的那张太师椅里，等待着喜讯。

这次被提来对质的人很多，金真、冒子仁、柳继明、沈贞等等不下十余人。他们想总是这两个年轻人沉不住气，闹出大乱子来了。有人暗里在发恨：那些小伙子真不中用，害死人！哪晓得张志一一见他们，便忘掉了疼痛，使劲昂起头来，象全身输进了新的血液一样，大声叫喊起来：

"老贼逼我陷害大家，捏造了罪状要我讲。这次决不能再放过这阴险的强盗了！"

施元明突然明白过来，胆也壮了，忍着疼痛跟着张志一一起叫骂不停。大家料不到这两个青年会如此坚强，心里立刻放下了一块沉重的石头。在无比的快慰中，许多双温暖的目光，同时投向两个躺在地上的年轻战友。

本来坐在所长旁边喜气洋洋的温科长，顿时急得面无人色。所长也吓呆了，老盯着温科长。

"可恶，可恶，都是那批坏蛋捣的鬼！"姓温的不得不假装镇静。

金真他们哪里理他，愤怒的向所长坚决要求：依法惩办姓温的老家伙。

这时，温科长还是骂个不停，而所长已急昏了头，不知怎么办才好，只是暗恨姓温的又闯下了祸，一时不好收这个场。姓温的看所长的样子不对，他冷了半截，暗中在骂：真是不可救药的庸奴，事到临头，便只想自己脱身了！

僵持了许久，有人来找所长，说是高等法院来了电话。他去听电话回来，急得满头是汗，连忙把温科长拉到门外去，并且马上叫看守把金真他们一批人暂时送回号子。

"诬陷人的老贼不滚，誓不罢休！"金真他们一致向所长表示了决心。

看守不容分说，拖着，抬着，把金真他们送回了监房。

金真回到了监房里，对狱吏们今天的态度起了怀疑：很显然，高等法院是不会倒过来支持囚徒的，但为什么所长接了电话之后，就这样张惶失措？

"金真！"当他正想得出神时，忽然听到有人喊他。他抬起头来，见那姓宋的看守站在他号子门前。他和往常一样冷冷地对金真说：

"你跟我来！"

金真随着他，走到一个比较僻静的走廊头上，姓宋的看守眼睛对着别处，板着面孔，和金真展开了谈话。据他告诉金真，刚才高等法院的电话，是通知看守所：全国律师协会的参观团要来看守所参观。所长急了，在把金真他们送进监房之后，就马上派人赶去，借口所内最近发生了恶性传染病，谢绝参观。不料参观团坚持要来，不肯更改参观日程，大约下午就要到看守所来了。因此，他建议金真，抓紧这个时机，坚决驱逐奸猾的二科长。

"想不到你这样关怀我们的命运，我代表大家感谢你的好意！"金真露出满脸兴奋的神色。

"我不希望你们感谢我。"他那死板板的脸上呈现出一种罕见的轻快的表情说，"你们狱中究竟有没有共产党的组织？我前次的请求，你为什么老不回答我？"

金真见他问得突兀，不便立即回答，只是望着他笑了笑。

"你说究竟有没有？难道你还怕我？……"他又诚恳地问着。

金真从老宋一贯的表现中，估量他决不会含有丝毫恶意，才郑重地回答了一句：

"有。"

"我的哥哥……"老宋说到这里，想了想，连忙把话咽住，改口说："大家都说共产党好！我听哥哥讲了些道理，虽不能完全领会，但也懂得了些！"

好久以来，金真想了解关于他的情况，无奈一直没有机会。这次，他自己已吐露了些口风，于是，金真便再三再四探问他的身世，他拗不过，才忧郁地讲出了他那老不肯吐出来的心里话。

原来，老宋名叫生发，家里很穷。在他十七、八岁的时候，他父亲和哥哥都参加了北伐军。他父亲在武汉战役中牺牲了；他哥哥宋生财是个共产党员，"四一二"后退出了部队，进上海一家翻砂厂做工。

今年，这个厂的党组织遭到了严重的破坏，他逃回家来，于是，便失了业，失了党的关系。现在，他一家老小全靠老宋一个人维持生活，弄得有一顿没一顿的。他不愿老吃这碗牢头禁子饭，所以总是闷闷不乐的。

悬了多久没有结果的问题，今天却在无意中探到了究竟，金真觉得异常高兴，便对宋生发说：

"今天，来不及和你详谈，但希望你沉住气，你的困难是不成问题的。"

时机那么迫促，不便在外面久待，他们不得不恋恋不舍地结束了谈话。

金真马上根据老宋提供的情况，布置了斗争计划：除非瘟神二科长立刻滚蛋，决不收兵！

全监都哄动起来了。囚徒们的意志是那么坚强。施元明、张志一的经受得住考验，起了不小的作用。因为他们素来被人认为是怯弱无用的，而在这次考验中，竟也站稳了立场，这对大家是个有力的鼓励。

事情已没有转弯的余地，眼看斗争即将转入更激烈的阶段，而参观团约定的时间快到了，所长象掉在油锅里一样，浑身发烧，急得气都喘不过来。他毫无办法，只能埋怨二科长无故生事，催他马上解决问题。那老家伙有冤无处诉，一肚子的恼怒，便顾不得上下级的情面，和所长顶撞开了。

"有功大家受奖，有事归我个人负责，真没道理！"奸猾的老家伙气势汹汹的倒过来责怪他的所长。

"谁有空和你算这笔账，快去安排好事情再说！"所长两眼发直，显然，他已失去了主意。

"我不吃这碗倒霉的饭，不万事皆休了？"二科长一面发恨，一面就拿起笔来写辞呈。他想：你搞掉我的饭碗，反正你也不会长的！

所长为了图个眼前太平，立刻接受了二科长的辞呈，但忽又感到过意不去，所以重新平下气来说：

"我并不要你辞职，只是要你……"

"谁听你的鬼话连篇，我又不是小孩子！"他不待所长说完，转身就走。

被称为瘟神的二科长滚蛋了！所长便把所有的罪行推在他一个人身上。

斗争胜利结束，在洋溢着胜利的气氛中，施元明、张志一也骄傲地站在人们的面前，高喊着战斗的口号：

"经得起锻炼，经得起考验，是我们的光荣！"

第十章　先声夺人

　　狱中的平静是暂时的，斗争一个接着一个。

　　在瘟神滚蛋后不久，原来的所长据说因"办事不力"被免职了。现在，新所长贾诚已来接事。据说贾诚是办监狱的一把老手，哪怕顶难管理的监狱，只要贾诚一到，没有不服服贴贴的。他在司法界是一个很吃得开的红人。

　　今天清早，他第一次进监房。在整个监房里巡视一周，并检查了某些号子，搜抄所谓"违禁物品"。大家这才见到了贾诚：他大约四十多岁光景，个子高大，那个伛偻曲背、又瘦又小的看守长站在他旁边，更显得他硕大无比；圆得象西瓜一样的脸，老是板板的没有一点活人的表情；浓浓的眉毛下，一对饿鹰般的眼睛，常盯住人不放；肥大的肚子，使他走路时很感费劲，不断地喘气。这个从外表一看就叫人厌恶的家伙，无疑地又是一个血腥的刽子手。他搜遍了床褥、板缝、壁角，连难友们的裤裆里也被捞了又捞。但并没搞到任何被认为违禁的东西，他带着失望的情绪，掉头到女监去了。

　　女监就在看守所的西南角上，没几步路就到了。狱吏们同样在那里进行了一番徒劳的抄查。在大家手忙脚乱，翻东倒西的时候，那个鸦片鬼样的看守长，却只站在一旁，目不转睛地打量着每个女犯。她们有老的、少的、高的、矮的，个个都是面黄肌瘦，穿着破破烂烂的衣服。最后，在另一个角上，他忽然发现了几个年轻的姑娘，这引起了他的注意，眯缝着眼睛老看她们。远处看不真切，他索性跑近她们去故意一个个盘问着。其中，有个叫做梅芬的，约莫十八、九岁光景，嫩白皮色，长长的脸儿，乌黑的头发覆在额上，眉目清秀，身段苗条，虽没打扮，只穿着寻常的蓝布衫裤，却仍显得十分俊俏。他想不到在犯人里有这样出色的姑娘，一时竟看呆了。直等大家搜完了所有的号子，他才不得不跟着走出女监。

狱吏们整整忙了一天，白费劲儿，大家都没精打采。只有看守长，似乎很有兴头，认为这样检查号子，顶有意思。

晚秋时节，白天已渐渐短了，五点一过，全所的号子已快收封了。女监的看守突然通知梅芬搬到隔离号子里去。人家问他什么缘故，他只说是上边的命令，因梅芬是政治犯，在号子里不安稳。梅芬听了有些怀疑，但女监的隔离号子，就在监房的顶头一边，还在一个范围内，白天照样可以和难友们一起活动，她便也不以为意了。

看守催得紧，梅芬正在卷被褥，一个同号的老女犯上来帮忙，她很担心地偷偷向梅芬说：

"隔离号子里有鬼，你得当心点！"

"哪会有鬼！"梅芬笑了。

"我的话不会错，你别笑我！"看来，那老女犯是很着急的。

梅芬了解她话中有因，搬到隔离号子里后就特别小心，每夜疑神疑鬼地简直不敢睡觉，弄得十分疲乏。

到第三个晚上，正是轮到看守长值班，他想起……实在忍不住了，打算半夜之前一定要下手，再也不能错过这个机会。他左等右等，好不容易挨过十点多钟，便一个人闯到女监去，并用计赚开了看守员，自己在女监里绕了两个圈子，听听所有的号子里已没有一点声息。于是，他暗暗高兴，认为万无一失了。

这时，梅芬一个人冷清清地坐在号子角落里的马桶上，倦得不能支持了，老打瞌睡，几次想上床去睡，但一想到老女犯的话，虽不知是真是假，心里总有些放不下，一直硬撑着。不一会，她敏感地听到她号子面前轻轻的脚步声，似乎有人从门洞中向内探望着，无奈号子里灯光太暗，看不清楚。她怔了一下，打了个寒战，但她并没有恐慌，反正已打定了主意。接着，她号门上的锁被人偷偷打开了，一个人贼也似的溜了进来，又随手把门带上，蹑手蹑脚地向她床上摸去。梅芬抑制住了剧烈的心跳，连忙捧起一只去了盖子的马桶，连尿带屎的朝他头上扣去，一面大嚷：

"有鬼，有鬼！"

许多女犯都跟着叫起来，把整个女监闹翻了。这一下，把那家伙吓得要死，又气又慌，把马桶摔在地上，带着一头一身的粪便逃窜而去。

女监里的喊声，全看守所都听见了，以为又出了什么不幸的事。第二天，这桩新闻传了开来，逗得人笑也不是，骂也不是。

"梅芬这小姑娘竟有这一手，真妙！"金真向沈贞说。

"你不要小觑这女同志！她从小跟爷娘住在上海，家里没法生活，六、七岁就出去要饭，一面自己认字，到八、九岁，居然能看看报纸了。以后，他父亲找到了职业，见她生得聪敏，便让她上学读书。她十四岁那年，父亲死了，她就投到纱厂里做童工。后来，她便参加了共青团，当我到那工厂的时候，她已转了党，并担任支部的工作。她真能干，你看，她到女监不久，竟把分支部搞起来了，很快赶上了我们！"

金真不住点头称"是"。他想，贾诚确是个吃监狱饭的行家，得给他个下马威，他和沈贞商量，准备在十月革命节的那天，来次群众性的示威，算是给姓贾的来个"接风"。

贾诚感到从自己上任之后，事情不似想象中那样顺手，心里很不耐烦，而碰过一头粪的看守长又怂恿着他，于是，他便公布了一张亲自签名的布告：

　　本人奉令整饬看守所，旨在使所有人犯安分守己，改过自新。

兹特公布下列各点，全体人犯必须绝对遵循：

一、如有违犯法律及本所规章者，一律严惩不贷；

二、所有违禁物品如赤化书籍等，三日内，自动缴出者，可酌情从轻处理；

三、犯人自办的贩卖部等，应立即取缔；

四、监犯有从事反动活动者，自即日起，限在一周内坦白自首，否则依法严办，而揭发他人之罪行者，更得受特殊奖励；

五、开封有背法规，决于日内取消。

至于看守人员等，如有勾结人犯等情，亦必受法律制裁，绝无宽贷之理。切切！此布。

"他妈的，狗东西，还自以为有多大了不起呢！"

冒子仁看了这张布告，一面骂，一面几次要上去撕掉它，但都给金真制止了。

那无异是宣战书。金真他们立即加紧准备来迎接这新的战斗。

十月革命节来到了。这天一早，狱吏们便加强警戒，连走廊里也增派了大批武装看守。但这吓不倒久经锻炼的、有坚强组织的难友们。

节日的阳光特别鲜艳，它透过了小小的窗户，抚摸着勇敢的战士们。于是，整个看守所里涌起一片雄壮的《国际歌》歌声。

起来，

饥寒交迫的奴隶！

起来，

全世界的罪人！

满腔的热血已经沸腾！

…………

这是最后的斗争！

团结起来到明天——

英特纳雄耐尔[1]，

就一定要实现！

…………

雷轰般的《国际歌》的声音，震动了所有的监房。女监里，在梅芬的领导下，也不甘示弱，唱得那么响亮、激烈。狱吏们惊惶混乱，到处窜来窜去，喊着、骂着，想制止大家唱歌；可是，在几千人的雄壮的歌声中，这些人的咆哮，象暴风雨里的蛤蟆叫，没有引起任何人的注意。有时，他们抓住一两个人追问是谁唱起头的，俏皮的难友讽刺道：

"是贾所长叫大家唱的，等姓贾的来处理吧！"

响亮的《国际歌》声，震得贾诚直发抖。他干了一辈子监狱，从来没有碰到过这样顽强的囚徒。

监房里，难友们热烈地举行纪念会，并在会上一致通过了对贾诚布告的抗议书。说明难友们没有违反法纪，主要是狱吏们加在大家头上的种种虐待，迫得人无法生存，才不得不发出呼吁：要求生存的权利和人道的待遇。如果监狱方面一定要置人于死地，那只有一条路——拼个你死我活，谈不到什么恐惧与顾虑！

难友们这一有力的反击，贾诚不能不有所顾忌。他明白对政治犯不能象对待一般犯人那样，只好慢慢来，反正迟早逃不过他的手掌心。

开封还是照常。贾诚在受了这次教训后，确实不敢操之过急，而实行缓兵之计了。

这时，有些人认为贾诚并不象一般人说的那么可怕，思想不免松弛麻痹了。因此，金真及时向大家发出号召，指出贾诚在某些方面的退让，是一个阴谋，要求大家必须继续保持警惕，克服轻敌思想和盲目行动，以免中了敌人的诡计。同时，为了适应客观条件，进一步加

---

[1] 英特纳雄耐尔：法语 internationale 的音译，本意是国际或国际主义；瞿秋白翻译时译作"英特纳雄耐尔"。在《国际歌》中代指国际共产主义的理想。

强党的组织，应该贯彻"宁可少些，但要好些"的原则。在不必要的场合下，尽量避免大规模的斗争，而利用一切合法手段，和统治者之间的矛盾，打击个别狱吏，削弱他们的力量，借此坚定党员和群众的信心。

狱吏、难友，各有各的准备，实际上已形成两阵相对的紧张局面。

事情很巧，有一天，新进看守所的普通犯王小二，因和同号的人吵嘴，打起架来了。他闹个不休，报告了狱吏。贾诚认为时机来了，立即提问，把几个被王小二指名的人全加钉脚镣。事后，王小二不敢回号子去，硬要求关在隔离监房里。这正合贾诚的心意，满口答应了。

贾诚原在暗地里到处找空子，想分化政治犯和普通犯之间的团结，在难友中广泛制造矛盾。他故意对比较爱露面的人，给以一定的优待，而实际上却是更严密的监视，使他们没有经常接近群众的机会。但是，这种挑拨离间的手段，瞒不过经过斗争考验的难友们，他正为此而苦闷。这下，王小二事件说明人犯之间，并不是团结得很牢固的，他觉得大有文章可做了，心里十分高兴。

隔天，王小二又被提讯了。贾诚办公室里，只剩一个亲信的书记员，充当着记录。

"王小二，你犯了什么罪？判多长刑期？"

"我为打架伤人，判了两年徒刑，现在正在执行。"

"你家还有什么人？想不想早些出去？"

"哟，我有父母妻儿一共八口子，他们全靠我一人过活，现在怕要饿死了，哪有不想早点出去的道理？"王小二叹了口气说。

贾诚一面听着，一面轻轻地摇动着他那肥大的脑袋，象在思考什么似地，间或定睛打量王小二一眼。

王小二矮矮的身材，络腮胡子，满脸灰尘，叫人看不清他的面色，两只无神的眼睛，显得那样的疑虑不安。他站着一动也不动，胸膛上象压着一块大石头，连呼吸都感到有些阻塞了。

"要出去很容易，只要你在号子里替我们做些事，将功折罪，就可以早点假释了！"

一听这话，触动了王小二的心事：明年是父亲七十大寿，大儿子又要娶媳妇，如果能早些出狱，凭五湖四海的朋友，定能大大收笔礼物，从此可以过过好日子。若要等到刑满释放，那就赶不上了。轻易放过这个机会，岂不是大傻瓜？但又想：坐监牢而要替狱吏做事，那还不是告密、栽害、诬陷别人？这自然是伤天害理，丧尽良心的事。如果被人知道了，那又怎能做人？他羞怯，他恐惧，心跳得着实厉害。……考虑来，考虑去，王小二惶惑不定。

"我完全为你打算，你反迟疑不决，那么，更苦的命运还在后边呢！"贾诚等得不耐烦了，突然严厉地说。

"所长大人，我正在想如何立功报效。"王小二仓皇地回答着，两条腿不由自主地发着抖。

"你究竟干不干？至于如何做，且待慢慢商量。"

"干……干……所长大人……"

"那很好！"贾诚指着旁边的书记员说："今后有事，找他好了。"

贾诚走后，书记员给王小二作了一番布置，要他侦察囚徒的各种活动，窃取政治犯的秘密材料。书记员兴奋地谈个不休，而王小二却昏头昏脑地听得莫名其妙。

"听清了没有？"

"听清，……听清，……一切照办！"王小二象在做梦一般，恍恍惚惚地说。

王小二被送回到原来的号子里。两腿摇摇晃晃，镣圈老是把脚踝骨碰得发痛。神经越紧张，脚步越不稳，全不象他平时跑路的样子了。大家以为他或许受了刑，失掉了常态。几个因他而被加镣的难友，不但不和他为难，反而向他道歉，帮助他打菜、打饭，他感到过意不去，有些难为情。到夜里，大家睡得很熟，鼾声如雷，而王小二却翻来覆去，老是想着白天的那桩事：如不听书记员的安排去干，可吃不消这个苦，说不定还要送掉性命，……这样，家里的父母妻儿也只有饿死的一条路了。……可是，难友们待我不错，吃了亏也不计较。唉！谁没有父母妻儿？王小二要是只顾自身，做了绝事，岂不天诛地灭？想到深处痛处，真比害病还要难受。他转侧了一夜，最后，只好打算拖一拖，先敷衍敷衍再说。

一天，两天……几天过去了，王小二的脸很快地消瘦了。现在，王小二常常被狱吏提问，每次，他向书记员报告的情况，都是大同小异，没有内容的东西。书记员说他存心敷衍，如不改变，他就有苦吃了。王小二在书记员的压力下，急起来了，暗自叹了口气说：

"天啊！那是人家逼我干的，可不能怪我王小二了！"

王小二下了决心，按照狱吏的意图，准备下毒手，做坏事了。书记员看透了这一点，把先前收买来的一个姓鲁的犯人介绍给他，要他们遇事好好商量。这一来，王小二有了同道人，腰把子硬起来了，拍着胸膛说：

"十五天内，我一定把这里的秘密全搞出来！"

"好！给你们十五天期！"书记员望着王小二，又望着姓鲁的说，"你们完成了任务，所长决不会辜负有功的人的！"

王小二和姓鲁的认识以后，经常在一起鬼鬼祟祟地谈论着，不再感到孤独了。他们整天到各个号子去乱窜，两只眼睛象偷食的猫儿样骨碌碌地打转。

王小二的行动引起了人们的注意。只有和他同号子的王子义不以为然，他认为，一个人总是有良心的，王小二叫人吃了亏，谁也没和他计较，反而照顾他，怎会再动坏念头？但更多的人认为，自私自利、不讲良心的人，到处都有，宁可警惕些好。对这些情况，着了魔的王小二并没臆想到。

两星期快要过去，王小二不由着急起来了。他在书记员面前夸下了海口，现在竟一无所得，怎么交代？和姓鲁的商量吧，他也责备他把事情看得太容易了。这样，王小二便终日惶惶不安起来。

然而，说来也巧，就在这个时候，竟有桩极秘密的事情，透进了王小二的耳朵。

　　那是一个傍晚，快要收封了，王小二闷闷不乐地坐在号子门后边打瞌睡。忽然，门外传来王子义的声音，他急促而低低地和另一个同号的难友说：

　　"今晚，有个紧要文件，要藏在我们号子里，你看放在哪里妥当？"

　　"我们号子里实在没有地方好藏，除非等别人都睡着了，偷偷地放在后壁的窗台上。这样，外面看不见，里面也望不到，倒是比较可靠的办法！"

　　"好吧，就这样办！可是，明天还得另想法子。"

　　他们商量之后，紧张而仔细地向四围瞧了又瞧。王小二躲在门后，屏住了呼吸，直等到他们两人走开，才舒了一口气。他高兴极了，心想，这一下，出狱的希望就在眼前了。

　　王小二知道王子义是个共产党员，潜伏在南京什么机关里被捕的，案情顶严重，被判了无期徒刑，现正在上诉期间。他进牢后，一直非常活跃，老站在斗争的最前头，又与金真他们顶亲密，时时刻刻在一起谈论。从这些情况看来，他所要藏的，决不是普通的文件。因此，在收封之前，王小二念着叫姓鲁的报告了书记员，而自己一直暗里紧跟着王子义。一收封，王小二立刻倒下头装做睡熟了。可是，他那两只眯缝的眼睛，凭着阴暗的灯光，一刻也不离开王子义和王子义床边的后窗台。

　　时间过得实在太慢，好象有意和王小二为难。周围的难友都已睡得很熟，但仍不见王子义的动静。他的头脑发胀，滚热滚热的。他怀疑王子义是不是改变了计划，要是改变了计划，那就糟了！……门外响起看守的脚步声，他诅咒着他们，唯恐惊动了王子义，毁灭了他的希望。……

　　看守的脚步声渐渐由近而远。王子义轻轻地爬起来，站在包裹上，从裤腰里掏出一包东西，举手把它放在窗台上，然后张大眼睛，向四周望了望熟睡着的人们，才慢慢地躺下来。

王小二看在眼里，乐得几乎跳起来，不知用了多大的劲才把自己抑制住。提前释放，就靠这一着棋，明天……明天此时，王小二准可逍遥狱外了！

时间慢慢地溜过去，王小二翻来覆去睡不着，听听王子义，很快已睡熟了。大概过了个把钟点，王小二望见后窗台外面有一个人影，向铁栅子里伸进一只手来，王小二既焦急，又紧张，一颗心快要跳出胸口来了！这瞬间，王小二眼前突然一黑，只见王子义猛的跳起来，一拳打出去，于是，外面一声巨响，黑影倒下去了。

"有贼，有贼！……"

王子义面对着后窗台大声叫喊着。

全号子的人都光着身子起来了，乱哄哄地挤着、轧着。独有王小二用被子蒙住头，浑身冰冷，缩做一团，自知闯下了滔天大祸。王子义呢，高声大谈有贼来偷他放在窗台上的东西，幸亏他发觉得早，一拳把贼子打到下边去了！

号子里正乱得不可开交。外面一阵急促的脚步声赶来，谁忙把王子义的号门打开，看守长急急拿下了窗台上的东西，并从床上把王小二和王子义拖走，一路上王子义挨着痛打。

"赏了小偷一拳，难道也是犯法的吗？"尽管王子义讲道理，可是狱吏们根本不理他。

当走过书记员的办公室时，王小二看见书记员满脸是血，医务员正在给他上药。他慌透了，抖得牙齿"格格"发响……王子义心里又好笑、又来气，心想：这些该杀的家伙自讨苦吃，可不能怪我王子义无情啦！

"真没道理，难道打小偷也犯法吗？"王子义还在叫个不停。

"胡说，监牢里哪有小偷？你居心何在？"痨病鬼似的看守长蹬着地板说。

"牢里没有小偷吗？那么，是什么人想偷我的东西？奇怪，真奇怪！"王子义冷笑着。

"这里面是什么东西？"小包包还没打开，秘密文件当然仍在里面，看守长好象已经完全掌握了证据似的说，"老实讲，不要花言巧语！"

"这是我的要紧东西，前两天，我母亲给我送来的。"王子义想这些狗子们真蠢透了。同时，又自言自语地说，"小偷的眼睛真亮，竟那么快就来下我的手了！"

看守长立刻打开小包，一件件仔细看过，原来是几本练习簿，几枝铅笔，另外有一些补药，再没有其他的东西了。

"有鬼，有鬼，难道只有这些东西吗？"他失望而恼火地盯着王子义和王小二说，"总还有别的机关？"

"我本来就不知道是什么，看守长！"王小二嗫嚅地说。

看来，事情是上当了！看守长跑去和书记员商量办法。书记员当时过分相信王小二的报告，亲自出马想偷秘密文件，料不到被王子义一拳打得着实：鼻子、嘴巴都出着血，肿了起来。从梯上跌下时，额角又碰在石头上，伤势很重，疼痛直钻到心里，真是难熬。他紧皱着眉头，一面哼，一面对看守长说：

"王子义、王小二这两个畜生真坏透了！无论如何，不能放过他们，狠狠地揍一顿，出出我胸头的气！"

王子义一面熬着吊打，一面大骂不休，说他有充分理由，要向法院起诉。王小二吓得磕头、叫冤、求饶、装死，但也逃不了一顿刑罚！

"当狗腿子，没本领，落一顿痛打，何苦来？"王子义回到号子里，嘲笑着王小二。

王小二不但全身疼痛，而千万种难堪的情绪更纠缠在他的心头：要死，死不了；要活，又活不下去！他偷偷地看看周围的人，好象都在嘲笑他，辱骂他，凭他硬劲掩着耳朵，缩在被子里，也躲不掉这些声音。精神上，肉体上的痛苦一齐袭来，王小二呜呜地哭了一夜。天快破晓的时候，才蒙眬地睡着，但又被可怕的恶梦惊醒了。天一亮，许多难友跑来，亲热地慰问着王子义，王子义有说有笑地讲着昨夜发生的事情。王小二感到自己已被难友们唾弃,整天脸朝着墙壁,闭紧眼睛,怕和人照面。作为一个人,离开了人群,那是多么苦恼,多么孤独呀!他想,这样下去,不被做死,也要磨死,他完全陷于绝望中了!

不知怎的,过了一天,王小二感到许多人对他的态度转变了——关心他,又同情他了。他以忧虑的心情注视着周围环境的变化。

"你上了狱吏的当,吃了一场冤枉苦!你看,你的伤这样重,得好好将养!你的刑期不长,家里的父母妻儿如何盼望着你出去给他们饭吃呢!"

"可恶的匪徒,硬拖人下水,还要叫人吃苦,真是丧尽良心的狗东西!"有人抚摸着王小二的创伤为他抱不平。

王小二既惭愧,又后悔,对着难友们呜呜地哭了起来。

"是我错了,请大家原谅我!……"

王小二的创伤,在难友们尽心尽力的照料下,不久,就结了口,很快连伤疤也脱落了。

一天,又是夕阳西下,快要收封的时候,他独自呆呆地立在铁栅门边,回忆过去种种,感到王子义他们对自己真诚体谅,不禁暗暗掉泪。他想,自己不是石头,不是生铁,难道就没有一点良心吗?以往,自己只知损人利己,连好坏曲直都分不清,哪还有人的气味?于是,他发誓:从此,王小二决不再做亏心事!

落日的残照,被高耸的院墙遮住,狱吏们已下了班,办公室前面的院子里阴沉沉的。贾诚独自在那儿踱来踱去,满腹心事。

忽然,激昂悲壮的囚徒的歌声,透过院墙,直钻进贾诚的耳朵:

起来,饥寒交迫的囚徒!
起来,被冤诬的罪人!
用我们的拳头、脚跟,
打倒凶狠的贾诚!

…………
　　…………

　　贾诚不自主地战栗了一下，心头象被无数的针尖刺着；等他竭力镇定下来时，歌声已渐渐低沉。 于是，他挥着粗大的臂膀，狠狠地拍着挺起的胸膛，象一只急待啮人的饿狼似地嗥叫起来：

　　"杀尽囚徒，杀尽罪人，让你们去阎王面前骂贾诚的凶狠吧！"

第十一章　战胜归来

狱里的中午，比什么时候都安静。

今天和往常一样：很多人挨着饥饿埋头睡觉，到处可以听到鼾声；有些人在开会、下棋、看书。突然，看守长率领着成群的看守，冲进所里来，指名提金真、施存义、郑飞鹏、王子义、沈贞、冒子仁以及后来的李至、徐英等二十多人，去高等法院开庭，并叫各人带上行李。这个突然的事件，惊动了整个看守所，大家议论纷纷；象这样提庭，是从来没有过的。群众想立即发动斗争，但给金真他们劝止了，说没有得到他们的正式消息之前，不要采取任何行动。

看守们催得紧，金真他们不得不背起行李，在大家的热情关怀下，离开看守所。

一路上，他们仍然是有说有笑的，王子义、冒子仁他们几个格外有劲，押解的人盯着他们骂："该杀的，不许交谈！"他们装做不听见，有时也顶他一两句："谁该杀？拿你的头，换我的头，不折不扣，倒也省事，看你有种没种？"押解的人气得没奈何"呸"了一声。于是，他们就还他一连串的"呸"，并加上一阵冷笑。押解的人没法了，只好不再做声。他们便尽管高谈阔论起来，从古今中外，直到眼前的瘟官酷吏，都逃不过他们的嘴巴。只有金真、沈贞他们几个特支委的负责人，趁着这个时机，在冷静地考虑当前的问题，并不时用简单的语句交换着意见。

在这批英勇的人群里，也有个别的人，心中未免着慌，那便是年轻的李至。他一向比较热情活泼，但现在却变得呆了。人们这种大胆无畏的表现，更使他惶恐不安。他想，自己为了充进步，结识了一个共产党的同学，结果，就弄得吃官司，坐监房。现在，刑期只剩个把月了，却因平时不谨慎，对狱吏说了些怪话，竟遭到毒辣的报复，把自己也算在这帮不顾死活的人里面，很难说将来要落到什么结果，更谈不上和自己的妻子团圆了。唉！早知今日，何必当初？世界上不公平的事，到处都是，自己悔不该听信金真他们的话，去得罪狱吏。他实在怨恨金真，使他上了当；但事已至此，又不得不依靠金真了。

"到底因为什么事？法院会不会加我们的徒刑？"李至茫然地向金真探问。

"这问题，我没法答复你。李至，你得冷静点，不要那么慌张！"

"平时，你不是爱说漂亮话的吗？"冒子仁最靠近他，插嘴说，"前天你还说过：只有为无产阶级的事业经得起任何考验的人，才配做革命的英雄！现在为什么这样害怕起来？我看你还赶不上前天才出狱的施元明、张志一这两个小孩子呢！……"

李至的小白脸上泛出一层红晕，一对聪明的小眼睛再也不敢抬起来望人。当他觉得脸上火辣辣的，便马上用双手捧着两颊，遮住不可见人的羞颜。

金真了解李至的思想，他马上向冒子仁使了个眼色，要他不要再说下去，而他便插上来对李至说：

"今天提庭，多半是敌人捏造诬陷。你的刑期快满了，在庭上不妨装聋作哑，有话让别人出面答辩。要是法官问你时，你回答一百个不知道好了！"

"装聋作哑"，"一百个不知道"，那明明是人家已看出了自己的不中用。这个底给人摸到了，自己还有什么脸面立身处世？于是，他深深埋怨自己的失着，便挤在人群里不再说话了。

他们在高等法院的候审室里，直等到下午两点多钟，贾诚的亲信——那个书记员和看守长才来到。接着，关在病监里受着特殊待遇的贪污犯高承也提来了。于是，一个满脸皱纹、戴着夹鼻眼镜、留着疏疏几根花白胡须的人，由几个法警簇拥着进入这间候审室里。看那老家伙的架子，肯定是高等法院比较有权势的官员。他既未穿上法衣，而审问又不在法庭上进行，这分明是一种违法的行为。

那老家伙在预先布置好的一张案桌中间的椅子上坐下来。首先问那个书记员：

"就是这批犯人想在牢里造反吗？"

"是的！前次报告上面所讲的，还不及他们实际罪行的万分之一！"书记员恭恭敬敬地回答着。随后，又恨恨地说：

"说来真怕人，他们无法无天，竟把看守所当作活动的巢穴了！"

老家伙装做一副正经的样子，故意感慨地说：

"好好的年轻人，为什么不务正业，学得这样凶狂；这是自投绝路，将永远没有自由的一天！"

书记员紧接着他的话，指着高承说：

"他也是因政治问题被捕的，但他悔悟了，完全不象他们。因此，他也看不惯这批人的行为。请你听他讲一讲，就可以完全明白了！"

"你不用害怕，从实把他们的反动暴行揭露出来！"老家伙向高承说，"法律可以保证你的安全，并给你例外宽大的优待！"

惯于为非作歹的高承，被二十多双锐利的目光盯着，也局促不安起来，两只手都没处安放了。他埋怨贾诚太不够交情，为什么要拖他出来充当主角！但共产党也确实太可恶了，自己在原籍江西省的土地和财产，不就是被共产党搞光的吗？否则，自己还不致贪污枉法。所以报仇雪恨是贾诚的事，也是自己的事。况且，既然到了这里，哪还有退步的余地？主意打定了，他便弯下瘦长的身子，向老家伙鞠了一躬，低下了头，朗诵着书记员事先交给他的证辞：

"这批犯人在牢里太不成话了！长官，他们组织了什么难友会，挟制着一般人犯，经常闹监滋事。凡是伤天害理、凶险恶毒的事，全被他们做尽了！我是个在押人犯，看了他们的所作所为，实在已经忍无可忍！所以敢冒死作证，务乞把这批首恶分子从严处理！否则，势必形成流血暴动，会有不堪设想的严重后果！"

冒子仁听了高承的诬告，几次想打断他的发言，都被金真制止了。

金真见高承说完了，从人群中跑前一步，从容不迫地对那老头子说：

"我不知道你是什么人，总是法院里的官吏。法院是执法讲理的地方，那么，也该让我们来说几句话。我们且不谈监狱的黑暗，请你先回答我们一个问题：今天这场面，算不算审问？若说是的，那你又为什么不穿起庄严的法衣，坐上法官的座位，却躲在这黑黢黢的屋子里胡闹一气？若说不是审问，那又算什么？这种做法，足见法院本身，已否定了法律的严肃性，我们还有啥可说？"

老家伙窘了，想马上走开去。施存义连忙抢着说：

"法院是号称执法无私的机关，那就该多听听大家的道理，总不能全凭姓贾的、姓高的说了算吧！"

老头儿又很不自然地坐下，捻着胡须，装做假正经的样子说：

"谁叫你不讲？"

徐英抢上前去说：

"看守所的报告是什么内容，我不清楚。就凭今天书记员和高承的话看来，已足证明这些人的用心之毒！既然这样，请你们拿出确切证据来！"徐英顿了顿，见没人回答，便又冷笑着说：

"高承是个什么样的人，我倒可以提供点资料：他是个著名无赖，贪赃枉法的老手，看守所里谁不知，谁不晓！他有金有银，贾诚得了好处，很看得起他，给他住'病监'，不说有鱼、有肉，连抽大烟、嫖妓女都受到特殊待遇！你能说我这资料不确实吗？他凭什么资格来作证？"

沈贞跟上去指着高承的鼻子说：

"你一来就住在病监里，和普通监房隔开几道高墙，哪能知道我们的情况？你逍遥自在，还不满足，竟又打算捧着贾诚的屁股来诬陷好人！现在我且问问你所称的'首恶分子'究竟是谁？不妨当场指认指认！"

"你认识他们吗？"老头儿不加考虑地问高承。

"他……他是金……金真！"高承指着和他并肩站着的金真慌张地说。

"我呢？"冒子仁跑到高承面前说，"让你认得真切些！"

"……"高承回答不出，向后倒退了两步。

"我呢？"王子义也上前问他，"恐怕你只好回答个记不清楚了！"

"……"高承狼狈不堪，窘得面红耳赤，半晌不做声。最后，不得不老着面皮说：

"长官，这些人全是首恶分子，请求严办！"

"连人都不认识，名字也叫不出，竟能证明他们全是首恶分子，真是个神秘的证人！"冒子仁站在金真一边，愤愤地说。接着又朝着坐在上边的老家伙道：

"原来，法院竟和贾诚串通一气，打算陷害我们的！"

"你这老头是和贾诚一样的胚子，以后，得请你小心点！"李至见高等法院没有什么了不起，也出来顶了几句。

老头儿见阴谋被揭穿，顾不得一切溜走了。书记员跟在他屁股后边也脱身而去。

高承孤零零地站在那里，颤栗着，紧紧地挨着法警，垂着头，不敢向金真他们看一眼。

施存义离高承最近，挤过去羞着他的鼻子，冷笑地说：

"高先生的角色真妙！从此以后，靠着你贾爸爸的宠爱，定有享不尽的后福呢！"

高承可吓慌了，缩着头，躲在法警的屁股后边。原来，贾诚在难友中找不着内线，几番和他的亲信秘密商议，费尽心机，才想到病监里的无赖高承，想买他充个假证人，打算把金真他们定罪加刑，移送其他监狱执行。这样，看守所里的犯人组织，就会因此而涣散。万想不到布置不周密，一下就被金真他们戳穿了。

"你们怎么这样拆烂污？一点点子的事情也办不好！把高等法院的面子也丢光了！"老头儿责备着书记员和看守长。

"事情弄糟了，怪我们不慎重！"书记员心里很不自在地说，"但总得想个办法把僵局扭转一下！看守所里实在闹得太不成话了，如果听其自然，将来定会弄出大乱子来，到时，大家都推卸不了这个责任！"

"唔！这话也对。"老头儿沉默了半晌说。

他们商量了很久，最后决定把金真他们寄押到陆军监狱去。书记员觉得高等法院已基本上满足了他们的要求，自己也可以下台了。于是，他神气活现地抢在老头儿前面，对大众宣布：

"兹因金真等未决人犯二十名，在看守所颇多非法活动，决定暂押陆军监狱，听候继续侦查。"

金真等对高等法院作出这样的处理，并没感到意外。他们从这里看透敌人的阴谋：想把他们与群众隔离，削弱看守所的工作，而便于挑拨分化，最后，扑灭看守所的革命力量。总之，敌人的梦还没做醒呢！但他们的情绪确也有些波动，因为他们要暂时离开亲爱的党，离开同生共死的亲爱的同志和难友们，依恋之感是免不了的。更重要的是看守所里的工作，会不会因他们的移动而受到影响？只有李至的想法，与众不同，他又顾虑重重了：到陆军监狱后，是否再会遭到其他意外的挫折；"听候继续侦查"，将产生怎样的后果？他怕影响自己出狱，一颗心忐忑不定。

大家正在默默地想着，程志敬首先打破沉寂，向书记员提出了抗议：

"我们都是属于司法审判的未决犯，凭什么要把我们移押陆军监狱？你们必须把道理解释清楚，否则，我们绝对不能服从这一非法决定！"

大家和书记员争吵起来了。书记员不得不请法院的人出场。

老头儿从里面摇摇摆摆地跑出来，板着面孔告诫大家说：

"犯人应该押在哪个监狱里，纯然是法院的权力，还用得着解释吗？你们真想胡闹，那是自讨苦吃！"说完，便向法警挥挥手，吆喝着：

"把他们带出去！"

"我们将坚决绝食，抗议高等法院的违法措施！"

候审室被一片怒吼声闹翻了。

金真他们二十多人被法警强迫送到陆军监狱。金真立刻向陆军监狱的点收人员作了声明：

"我们将坚决绝食，誓死抗议高等法院的非法行为！但这事与陆军监狱没有丝毫关系，只要你们不加以强制和干涉！"

陆军监狱的狱吏们，一见到这些难于管理的犯人，已经感到头痛；现在，听了他们的声明，更怕影响陆军监狱本身，便犹豫起来。费了很多时间的磋商，才把他们集中关在一间孤立的大房子里，与整个陆军监狱远远隔离开来。

绝食进行了两天。下午，施存义和金真被狱吏提出去了。一个矮冬瓜样的狱吏假惺惺地劝说着：

"陆军监狱和司法监狱还不是一样的吗？饿坏了，你们自己受罪！"

"感谢你的劝告！"金真回答说，"我们一开始就准备以自己的生命抗议高等法院的非法命令的！"

"不会后悔吗？"

"决不！"

经过简单的谈话，敌人见无隙可乘，仍旧把他们送进原来的地方。

绝食进入第三天，大家感到很难受。谁都不想再动，连翻个身也感到不容易。浑身的骨头酸痛，头昏沉沉地越来越重，胃里一阵阵刺痛难熬，舌头干得调不转来，说话也要费很大的劲。这时，敌人故意烧了一些好饭、好菜，热气腾腾地送到号子里来，放在大家面前，想瓦解他们绝食的斗志。

饭菜的香味，直透入李至鼻中。他两眼发直，不知从哪里涌出来的口水直往外流，喉咙里咽咽地咽个不停。但又怕被人看出，偷偷地向四面窥探着。

冒子仁看看李至，笑着说：

"敌人为什么要烧这样好的饭菜来孝敬我们？香喷喷的诱惑力真强！可是，它总斗不过我们坚强的革命意志！老李，你说对吗？"

"嗯……嗯……"李至呆呆地涨红了脸，望望大家，然后，忸怩地说："是的，涣散不了我们的斗争意志。"

"吃得消吗？……"

"能不能支撑下去？……"

大家很关心李至的情绪和健康。

金真特别和蔼而诚恳地和李至讲：

"我们这些人顾不得死活，只好硬挺！象你真倒霉，只有个把多月就要出狱了，还要受这个苦。可惜我们不能做狱吏的主，否则，决不把你拖在一起。但如果你真受不了的话，那我们可以假装把你逐出去，让他们对你作个别处理。你自己考虑考虑这样做好吗？"

李至感动得流泪了，对金真激昂地说：

"不，我要和大家一起坚持斗争到底，不胜利，决不罢休！"

"好，好，有种！"大家热烈鼓掌，欢迎李至的表白。

第四天早晨，金真、徐英、程志敬、朱之润等，硬着舌头，忍住痛苦，用不同于往常的声调，进行着宣传鼓动。

"这次斗争，虽然对我们每个人的关系不大，但就整个看守所来说，有着非常重大的意义。只要我们绝食胜利了，敌人要想整顿看守所的阴谋便告破产！"平时不爱多说话的朱之润对这次绝食斗争的意义作了解释。

"我们都是共产党员或共青团员，在这斗争的严重关头，必须牺牲自己，服从整体，坚持下去！"

"看守所和陆军监狱是有矛盾的。陆军监狱哪里肯替看守所背这样的包袱，自找麻烦。只要我们坚持下去，陆军监狱一定会把我们送回去的。"

屋内顿时活跃起来了。有人建议唱《国际歌》，请沈贞指挥。冒子仁却撑着身子先喊了起来：

"一、二、三……"

大家齐声唱开了。歌声虽不及往时响亮，但依旧激昂悲壮。特别唱到"满腔的热血已经沸腾，这是最后的斗争"两句时，大家的精神更振奋，更有劲儿了。

"不许唱，不许唱共产党的歌！"狱吏在外边慌慌张张地叫喊。

"我们都是被当作共产党捉进来的，干吗不唱共产党的歌？"

绝食、歌唱，坚持斗争了三天半。正象金真他们所估计的那样，陆军监狱不愿承担这个责任，又把他们送还看守所。他们是憔悴多了，但憔悴中却显出了他们胜利的骄傲。

书记员来点收了，不敢正眼看他们。这时，王子义笑着喊他：

"书记员先生，分别了四天，想来你们很愉快吧！"

金真他们被押进了监房。看守所全体难友象意外遇见了久别的亲人，快乐得发疯了，把他们抬到头顶上，让大家都能看到，欢唱着，鼓着掌。从白天到黑夜，全所浸沉在狂欢歌舞中。

李至同样也受到大家的敬爱。他想，幸亏自己没有做逃兵，现在，居然也充着胜利的战士归来了，那是多么光荣！但他也深深感到不安，内心的谴责使他感到惭愧。

第十二章　高潮前夕

几天的折磨，金真又病了。全身发烧，一到下午，就头痛得支持不了。可是，最近看守所内内外外的空气，愈来愈紧张，他不得不拼命挣扎，和难友们在一起从事各种准备工作。他是那么憔悴，消瘦得令人可怕！

今天，他正主持着一个会议，忽然，接到一个通知，说他的妹妹来看他。他想：自己的妹妹还很年幼，怎能千里迢迢独自来看他？是否又是狱吏来闹鬼？他跟着看守老宋走去，一路上心里乱猜着。

他走到接见的窗洞口，急忙往外探望。

"哟！冰玉，你怎么来的？"意外的事，使他如此激动，不由惊讶地喊了起来。

冰玉似惊似疑地老望着他：长长的头发乱蓬蓬的，额上布满了皱纹，深陷的眼眶围着一道紫里带青的颜色，脸是那样的憔悴瘦削，颧骨高高凸起。她不敢相信站在她面前的，就是过去充沛着青春活力的金真。但不是他，又是谁呢？残酷的监狱生活，把他折磨成这个样子！她心里一阵酸痛，一双晶亮的眼睛里，簌簌地滚下了泪珠。

"金真，想不到你……啊……你……"她拭去脸上的泪珠，热情而又悲痛地说。她实在太紧张了，呼吸急促，使她似断似续地没能讲清要讲的话。

金真象满身着了火一样，两眼也潮湿了。他从来没有想象过自己的感情竟会如此激动的。他恨不得敲掉那两重隔开他们的铁窗，伸过手去紧紧握住冰玉的手……

冰玉忍住了悲痛，睁着两只天真的眼睛，热情地诉说着她长途跋涉来看他的情形，以及外间对金真的流言；然后，大胆地昂起头来说：

"我相信，我的金真是好人，是一个真正为国家民族求生存的青年志士！"她停了一停，细细地端详着金真。她感到他仍然象过去那样坚毅、热情、忠诚。于是，当年月明之夜的情景，又映现在她的眼前了。

"金真，我不忍心再离开你，我要永远……永远……"

"唉，冰玉，你冷静点吧！我是一个没有自由的人啊！"

"不管在任何条件下，金真，我的心将永远……"

"你应该珍惜自己的青春，冰玉，我现在已是个被判处无期徒刑的人！"良心不允许金真眼看着一个年轻的姑娘为他陷入痛苦的深渊，因此，忍住泪、硬着心肠这样说了。

"你因维护真理而坐牢，我爱真理、才爱你！……"冰玉激动得忘去了一切，竟冲口说出了内心深处的话。

看守老宋听见姑娘的话，向四周看了一下，连忙催促金真说：

"限定的时间到了！"

久别相见，冰玉有千言万语要向金真倾吐，但时间和条件限制了她，使她不得不怀着无限悲伤向她心爱的金真告别。临走时，她拭着眼泪，千叮万嘱要他保重身体，多多注意健康！

金真带着无可奈何的心情回到监房去。看守老宋跟在后面慢慢地走，自言自语似的说：

"哪来这样多情的姑娘，使铁一般的好汉也心软了！……但是客观上，却不许你为多情的姑娘分散你的精力哩！"

老宋的话使他怔了一下。

"有什么消息吗？"金真很警惕地问着。

于是，老宋告诉了他一个新的情况：

据说，最近贾诚经常去南京。有人透露，说是为了特殊任务。在家的狱吏教育看守人员，说要如何如何严格管理囚犯，不惜用各种残酷的手段。贾诚的亲信正在加紧审查工作人员，凡是他们认为不可靠的，都找点岔子撤职或者调走，而补进来的，几乎都是从警察局抽调来的一批蛮不讲理的家伙。

金真听了老宋的话，因冰玉而引起的惆怅情绪一下子消失了，放慢了脚步，聚精会神地继续倾听着老宋的话。

原来，贾诚的阴谋屡次失败后，曾一度消极过。他虽然恨死了共产党，但只是干着急，遇到事情，就拍案搔头拿不出办法来。后来，听说他结识了苏州的公安局长，这位局长指点他：要管好看守所里这么多的共产党，的确不是一件容易的事情。那些人既有严密的组织，又能"欺骗"群众，怎能轻易对付得了？好在目前已进入反共的新阶段，教他赶快把看守所里的情况，不断向上级报告，好让上级想办法解决。这样，他才重新鼓起勇气，一切按着局长的意见办理。

金真机械地移动着脚步，细细地倾听着老宋的话。

最后，老宋又提供了一个重要材料：不久以前，看守所里收进来三个特殊犯人——虞立、郭志扬、陈应时。他们原来是改组派的骨干，后来又成为二陈系的狗腿子。他们的被捕，主要是由于分赃不均，遭到同党的攻击，而案件的详细情况，没法得到。虞立等伪装进步，诚恳待人，想打听共产党在狱中的活动。稍为听到一点风吹草动，就向当权者反映，想借此立功赎罪。现在，看守所的问题，已被当权者放到顶重要的议事日程上来，因此，贾诚也愈加有劲了。

金真想不到由于这次意外的接见，而得到了如此重要的情报。从狱吏们目前的行动上来看，对难友们的虐待和压迫，一天天加重了，贾诚也曾露骨的表示必须彻底履行他先前布告中提出的各点。一般书籍均被列入违禁品之列；家属接见也常被借故拒绝；往来信札大半给扣留。伙食更坏了，只是盐水和吃不饱的坏黄米饭。难友略为表示不满，就是一顿刑罚或者是很久的禁闭。……这越来越紧张的局面，充分说明敌人已在秣马厉兵，只等下毒手了。

更尖锐、更残酷的斗争快来到了！金真忘掉了他的病苦，也忘掉了冰玉。他沉思着，拖着沉重的大镣，困难地跨进铁门。

"感谢你！希望你继续努力……"金真没能说完话，那边来了人，老宋机警地点点头，跑出了铁门。

根据老宋提供的情况，金真他们对狱吏从内部进行破坏的阴谋，格外加强了注意。引起他们特别警惕的，是那三个特殊犯人。

虞立是四十来岁的人，瘦长个子，尖削的脸，鹰爪鼻子，眉毛很浓，眼眶深陷，从外表看来，天生象个凶险的家伙；陈应时年纪似乎轻些，身材比较高大，胖胖的圆脸，皮色白嫩，额上还没皱纹，左边眉毛梢上有个黑色的疤痣，动作、言论很稳重，看样子倒是顶和气的；郭志扬矮矮的个子，将近五十岁了，生得瘦小，干枯的脸色黄里带着些黑，乍看起来，象有病初愈的人，口音带些北方腔调，有点老教师的斯文气派。他们的生活没有什么突出的地方，也看不出和狱吏有什么交往。有些年轻人同他们混得顶熟，他们也乐意同这些人扯谈。

有一次，几个年轻政治犯在他们面前痛骂现在的政治黑暗，当道者尽是贪官污吏，处处和纯洁的青年作对。虞立接下来就说：

"说起贪官污吏，真是害人不浅！象我们年岁大点的人吃吃冤枉苦，还不要紧，偏把你们这些小孩子也抓来关在牢里，吃苦事小，错过了读书的光阴事大，说来真是痛心！"于是，他象出于衷心的同情而叹息着。

"从受苦受难中，才能体会到人生的意义！就这点来讲，贪官污吏是教育了你们！"郭志扬也凑上来说，并且拍着一个青年的肩头。"你们是有为的青年，国家的栋梁，中华民族的复兴，还不是要靠你们这一代吗？"

"郭志扬的话不错！"陈应时接上去说，"'失败是成功之母'！一个青年不能因受到一点挫折，就灰心丧气！"

这些话多么动听！那些年轻人着实感到过瘾，高高兴兴地去告诉金真，以为自己在了解情况方面起了作用。这时，金真已清楚了虞立他们的鬼计，便立即提醒他们，要他们不要上了坏人的当。

"啊，有这样的事？"几个青年吓呆了，脸色一阵青、一阵白。

"不要慌！我们不妨将计就计，摆个八卦阵！"金真考虑了一下，便布置他们更好地去接近他们，并教给青年们如何去应付他们的一套办法。

虞立他们满以为这几个青年学生幼稚无知，对他们又怪亲昵的，因此，便大胆施展他们的神通了。

一次，中午后，虞立他们把几个青年找了去，开始海阔天空地乱扯了一会，大家都顶有劲。陈应时以为时机成熟了，就装得好象已经掌握了狱中党组织的材料似的，对那几个青年说：

"你们真有办法，把犯人组织得那么严密，不知凭什么搞起来的？"

几个青年心里暗暗好笑，马上瞪着小眼睛，天真而惊讶地同声问着：

"牢监里也有什么组织吗？请早点告诉我们，免得年轻人再上当、吃亏！"

"真的，共产党确是有一手，把狱中三教九流的人都团结在一起。我一向佩服这样的人，有决心，有能耐！"不直接答复他们的问题，郭志扬又玩了一套花招。

"共产党，我只在报纸上见过，是被称为'赤匪'的，但不晓得究竟怎么样？郭先生，请讲给我们听听！"有个青年再三的恳求说。

"你自己吃的共产党官司，难道不懂得共产党的道理，倒要来问我们？"虞立冷笑着。

"我们为参加反帝游行，才坐牢的，哪懂得什么党不党！"另一个青年认真地说。

"牢里的政治犯多着呢，你去问他们好了！"

陈应时显得不耐烦了。

"你们不也是政治犯吗？为什么又不肯和我们讲呢？"先前提问题的那个青年特地跑到陈应时面前说。

"牢里反正是有真正的共产党的，你问他们去吧！"郭志扬看自己的打算落空了，急于想把问题扯开。

"谁是真正的共产党？你们到底是不是？"几个青年横问竖问，缠着不放。

"别胡闹了！"虞立生气了。稍停了一下，他才又半真半假的说："你们去问金真不好吗？"

"金真吗？莫提他了！他为了一个年轻的姑娘，正害着相思病，半死不活的，哪有心肠来管这些闲事？"几个青年摆着一副怪有趣的样子说。

虞立、陈应时、郭志扬互相看了一眼，怨自己不知趣，反而落在小鬼手里，弄得十分尴尬。而几个青年还是十分戆气的牵着虞立他们的衣角，问个不完。

陈应时板起面孔说：

"不管它吧，你们不知道就算了！那也不是什么坏事情，谈不到上当、吃亏！"

这三个特殊人犯，虽经受了一次失败的教训，但他们还不死心，暗地里加紧种种破坏的活动。他们时常借探病为名，成天整日地和金真纠缠不清，监视他的行动，妨碍他的工作。看守老宋，识破了他们恶毒的用意，每逢值班时，便来干涉。他们恨透了老宋。

"我们看看老金的病，随便谈谈，与你什么相干？"虞立拉下脸来质问老宋。

"老谈,老谈,谁知你们搞什么鬼？"老宋不容分辩,挥手来赶他们。同时，又一本正经地对金真说：

"以后，不许你和他们鬼鬼祟祟！"

虞立他们弄得无话可说，只好气鼓鼓地走开去。老宋望着他们走远了，见屋里没有旁人，回头对金真说：

"死不要脸的家伙，你们得好好提防！"

"可不是，讨厌死人了！"说着，金真坐了起来。

他望着金真，跨前一步，象有紧要的话说，可是，又没做声，心情好象很激动，连神色都变了。

"有什么事？快说吧，老宋！"今天金真对他的态度感到很诧异，热情地伸手去拉他的手。

"我诚心请求你接受我做个共产党员！金真，我懂得……"他的目光，恰巧和金真的视线碰在一起，他紧张得连话也说不下去了。

"你有这个决心吗？"

"有……有……有……前次我不早就说过了！……"

"你知道怎样才配做一个共产党员？"

"我的哥哥告诉过我关于共产党的道理，而从你们的实际行动中，我受到了活生生的教育。所以，我决不是一个盲目的追随者！"

他们两个紧紧地握着手。本来，关于老宋的问题，早经特支委会研究讨论过。郑飞鹏知道他哥哥以前就是个好党员，至于失掉关系的情况，正和老宋所说的一样，而老宋本人的表现又顶好。因此，决定只待他再提出要求时，就解决他的问题。于是，金真愉快而庄严地对老宋说：

"既然如此，今天，我就代表特支委承认你是一个共产党员！"

"我决不辜负党！决不辜负党员的光荣称号！"

看守中的缺口突破了，播下了新生的种子，为未来的滋长繁殖创造了条件。

环境使他们不可能作长时间的谈话。而且，金真也得趁老宋值班的机会，写好特支给上海党组织的报告，免得受虞立等的扰乱。

特支给上级组织的报告，主要是综合当前看守所的紧张情况，并分析斗争的不可避免和它的重要意义。同时，要求组织上给予最大限度的支援。报告就交老宋送到指定的联络地点去。

"你一定得及时送达，千万不能疏忽！"金真叮嘱着老宋。

"那还用说得！"老宋点头会意。

在气氛紧张的看守所里，一个规模更大的斗争就要到来了。繁重的任务支持着金真的精神，一切为了打垮敌人的阴谋，迎接更残酷的决战！

第十三章　大闹监案

朝晨，浓浓的云雾蒙住了天空，阴惨惨的狱中暴发出雷一般的口号声：

"我们要活下去！"

"打倒惨无人道的贾诚！"

新的绝食斗争开始了！

难友们把看守赶出监房，反锁了铁门，内外完全隔绝起来，防备敌人诬陷他们暴动越狱。冒子仁和柳继明站在案桌上，代表难友会作了激烈的演讲，把已经小组讨论通过的十项要求提给监狱当局：

一、继续白日开封；

二、绝对免除酷刑；

三、不得克扣囚粮；

四、改进医药卫生；

五、监犯一律开镣；

六、准许阅读书报；

七、给予劳动机会；

八、反对停止接见；

九、不许扣留书信；

十、保证合法待遇。

痛苦的生活已使难友们抱着必死的决心，个个袒露着胸膛，擎着拳头，挤在铁门口，怒吼着。

贾诚一接到囚徒们的要求，立刻集中监狱里的全部武装人员，又从公安局调来大批警察，准备立刻打开铁门，把闹监的祸首捉出来，迅速压服这次风潮。

根据贾诚的命令，警察和武装看守，摆出冲锋的架子，刺刀几乎触到难友们的胸膛，冷水龙头不断向铁门里喷射。但在难友们的勇敢抵抗下，敌人没有得逞，口号声、歌唱声，响彻云霄。在这种拼死的决心面前，那些隔着铁门的武装人员反而自己慌起来了，弄得满头大汗，浑身泥污。

贾诚急了，亲自跑到铁门口，跳脚拍手地咆哮着：

"快把铁门打开，停止暴行！否则，莫怪贾某辣手，不得不动枪动刀了！"

"你们逼得人没法生存了，我们才提出合法的要求，难道这能说是'暴行'吗？"柳继明挺身出来责问贾诚。

"只要你保证实现我们的十项要求，我们就停止绝食！"冒子仁扬扬眉毛，朝着贾诚说。

"你们这批杀不绝的共产党，真的要造反了，看我的颜色吧！"

"哈……哈……哈哈……"铁门里面一阵哄笑。

"保证我们的合法待遇，改善我们的生活！"

"实现我们的十项要求！"

"不许克扣囚粮，反对贪污枉法！"

难友们的怒吼声，吓得贾诚心惊胆战，无法可施。连忙到办公室里打了个电话，报告高等法院，坚决主张及时用武力来镇压。但高等法院不敢立即决定这样的问题，这更把贾诚急死了。

贾诚老是不来，铁门口许多横蛮的警察和狱吏，等得沉不住气了，急着要往里冲。

　　柳继明忿怒极了，高喊道：

　　"我年纪老了，给那杀人的刀子搅死，倒不如和这批强盗拼了，也落个光荣！"他赤着膀子，摇撼着铁门格子。

　　一个警察用刺刀狠狠地向柳继明戳去，正刺在柳继明的膀子上，顿时鲜血直流，但柳继明仍屹立不动。在这紧急的刹那，许多难友们一齐拥向铁门口，怒骂着：

　　"你们这批狗强盗，连一点人性也没有！要杀，任你杀个痛快吧！"

　　难友们无比坚强的表现，把这些惯于杀人的家伙顶住了。

　　从早上五点多钟开始，铁门里外互相对峙着。形势越来越紧张，已经到剑拔弩张的阶段了。

　　这时，一个狱吏急匆匆地跑来，向贾诚报告：

　　"有批新闻记者和社会团体的人士来访问，所长，怎么办？"

　　贾诚听到这个突如其来的消息，连连搓着手，心里着慌，脸色也变了。社会的舆论有它一定的力量，句不能小视它。他暗里这样想，但外表上还装做没事的样子，对那狱吏说：

　　"没什么，不许他们进来，就说我不在家好了！"

　　但问题并不那么简单，那批记者们和社会团体的人士们，竟不顾狱吏们的挡驾，仗着人多势壮，直拥向所长办公室来。贾诚躲避不及，只好老着面皮，出来招待。

　　"失迎，失迎！"贾诚涨红了脸说，"看守所里没什么大事，囚徒们被共产党利用发生暴行，幸亏我们发现得早，已经把他们压下去了。"

　　一个记者扬扬手，从袖筒里拿出一份当天的报纸，指着《江苏省高等法院看守所全体囚徒的呼吁书》冷笑着问道：

　　"这是怎么一回事？"

　　贾诚看了这篇东西，气得心里发抖，但表面上还假装镇静的样子，掩饰着说：

"这是共产党造谣!"

记者和社会人士想到铁门边和难友们谈谈问题。贾诚暗示武装人员把他们挡住了,只能离铁门老远老远地站着。

记者们和社会团体人士们的到来,是狱中党组织的负责同志意料中的事。在他们给上级党送出报告时,即附了一份呼吁书在内。上级党为了支持狱中党组织发动的这次具有更广泛社会意义的残酷斗争,揭露独裁者在司法界里的黑暗,所以发动了各方面的进步力量,并充分地利用了统治阶级内部的矛盾。呼吁书及时发表了,于是,大家有组织地来访问看守所,造成内外呼应的形势。

金真、施存义、白志坚、郑飞鹏他们,一见记者和社会人士来到,就爬上讲台,控诉狱中的黑暗、残酷和惨无人道的滔天罪行。

白志坚抢着爬上去,先环视了一下周围的人,用不屑的眼光看了看狱吏和武装警察,然后,举起手来,向站在较远的记者和社会人士们表示敬意。于是,他用夹着湖南腔的语调,一字一句地提出自己的控诉:

"各位先生:我是一个乡村小学教师。在湖南乡间一个小学校里任教。当时,有个国民党员告诉我孙中山先生革命的主张,介绍我看了《三民主义》,我这才知道:要打倒封建军阀,打倒帝国主义,振兴我国的民族工业,只有参加反帝、反封建的革命。当北伐军打到我们湖南的时候,我就坚决投笔从戎,参加了部队。想不到以后蒋介石在南京反而勾结帝国主义,破坏孙中山先生一贯坚持的国共合作政策,排挤共产党,屠杀共产党,完全背叛了孙中山先生的遗志。大革命失败了,我的希望落了空,只好离开屠杀共产党的国民党军队,重理我参加革命前的旧业,同时,继续宣传孙中山先生扶助工农、联俄、联共的三大政策。先生们!难道宣传孙中山先生的革命思想,也算是犯法的吗?我就是犯了这样的罪而被捕的;被捕之后,受尽了种种摧残、压迫!在这世界里,我真不知公理何在?人道主义的原则何在?各位为了解事实而来,事实就是如此,请求大家给予正义的支持!"

一个年近花甲的老先生，仔细地看了看这位年纪三十来岁的人，书生风度，谈得有情有理，不禁动了同情之感。他轻轻地和同伴们说：

"唉，把这样英俊有为的人投入监狱，实在太不明智！"

控诉的人，一个一个爬上台去，讲得句句真实，语语动人，博得了内内外外许多人的掌声和呼喊声。

随后金真心平气和地站起来说道：

"诸位先生，为了关怀被认为是犯了罪的囚徒们，不惮远道而来，叫人衷心敬佩。现在，我要求你们拿出正义和热忱，援助这些垂死的人们吧！

"我们是青年人，都是有天良的人，热爱祖国，想为民族生存做些有益的事！可是，竟遭到了当权者的仇视，被关到这'活人的坟墓'中来！

"在'活人的坟墓'中，我们吃不饱，穿不暖，还得受私刑吊打，种种惨无人道的摧残，使我们陷于朝不保夕的毁灭的境地。在这光天化日之下，竟有如此灭绝人性的可怕情景！但是，当权者不许我们呻吟，不许我们呼喊！……

"生比死更难堪，更苦痛，我们才不得不发出最后的呼吁：亲爱的先生们，救救这些无罪的人们吧！"

金真的控诉，尤其赢得了社会人士的同情和不平。虽因他们各自的出身和立场的不同，在看法上还有一定程度的差异。至于难友们，那就更激动得不知什么是死，什么是恐怖了！

中午，贾诚趁社会人士逐渐散去的当儿，想不使事态继续扩大，带着许多狱吏跑到铁门口，威胁难友们说：

"还是识相点吧，各进各的号子，……马上恢复正常秩序，静候处理！不然，……"

难友们一见他那副样子，一听他那种语气，正象火上添油一般，不待他说完，便齐声叫喊起来。

"天下的坏事、绝事，给你做尽了，所长大人，我们再也不能在非法虐待下毫无作为地等待死亡！"

"好，总有一天要你们的命……"

"死！已吓不了人！"徐英紧接着说，"我们的要求不实现，我们宁可饿死在这里！"

"你们到底要怎样？"立在贾诚旁边的看守长问。

"实现十项要求！"难友们齐声高喊起来。

"不实现，宁愿死！"从女监里也传来一片呼声。

"贼囚犯，竟敢明目张胆地造起反来！"贾诚望着尚未走散的社会人士，很不谦恭地说：

"你们看，对这些闹监滋事的头子，不严厉惩办，又有什么办法？"

"……"社会人士默不做声。

"滚吧，贾诚，谁也不要听你这套官腔！"人丛中一阵叫喊。

贾诚悄悄地走了。

有一位记者趁机挤到狱吏身边，望着看守长说：

"囚犯关在牢里，还怕什么？竟要大动干戈……这太不成话了！……据说，司法部长要来视察，那时你们将如何交代？"

苏州高等法院看守所的绝食斗争，惊动了南京政府，不得不叫司法部长亲自出马作善后处理。那位记者故意透露这消息，无非要难友作好新的准备。特支委会便立即召开了紧急会议，进一步发动群众，准备给敌人更有力的打击，并委托金真同志起草控诉书。

金真起草了控诉书，交给难友们签名，但说明如有不愿签名的，决不加以勉强。于是，签名运动迅速展开，只半天工夫，全部难友都签上了名。只有那三个特殊犯人——虞立、郭志扬、陈应时表示反对。

"有理说理，何必同自己的肚子作对？这样演'空城计'，消皮消肉，还不是自己倒霉！"虞立好象是有意无意地说，打算破坏绝食斗争。

"绝食饿死，死的是自己，可损不了贾某一根毫毛！这有啥用？"郭志扬吹着顺风话。

"官官相护，控诉有屁用！吵吵闹闹，还不是某些人的阴谋！我们为自身的利害着想，千万不可上人家的当！"陈应时对着群众泼冷水。

三个人冷言冷语地进行离间破坏。这些话被柳继明、王子义、冒子仁等听见了，马上赶去，狠狠地把他们揍了一顿。大家还吵着要开会斗争他们，金真连忙跑来劝止了。他要求大家不要分散力量，尽一切可能搜集一套作证的东西，准备明天让部长大人欣赏一下他们的统治业绩。

第二天，九、十点钟光景，一个四十多岁的高个儿由高等法院院长陪着，在一群司法界的上层人物、新闻记者、群众团体人士的簇拥下，来到了铁门前面，但又不敢靠近铁门。他穿着宽腰大袖的袍褂，白白的圆脸，从表面一看，真是一个凛凛然不可侵犯的官僚老爷。高等法院院长、看守所所长站在他旁边，只是奴颜婢膝地唯唯诺诺，奉承恭维。

"司法部长来了，大家快散开！"贾诚向铁门里吆喝着。他满以为这下可把囚徒吓唬倒了。

难友们仍挤在铁门口，一动也不动，不恐慌，也没有散开。司法部长一派官老爷的尊严，在难友们看来，简直不在话下。

"你们闹得太不成话了，有意见快派人出来谈判！"部长见贾诚的叫喊没起作用，很难堪，板着面孔说。

人群象浪潮一样地向后退了几气，从中涌出来七个气概轩昂的囚徒，各人介绍着自己的姓名：

"金真。"

"施存义。"

"徐英。"

"白志坚。"

"冒子仁。"

"王子义。"

"程志敬。"

同时把控诉书隔门交给这位老爷。部长的随员上前把控诉书接了过去，看也没看，塞进了公文包。

"你们该知道闹监是违法行为！"部长以训斥的口吻，告诫着囚徒们，"立即停止绝食，所有问题待后另行处理。否则，将受到严厉的处分！"

"我们谁都是想活下去的，但是当前的境遇，已叫人处于死亡的边缘，我们不得不铤而走险！"金真望着铁门外来自各方的人们说，"绝食、饿肚子，可不是好受的，假使不是万不得已的话，谁愿意出此一着！"

"一闹再闹，你们到底要怎样呢？"部长的气大了。

"我们的控诉和要求，已提得非常明确！"白志坚回答。

"已经是犯了罪的人，还要求这样那样，真是岂有此理！"部长冲动了，心里的话信口而出，狐狸尾巴全露出来了。但话一出口，他立即感到不对头，想掩饰也来不及了，斜眼看看周围的人，脸上露出不安的神情。

"提出合法的要求，谁都有这样的权利。"施存义愤慨地说，"难道只有当官的可以为所欲为吗？"

"不允许你们的要求又怎样？"部长发怒了。但当众又不便任性，硬自抑制着，冷冷地反问了一句。

"请不用动怒，还是多多了解狱中的情况吧！"程志敬婉转而有力地说，"如果你们狠心不让人活下去，那么与其慢慢地折磨死，倒不如早死的好。"

"现在只有一条路，先停止绝食，一切待后再说！"部长发出最后的警告。

"这些骗人的话早听够了！"冒子仁瞪大了眼睛，故意对部长说，"部长先生，请你原谅我的粗鲁！"

"谁骗了你们？"

"你们在骗人，法律也在骗人！"徐英坚决地回答，"否则，我们又何苦如此！"

金真觉得这样的争论已无济于事，便提出建议说：

"我们不必在这些问题上打圈子了，现在，请部长和在场的各位先生，先看看事实，再判断谁是谁非！"

这时，便揭开了新的、生动的一幕：一群囚徒从部长面前走过去，他们都拖着十多斤重的大镣，甚至还有戴着两副、三副的，那么艰难地行动着。接着，是一批光着身子、只穿条短裤的囚徒，他们露出遍体的伤痕，并向部长说明自己受刑的经过。然后，又抬出几个只剩下枯骨和一丝游气的囚徒，而脚上仍戴着顶重的大镣。……

斗争进入了更尖锐的阶段。

"这是否足以证明你们是在依法办事呢？"金真以讥讽的态度向部长请教。

社会人士惊讶的目光，集中在高等法院院长和看守所所长身上。他们两个的脸都发青了，低下头，不敢正视大家。

部长被"将军"得局促不安起来了，想脱身走开，便斜着眼睛对囚徒说：

"哪有许多闲工夫和你们纠缠！"

"你是全国司法界的首脑，又是专程为这件大事而来的，怎么能不辨是非一走了之呢？"徐英针对着部长的话说。

这时人墙散开了，呈现在观众面前的是一个更精彩的场面：

"各位先生，这是狱中的奇迹！"—— 一个牌子竖在那里。

自右至左陈列着成套的鸦片烟具、吗啡和麻将牌。上面标着："这是非法的合法品类—— 只有在狱中才可以公开享用！"接着是纸、墨、笔、砚、《史记》、《汉书》、《中山全集》和各种自然科学的书本。上面标着："这是合法的非法品类—— 在狱中一律查禁！"再下去是：沙子、泥土、黄米混在一起的八宝饭，徒有菜蔬之名的盐水汤；破烂的棉衣、棉被等。上面标着："这就是吃饱、着暖的宽仁待遇！……"

贾诚又羞又恼，呆着两眼，不敢向铁门里看，恨不得马上躲开去。部长暗里发躁，留又不是，走又不是。

"这些就是司法当局的丰功伟绩！但精采的节目还在后边，请各位耐性观赏！"人丛中发出了喊声。

柳继明、冒子仁等很快举起了一幅血肉模糊、惨不忍睹的刑讯全景的图画。上面附有囚徒和施刑者的对话："救命呀，……我挨不了这种非法的酷刑……""这是天下通行的，……让阎王来救你吧……"最后指出："这便是所谓法治精神，人道主义！"

接着，由施存义、刘苏两人举起了画有衣食丰美、宿娼吸毒、悠然自得的特殊人犯的生活图景。

"这个特殊监房近在咫尺，请先生们前去实地考察！"郑飞鹏一面喊，一面举手指着院墙西边。

"部长先生，请你带我们进去参观参观如何？"社会人士中有人向部长提出了这个请求。

"欢迎参观，欢迎参观！"难友们哄叫不停。

这位要人憋着一肚子气，不吭一声，转身就走。

"请教部长先生，这都是国法所能容许的吗？"难友们绝不肯放过任何一瞬的时机，大声向部长追问。

"这都是国法所容许的吗？部长先生，请不要错过了机会。我们这里还有更道地的好风光呢！"女监里的呼声也不断传来。

部长终于不顾一切地溜走了。

"保证我们的十项要求！"

"改善我们的生活，反对贪赃枉法，克扣囚粮！"

"打倒贾诚！"

"打倒贪官污吏！"

在难友们的团结一致，以及社会舆论的同情和支持下，狠狠地打击了狐群狗党的统治。难友们的斗争精神益发饱满了，迸发出雷似的口号声。

谁也不能否认，绝食是最难熬的痛苦，这只有在监狱中万不得已时才采取的一种特殊斗争的方式。

这次绝食，群众的斗争情绪一直是饱满的。但随着时间的进展，饥饿和疲乏的程度逐渐增加，头脑昏沉沉地，象被抛在云雾里一样，眼前金花乱舞，胃里剧烈发痛，腰脊四肢全都瘫软，再也没有气力支撑了。

金真本来就病着，又加上饥饿的折磨，实在不济了，而他仍不顾一切地工作着，还体贴入微地照顾别人。刘苏从入狱后，就害着肺病，又经历了几次折磨，病势越来越重，这两天，他老吐血不停，看来已很危险。金真把狱中仅存的一块面包送给他，劝他吃一点，缓解眼前的痛苦。

"我是共产党员，为了大家的利益，我要坚持斗争到底！不胜利决不进食！"刘苏坚决地拒绝了金真出于善意的照顾。

共产党员的模范行动，大大地鼓舞了群众，坚定了斗争的意志。

绝食斗争到第三天中午，政治犯中少数知识分子，再也忍不住饥饿的痛苦，开始动摇了。起初，他们认为统治阶级是懦弱无能的，只要斗争一搞开，胜利就唾手可得，竭力主张绝食。现在，绝食了三天，不见敌人有任何妥协的表示，便怕自己饿坏了，不时唉声叹气。

"饿死了，还不是白白送命！你们赶快去和金真商量，停止绝食！"虞立和郭志扬在旁边进行煽惑。

群众见那几个家伙又在破坏绝食斗争，立刻加以揭发。

"你再破坏斗争，当心老子的拳头！"王小二把拳头在虞立他们面前晃了晃说："你是不是想试试老子绝食了几天后的劲道？"

虞立他们在愤怒的群众面前不敢声张了。

接着，王小二转过头来，看看两个政治犯，很关心地说：

"怎么？是不是饿得吃不消了？那里有一小块留给刘苏的面包。他横竖不肯吃，你们就去咬几口过过瘾吧！"

旁边有个普通难友讽刺他们说：

"平时充英雄，战时装狗熊，真没一点骨气！"

但是他们不顾群众的批评，还是去找金真要求中止绝食。

"我们的斗争应该适可而止！"他们一面哼着，一面说，"狱中的黑暗，狱吏的残酷，已被我们彻底揭发了。金真，我看，再僵持下去，就没有什么意义了，徒然自讨苦吃，白白牺牲，反叫狱吏高兴！"

"绝食……绝食……得不到一点好处，等于自杀！早点结束，还可以补救万一！"他们见金真没有马上答复，又一迭连声地追逼着。

金真虽然感到那些人可憎，但也并不感到突然。在这样的环境里，要没有这种人出现，那才是怪事呢！他看他们幼稚得可怜，就很温和地说：

"你们是党员还是共青团员？"

他们同声回答着："是党员。"

"既然是党员，为什么在战斗中表现得如此怯弱？"

"我们何尝怯弱？为的是群众利益！"他们不服气地说。

"难道斗争不是为了群众利益，只有你们才关心群众利益吗？"

"不，我们的意见是适可而止！"他们之间的一个象煞有介事地说。事实上，他饿得吃不消了，各种难受的感觉支配着他们的情绪。

"现在，敌人的疯狂进攻刚受到挫折，正在犹疑、顾虑的关头，如果我们自动退却，除了助长敌人的气焰之外，还有什么作用？这不是向敌人屈服投降是什么？"

他们听了金真的话，感到分量很重，但是道理很正确，无法再借题强辩了。

"决定胜负的关头，总是在战斗最艰苦、最紧张的阶段。只要在这期间，不犯错误，坚持下去，胜利一定是我们的。现在，我们已获得了社会舆论的支持，在斗争中占了上风，为什么不能再坚持一下呢？即使敌人不肯公开承认我们的十项要求，至少也得叫敌人今后不敢轻易对我们发动进攻！不知你们的看法怎样？"

他们感到自己没法说服人，反给人家说服了，有些抬不起头来。金真见他们不做声，就拿出那块面包给他们说：

"你们可能饿得慌了，给你们先充充饥吧！"

"绝食不停止，我们死也不吃！"他们象孩子撒娇般地生气了，"金真，你真会讽刺人！"

冒子仁在他们背后听了许久，这时，着实听不过去了，严肃地对他们说：

"这是不是说明你们对敌人的绝食已经中止，而从现在起，是为反抗绝食而绝食的？可耻的动摇分子，你们去投降吧！"

这一下，他们真觉得无地自容了。激怒的人群围上来，哄起一片辱骂声，他们吓慌了，连饥饿的痛苦也忘掉了。经过金真的解释，才使群众平静下来。

沉重而紧张的日子慢慢过去，绝食进入了第五天，已打破苏州监狱以往的绝食纪录。难友们的信心仍然很强，虽然难于形容的痛苦重重压在他们头上，浑身再没一点劲儿，连走路也走不动，只好扶着墙壁一步步挪动。他们嘴里渴得火辣辣地、舌头全裂开了，尽管把舌头贴着上颚，也没有一点唾沫，话说不清，只能凭手势解决问题。身体本来差的人，早躺下去，等待死神光临，但他们自己总感到光荣的死，比默默无声被敌人逼死要强得多！

金真、王子义、冒子仁、施存义他们一直带头坚持着，凡是需要他们的地方，总有他们的踪迹。金真因为走路时常跌跤：手破了，脚跛了，头也碰出血来了。他已累得不象人，只剩了皮包骨头。当他去抚摩别人的额角时，人家觉得他的掌心里比火还热。难友们劝他注意休息，他总是回答说：

"我是共产党员，难友会的主席，为难友们争取改善待遇，完全是我的责任！在这战斗的最后关头，请大家多多关心我们的群众！"

金真等一群党员的模范行动，教育了群众，特别是感动了一些不太坚定的人。

绝食进入到第六天，敌人满以为会有许多囚徒忍受不了绝食的痛苦，会动摇投降，可以不费力地结束这一事件。哪知敌人的打算错了，完全低估了难友们的力量，他们丝毫没有妥协投降的迹象。而社会舆论越来越猛烈地谴责当局的残酷和不人道，要求迅速采取补救的措施。敌人在难友们斗争到底的决心和外界舆论的压力下，不得不狡诈地宣布让步，声称逐渐实现十项要求，并假惺惺地劝说大家停止绝食。

难友们十分明白，狱吏们永远是阴险毒辣的，当前的情况自然也不会例外。但现在从斗争本身来讲，基本上已达到目的：广泛揭露了统治阶级的黑暗，并保持着先前既得的成果，使敌人受到沉痛的打击，再不敢象过去那样猖狂无忌了。自然，敌人是不甘心的，甚至于某些同志还会遭到打击报复，事实上必须有这样的准备，而敌人如果那样做了，却更足以说明他们的卑鄙无耻，必更为社会舆论所不容。于是，难友们决定和狱吏谈判，停止绝食。

在难友们同意停止绝食后，看守、警察才进入铁门，他们仍然象身临大敌一样，全副武装警戒着每个角落。

全体难友取得了预期的胜利，稍稍喝了些黄米粥、青菜汤，转过一口气后，便发出经久不息的欢呼声：

"庆祝斗争胜利！"

"提高警惕，反对麻痹大意！"

这时，满面病容的金真，嘴角边不由挂上了胜利的微笑。

不出难友们事前的预料：狱吏见欺骗已达到目的，就马上进行疯狂的报复。他们虽不敢实行当初贾诚在布告上所说的各点，却把金真、施存义、徐英、冒子仁、沈贞、王子义、白志坚、程志敬、郑飞鹏、柳继明以及病势严重的刘苏、女监的梅芬等六十三人，借提讯为名，拖了出去，全部反绑起来，高高吊在看守所办公室前面的院子里，用皮鞭、棍子狠狠地痛打。

"贼囚犯，你们胜利了吧！"贾诚瞪着三角眼，望着难友们恨之入骨地说。

柳继明因年龄较大，受刑较深，腿和膀子，这下全给搞断了，身上地上淌满了鲜血。但他仍那么坚强不屈，当他从昏迷中醒过来时，便破口大骂：

"你们这批贼强盗，比野兽更残酷，更凶暴！我死了，自有人来给我们报仇的，看胜利究竟属于谁！"

贾诚恨柳继明骂得凶，死命地鞭打。柳继明终于挨不住了，瞪着充满了仇恨的眼睛，渐渐声嘶力竭了！

"学习柳继明！"

"柳继明是我们光荣的榜样！"

难友们见柳继明不济了，怀着对他衷心的哀恸和敬意，齐声喊出悲壮的口号。

英勇的老工人、坚定的共产党员柳继明，在敌人的酷刑下，在同志们、难友们的口号声中光荣地牺牲了。

那鬼样子的看守长，对梅芬旧恨在心，也亲自走过去打梅芬。梅芬咬牙切齿地叫骂着，一口鲜血喷了他一头一脸。

金真他们被吊打了几小时，完全失去了知觉，等到醒转来的时候，已被一排排地丢在大厂房里。恢复知觉，对他们来讲，是桩可恨可厌的事，浑身是说不尽的疼痛，从四肢、皮肤、每个毛发孔里钻到他们的心头，有时竟又痛得昏了过去。

他们从黑夜到天明，足足挣扎了十多个钟头。金真的情况比别人更严重，但他仍然和其他同志们一齐熬着痛苦，不断地交换意见，作好进一步的斗争准备。

隔了几天，他们被送到法院审讯。庭讯日期，预先被金真他们知道了。所以上海党仍然通过互济会以及各方面的关系，动员了大批律师及时赶来为金真他们辩护。

当检察官以"共党煽惑人犯暴动"的罪名作了控诉以后，金真挺身而出，责问法官说：

"是非可以颠倒，黑白可以混淆，难道是你们法律上明文规定的吗？你们身任法官，而在法庭上白日说梦，连一点脸面都不顾！我们陷在人间地狱中，受尽你们的迫害、宰割、刑杀，因此才发出呼吁，要求合法待遇和生存的权利，难道这倒是非法行为，该受严厉的判处吗？反过来看，贾诚一贯违法渎职，克扣囚粮，甚至活活打死人犯，象柳继明等的血迹犹新，而你们竟置之不问，还说事出狱因裁害，不需要查究，这不仅诬蔑了所有的人犯，同时，更充分说明了你们蔑视社会舆论，社会舆论不早就为我们提供了事实，提供了铁证？"

这时，金真气喘得说不下去了，身子摇摇晃晃，几乎栽倒下来，幸亏旁边的冒子仁立即上前把他扶住。

有几位律师正要站起来替金真他们辩护，可是施存义却抢在前面慷慨发言了。

"我们是手无寸铁的囚徒，为了想活下去，屡次向你们这些当官的要求合法的待遇，你们始终不理不睬，反说囚徒刁诈成性。我们万不得已才进行了绝食，又被你们目为罪在不赦，打死的，折磨死的，都是活该，不死的，还得受你们的法律惩办，指为'共产党煽惑暴动'。反正这是暗无天日的世界，听凭你们的高兴罢了，还有什么可说的！"

法官脸上青一阵，红一阵。他还想掩饰自己，急于要发问，可是徐英又接着说话了。

"假使你要问我们当时的情节，我看，可以请你们的部长来出庭作证。在你们部长的面前，我们曾经摆开了铁证如山的事实，许多社会人士也亲身目睹，还用我们说什么？我们坚决反对贾诚的违法罪行，难道这也算犯了罪吗？而且你们说事情是共产党煽起来的，那很好，现在，我请你们拿出证据来！"

法官坐在上边，象木偶一样，心里恨死了这些人，但在法庭上又奈何不得他们。谁也不理法官的问话，却把法庭当做讲坛，滔滔不绝地只是发挥各自的雄辩。

本来沉默寡言的程志敬，今天，他也挺起胸膛，拉了拉灰布破棉袄的衣领，站在法官面前说：

"我感谢你们，绝食之后，又一次在我身上刻下这样多的花纹！"他把扣子解开，把裤脚管拉起来，青一条，紫一条，遍身血痕斑斑，叫人不忍细看。于是，他很潇洒地两手一摊，冷冷地说：

"俗话说有些人是'挂羊头，卖狗肉'的，我过去一直不大相信，而这次在你们苏州法院中，竟得到了证实！你们高叫法律的尊严和人道主义，原来就是这么一回事！我是一个知识分子，中学教员，为了参加反帝活动，算是得罪了现政府，被捉了起来。现在，你们又想拿煽动监犯的罪名，来加重我的罪行，那更把我弄糊涂了。若说我在这件事上作了恶，那就是少吃了几天黄米饭和臭菜汤！"

紧接着程志敬的发言，梅芬又站了出来。她虽则新受了许多折磨和摧残，但她那特出的风姿，还是那么引人注目。法庭上所有的人，都把眼光投向这一病容憔悴的青年女犯身上。她从容地举起手来，捎开遮在脸上的头发，抬头望了望座上的法官、律师和周围的同伴们。然后，用清脆响亮的声音说道：

"在贪官污吏当道的世界里，监狱便是活人的坟墓——'人间地狱'！而女监狱更在这'人间地狱'的最深处！"说到这里，她禁不住热血沸腾，脸色发红了。因此，她停了停，才又继续说道：

"关于一般监房里种种贪赃枉法的罪行，大家已经知道得很多，女监里并没有不同的地方，不用我再噜苏了。不过，我们是女犯，女犯就得领受更多一层的迫害！狱吏惯于用诱惑、强逼等等手段，摧残女犯，不达目的，决不撒手，因而不知害了多少人的性命！你们看！"她举手指着原告席上的看守长说："这畜生，接事没几天，就打我的主意，结果，我浇了他一头粪，奉送他一个马桶让他顶着做帽子！"

听到这里，大家对那羞得无地容身的看守长发出乱哄哄的讥笑声、怒骂声。鸦片鬼样的看守长象具僵尸似的一动也不动。

"本来，他是自作自受！"她趁大家乱哄哄的时候，对律师和旁听席上的人们瞥了一眼，然后又说："然而就这样，我竟成了罪上加罪、杀不可赦的人犯了！难道公道所不容的罪恶，尽是法律所能偏袒的吗？……"

梅芬的发言，轰动了法官和原告以外的所有的人们。但法官插上来，打断了她的话：

"一桩事归一桩事！我问你……"

冒子仁到这时再也按捺不住了，从人丛中挤出来，举起拳头，高喊起来：

"坚决反对以贾诚为首的贪赃枉法的狱吏们，争取合理待遇，是我们一致绝食的目的！犯不犯法，听你们这些家伙去处理，杀也罢，剐也罢！"

法官见不是事，便不再问下去，立刻宣布退庭，定期再审。

贾诚他们趁这机会，在难友中进行破坏团结和瓦解斗争意志的活动。他欺骗难友，说闹监滋事，就是金真这批人捣的鬼，大家都是被迫被骗的，只要能诚心悔过，揭发金真等的罪恶，那他一定保证改善待遇的要求。但大家没听他的鬼话，他被连推带骂地撵了出来。法院方面，也在观察形势，如果舆论的压力就此而止的话，那他们就准备秘密处置金真他们，来结束这桩案子。而党充分估计到他们的阴谋，进一步利用各种方法，对法院和看守所继续进行猛烈的攻击，使他们无隙可乘。

他们的伎俩使尽了，最后，为了维持统治阶级的威信，就找了个不体面的下场：把金真等六十二人移送吴县地方法院，另以"妨碍公务罪"起诉。

这六十二个人，在地方法院的审讯中，又一次揭穿了统治阶级内部的黑暗。律师简直插不上嘴，法官开不了口，丑态毕露。所谓审讯，不但没有取得任何足以证明六十二人犯罪的证据，倒象是审讯者自己受了一番审判。他们明知道已无法挽回这种局面，便草草率率地宣判了六十二人的徒刑。

审判刚结束，金真便带头高呼：

"抗议吴县地方法院的非法判决！"

"敬向远道而来、为我们辩护的各位律师，致以衷心的谢意！"

"光荣属于道义上的胜利者！"

第十四章　心在燃烧

近来，江南的天气那么恶劣。而整个看守所也被越来越黯淡的阴影笼罩着，难友们的生活陷入了不可想象的怕人的境地。

贾诚从接任以来，几次向难友们发动进攻，都在不同的程度上遭到了失败。大绝食事件，虽以金真等加判罪刑而结束，但在道义上，他们却遭到了更重的打击。于是，在上级的示意下，贾诚改变了老一套的办法，而采取更残酷的慢慢拖垮的方针。他不断调整着全所的工作人员，尽量加强自己的实力。看守长经常带着一班横暴的看守东闯西撞，到处找岔子，任意施行鞭挞毒打。难友们的伙食更坏了，有病不给医，发生了传染病也不隔离。在病魔和狱吏们猖狂摧残的双重迫害下，死亡随时威胁着全体难友。

二所，冒子仁那个号子，都是年轻壮健的小伙子，一向很活跃，斗争也最坚决勇敢，总是冲锋在前、陷阵居先的，这当然与冒子仁的领导作风分不开。但最近发生了重大的变化，半数以上的人害着难于救治的病症，恐怖的死神紧紧地逼近他们。

苦恼，不可忍受的苦恼！冒子仁无可奈何地抑制着胸中的义愤，心象火一般地燃烧着。他寝食不安，已不是最近几天的事情了！

大绝食之后，刘苏的病情天天在发展，目前，他已到了垂危的时候，只剩下一口微弱的气息了。他见冒子仁日夜看护着他，硬支撑起身子对老冒说：

"我万分感激你，但你也必须珍重自己的健康！我的处境如此，死是难逃的了！……"

"我不过是尽我的一分力量，老刘，我希望你能克服这次灾难！"冒子仁满怀悲愤，勉强安慰刘苏说，"坚决和病魔搏斗，不光是为了自己，而且也是为了党和人民！"

"我明白这个道理……"

许多蚊虫在刘苏的耳畔嗡嗡乱飞，冒子仁替他用手赶开，刘苏又喘着气说：

"要是我真的送了命……老冒……我有两桩事托你：首先请转告党，……我……是至死不……不愿离开组织的；其次，烦你……代写封信……给我的母亲……妻子，妻子还很年轻……希望她早点……改嫁，不要耽误了……青春。此外，……我愿大家……努力学习马列主义，……马列主义拯救了我们，……也会拯救落后的中国。……"

"不！你会好起来的，刘苏，你不要老是向坏的方面想！"冒子仁激励着他。

时间悄悄逝去，突然在暗夜的沉寂中，传来两人的对话声：

"小家伙，多大年纪了？"

"算起来，还不满十四岁！"

"年纪轻轻的，干吗犯罪？"

"天知道，我到底犯了什么罪？"

谈话声和脚步声越来越近，清晰地投入了冒子仁的耳中。听那对话的内容，明明是个新收进来的犯人，但答话的，又是这样熟悉的声音，冒子仁注意谛听着，尽量想从记忆中捉住它。但一时又想不起这是谁的声音。

脚步声渐渐近了，他们停在冒子仁的号子前。冒子仁不由自主地激起一种不幸的预感，偷偷从门洞中探望着：他是一个身材矮小的囚徒，被送进对面的号子去了。

狱中的灯光那么阴暗，他没有看清这个新犯人的面貌。但从身材、姿态和动作的轮廓上，给了他一个惊讶的感觉，不由倒抽了一口冷气。

他伺候着病人，而复杂的心情又骚扰着他，使他不能入睡。他焦急地等待着天明；可是，时间真不容易挨过，夜象年一样长。他硬撑到了天明，一开封，就窜到对面号子里去。他一眼就瞥见了昨夜收进来的小囚犯，几乎使他惊喊起来，虽然他终于抑制了自己的冲动。

原来是他！比以前约莫高了半个头，胖胖的脸也因消瘦憔悴而有些变了样，但在冒子仁看来，还是那么熟悉的。他原来是冒子仁从小就在一起的异姓弟弟！唉！小小的年纪，犯了什么法也被抓来受罪？

那年幼的囚徒被周围的嘈杂声惊醒了，他抬起头来，睁开一双睡眠不足、但是亮晶晶的小眼睛，茫然地环顾着。这是多么陌生的地方啊！空气闷塞得叫人难受，他象一只倔强的蟋蟀，被关在一个小匣子里似的，竭力想找寻自己的出路。他刚立起来，忽然被斜刺里伸过来的颤抖着的臂膀紧紧抱住了，好象突然被铁钳钳住似的使他一动也不能动，只听到对方的一颗心在猛烈地跳动，一连串的泪珠掉在他小小的脸上。他惶惑地伸出小手抚着冒子仁的脸，但他抬不起头来，看不见拥抱他的是谁，只好低声地问：

"你是什么人啊？"

等冒子仁松开了臂膀，小孩子便一眼看见冒子仁，禁不住哭着喊了起来："啊呀……我的……"但他突然机警地改口说：

"我的朋友，平吗，……干吗？……"

这是在梦中吗？他们两个不住地啜泣着。当一个人在最不幸、最悲惨的遭遇中，碰到如此离奇意外的事情，真有无法说清的复杂感情！

原来他叫李慎行，是冒子仁的伯父在早年收养的一个孤苦无依的孩子。他家住在浙江和江西交界地区的一个村庄里，父母贫苦得一无所有，全靠租种地主的几亩地过着非人的生活。在他八岁那年，苦了一辈子的父亲染了不治的病症，临死时，把李慎行委托给一个在上海做生意的老朋友。谁知这家伙却把李慎行送到一家小翻砂厂里去做零活，得到一些微薄的工资全进了他的腰包，李慎行连饭都吃不饱。有时，饿得实在受不了，只好到厨房里去私下找些东西吃。有一次，被老板发觉了，说他偷东西，把他赶出厂门。他父亲的那个朋友也狠狠地打了他一顿，把他赶了出去，从此不许李慎行再上他家的门。冒子仁的伯父，眼看这一个好好的孩子只有死路一条了，便把他收留下来，当做亲生的儿子一般。李慎行很能得大人的欢心，兄弟姊妹间也处得非常融洽，和冒子仁更是亲昵友爱。这样，李慎行在愉快的生活中受到了很好的教养。

两年前，冒子仁在当地出了事，便易名改姓潜逃出去，毫无音讯，连他的父母也不知他的下落和生死。李慎行日日夜夜想念着，常常在梦里遇着他。这次在狱中相见，真有些不敢相信！

于是，兄弟俩找了个地方，偷偷倾谈着别后的情景。

"弟弟，你怎么被捕的？"冒子仁问道，"爸爸、妈妈好吗？"

"亏你还没忘掉他们！"李慎行责怪哥哥说，"自从你逃亡以后，叔父母时刻惦念着你，叔母四处托人打听，终日流泪，而你一直没有音讯。"

"我的案情太严重了，怕连累家庭，连累父母！我想他们能谅解我的……"

李慎行不等他说完，急着问：

"那么，哥哥的案情怎样了？有没有判决？"

"没有什么，判了十年徒刑，我已提起上诉。"冒子仁一面安慰弟弟，一面再一次带着惊奇的口吻问道：

"弟弟，你年纪这么小，敌人凭什么逮捕你呢？"

"说来真可恨！有一天，我在学校里偶然在一张纸条上写了几句想念哥哥的话：'我真想我的哥哥，他为了革命在奔波，我愿和他在一起，寻找光明和幸福！'结果，被校里的坏蛋看见了，硬说我沾染了赤化思想，并且说我一定晓得你的行踪，便马上报告公安局，把我当作犯人抓起来了。但我不叫冤枉，哥哥，我确实恨死了反动的国民党，任凭他们怎么办吧！"他停了一下，叹了口气说，"可怜父亲和母亲……"

"这是伯父伯母的光荣，我们全家的光荣！好弟弟，不要为这一点难过！"

他们整整谈了一天，虽然有人觉得很奇怪，但并没有去打扰他们。临了，两人商定：用"老冒""小李"作为今后相互之间的称呼。

不久，小李博得了全号甚至全所难友的好感。他不但天真、活泼、伶俐，而且很能帮助别人。做事从不叫苦，服侍病人更能体贴入微，给病人精神上很大的安慰。因此，谁都爱他，都叫他"热情的红孩儿！"

小李人小，会钻，谁也不大注意他，因此，看守所里所有的消息，他都很容易得到。他特别注意革命形势的发展，一得到好消息，就连忙转告别人。说："红军已经挺进到了福建、安徽。""朱德、毛泽东在井冈山又打了几次大胜仗。""井冈山一带的农民没收了地主的土地，把蒋介石的老根拔掉了！"这些消息鼓舞了大家，一传十，十传百地传遍了看守所。使人们相信生活遭遇越艰苦，革命的胜利和光明也越接近了。

有一天，小李忽然接到一封他亲生母亲从浙西家中寄来的信，内中有一段说：

> 家乡遍地皆兵，但靠天之福，我们尚能衣暖食饱。慎儿，要是你现在能够回来，那多么好呢！……

小李反反复复地看着、念着，突然领悟到了这段话的涵义。他跳跳蹦蹦，说不出的快乐，把信给这个人看看，又给那个人看看，有人看不懂信的意思，他便指手划脚地讲解着说：

"我家是个田光地白一无所有的穷棒子，过去靠我父亲上山打柴和种租田过日脚，父亲苦了一辈子，还是养不活我们，终于抛弃我们死掉了。父亲死后，母亲拖着我们一群弟弟妹妹，更苦得没法形容了。你想，根据我家的情况，现在怎会生活变好呢？除非红军解放了我的家乡！"

孩子拍手大笑。

"照这样说来，红军打到了浙江了。浙江是蒋秃头的老家……啊，这可不简单！只要大家再加把劲，最后胜利定是我们的了！"

小李年纪虽小，说话却很有力，对大家的影响很深，连病危的人都振奋起来，停止了呻吟。

冒子仁为有这样一个小兄弟而骄傲。但他屡次劝他不要这样露骨地叫喊，应该谨慎一些。

"哥哥，你的顾虑太多了！"小李不大高兴，认为哥哥在干涉他，总是用这句话来回答冒子仁。

可是，在一个阴暗的下午，不幸的事情终于发生了。

刘苏的病更重了。这天中午时分，他就气喘得很急，喉咙里咕咚咕咚地响个不停，几次昏了过去。大家很着急，围着他呼唤，几次把他叫醒过来。看他的病情，如果能有医生来施行急救的话，还有万一的希望。但午后不久，看守长却带了几个看守闯进号子来，不由分说的把刘苏抬出号子，准备搁到死尸堆里去，待到天黑时拖牢洞。刘苏虽然神志恍惚，但死命挣扎着。

"我……我并没……死，……好……毒辣的……"

"早点让你解脱痛苦，不好吗？"看守长冷笑着说。

这种残酷的情景，激怒了小李。他不顾一切地冲上前去，不许狱吏把刘苏抬走。当然，那是无济于事的，小李不但遭到一顿毒打，而且还被带去讯问。

"你是李慎行吗？"看守长凶险干瘪的脸上，装着一团和气，对小李说，"你小小年纪，为什么要对抗监狱当局呢？"

"看守长，人没有死，就要拖牢洞……"小李抚着额角上的伤口，忍痛回答道，"我哪里要对抗你们？但我觉得这太不成话了！"

小孩子居然敢和长官顶撞，这还了得！看守长的脸立刻沉下来，露出了狰狞可怕的样子说：

"你不懂事，骗谁？前次，我就听说你把共匪到你家乡的消息，在许多人面前宣传，你还能说'不懂事'吗？"

"我不知道什么叫共匪，我母亲来信没有这样说。"疼痛几乎使小李不能支持下去了，但他心里顶清楚，仍装做稚气地问道：

"什么叫共匪？请你给我讲一讲！"

看守长听了小李的话，气得两只手直发抖。他想这个小孩子真会耍花枪，竟把人家当孩子玩了。他盯住小李说：

"今天，你在号子里犯了监规，这且不谈；你是个政治犯，而不知道共匪，骗谁？你把家信到处宣传，这就足以证明你是一个红小鬼。"

"我是个小孩子，只会说老实话。"小李苦着脸说，"我接到母亲的信，知道穷人家有饭吃了，心里一高兴，逢人就谈是有的，想不到这又是犯法的！那么，以后，我决……"

"小囚犯太狡猾了！"看守长望望旁边的书记员，站起身来说，"他中共产党的毒太深了，决不能让他出监牢！"

书记员连连点头，一道恶意的目光，从小李的脸上掠过，似乎警告小李：要是不识相，只有死路一条！

"救救我吧！"小李装出万分惶恐的样子说，"看守长说我中了共产党的毒，天呀，我还不清楚谁是共产党呢！"

"你常和冒子仁在一起，难道你还不知道他是共产党吗！"看守长假惺惺地说，"你既要人家可怜，就不该被坏蛋利用！"

小李叹息着，喃喃自语：

"唉！这世界叫人怎么活下去？我是什么都不……"

"要活下去容易得很！只要你把冒子仁和你讲过的话，以及他们在囚徒中搞的鬼，全部报告出来，那我们便替你设法，让你早点回家看妈妈去！"看守长想，他究竟是个小孩子，终归是好对付的。于是，捺下性子，去套小李的口供。

"你提到那个姓冒的，他当然和我讲过话的。这人真凶，一开口就骂，一动手就打，谁挨近他便倒霉！"李慎行气愤地说。

看守长不耐烦了，沉着脸，命令站在一旁的书记员和看守说：

"把这个小坏蛋押到病监去，叫他服侍重病号！"

小李就这样被押到病监里去了，成天和那些快要断气的人关在一起。他看到了种种可怕的死人的形状，惊恐得坐立不安，精神极度的紧张。不久，自己也染上了疾病，经常处于昏厥状态中。

自从小李遭了意外，冒子仁痛上加痛，再也忍受不住了，不复考虑利害得失，只想和狱吏拼个你死我活。他怀着十分冲动的情绪去找金真，想从金真那里得到同情和支持。

金真不待冒子仁开口，便温和地对他说：

"很难受吧，老冒！现在你是不是打算要立刻对狱吏采取行动？"

冒子仁完全懂得金真的意思，这话不单是对他的深切关怀，而且还带着中肯的批评。他开始觉察到老毛病又发了，但理智一时压抑不住冲动的感情，象一个受了很大委屈的孩子般站在金真面前。

金真让他在铺上坐定后，说道：

"从你弟弟出事以后，老冒，我们不但为这天真可爱的孩子担心，而且也为你担心。当前的处境要求我们特别冷静，老冒，我希望你在这方面努一把力！"

"唉！金真，老实说，我的心早就着了火，再挨下去，我的脑壳也要炸了！"

"老冒，钢铁是经烈火锻炼出来的……"

"困难，困难！……这比什么都困难！"

"在布尔什维克的面前，没有不可克服的困难，这是对你的又一次考验！"

冒子仁的心震动了一下，他已领会到金真的话的分量；但许多病人的哀号声，小李的呼唤声，好象一直停留在他的耳朵边上。他茫然地呆立着。

小李的消息沉沉。看守所里的悲剧在不断地发生。

有一天，狱吏扬言：看守长到南京公干去了，书记员代替他清除监房。他到处巡视了一周，已拖走九个重病号和两具尸体；但他还不满足，又来到二所窥探着。他闯进了金真的号子，见金真染上了病，硬要把他搬到病监去，说是对金真的特别照顾。徐英、施存义、郑飞鹏、冒子仁和许多群众，当场揭穿了狱吏的阴谋。书记员见事情不妙，慌慌张张地溜走了。没有一刻儿，就把徐英、施存义、郑飞鹏和冒子仁提去了。

隔了几天，难友们听到：酷刑和疾病已使徐英他们处于死亡的危险关头。于是金真、沈贞、程志敬等领导难友们，准备再一次展开斗争，公开警告敌人：如果不把徐英他们——包括小李在内，立即送回监房，那他们就要采取一致的行动了！

奸诈的看守长见形势不妙，又亲自出场了。假装糊涂，再三向囚徒们解释，很快把徐英、李慎行他们全送回来了。但才一转身，他又给自己的部下打气说：

"让那些囚犯闹去吧，反正迟早都要去见阎王的，请大家不用心焦！"

现在，徐英已躺在自己的床铺上了。他从昏睡中使劲睁开眼睛，诧异地凝视着。他怎样来到了这个莫名其妙的处所，这许多人的面孔和周围的一切，为什么都是如此的陌生？

太阳穿过后壁的小窗，投进来一线光亮，正落在他的头边，他喜爱它，他多么需要光明呀！他想伸出手去抓住它，但觉得两手好象被紧紧地捆扎着动弹不得。他发怒了，是谁使他陷于这样的境地的。他竭力想支撑起来，辨别一下究竟，但眼前一阵昏眩，象突然堕入无底洞中，蒙蒙然丧失了一切。只有一个似乎从遥远的地方传来的充满了热情的叫喊声：

"徐英，徐英……安静些吧，千万不能太冲动了！"

"徐英"——这是个多么熟悉的名字啊！他很年轻，细长个子，瘦瘦的脸儿，漆黑的眉毛下，长着一双亮晶晶的敏锐的眼睛。他非常热情，最爱帮助别人，富有坚强不屈的毅力。在他幼年时代，亲邻师友都说他是个"调皮的孩子"。家庭经济很困难，父母耕耘着几亩土地，见儿子一天天地长大了，本来想叫他在家帮着种田，但他很爱读书，小学毕业后，决心要上学，投考了费用较省的师范学校。在师范学校里他接受了革命思想，同时，也开始受到了共产党的影响。当他从师范毕业后的第二年——一九二五年的夏天，他摒弃了一切，参加反帝、反封建、反军阀的革命战争。他在革命队伍里，进一步认识了共产党，知道只有依靠共产党才能扭转中国的现状，只有中国共产党才是苦难的中国人民的真正的救星。他以忘我的精神投入了革命斗争的洪流里。不久，他参加了中国共产党。一九二七年四月里，他在湖南被国民党反动派逮捕了，在解省的路途中，侥幸逃脱。后来，回到故乡的小县城里，坚持党的工作，并在一个报馆里担任编辑。因为他所在的组织被敌人破坏，叛徒出卖了他，就这样又遭敌人逮捕，解到苏州高等法院来……

他多么熟悉徐英啊！最近，他为了维护一个同狱的同志，再一次和敌人展开了面对面的斗争。

他想起那可恶的书记员，憎恨得咬牙切齿，嘴里不断发出响声。于是，一个悲惨的场面，又出现在他的眼前了。

"我把金真转送病监，和你有什么相干？你偏要出来阻挡，这不是你们有组织的对抗行动吗？"书记员硬迫着徐英。

"反对违背人道主义的暴行，是我们每个人的责任！"徐英义正辞严地对答着。

书记员怒不可遏了。他一向极度仇恨徐英等，这次又趁机发作，马上把徐英吊起来毒打一顿，还要徐英跪在地上写悔过书。徐英忍无可忍了，从近旁一个看守手里夺取了一根木棍，猛地向书记员扑去，一霎间，那个猖狂不可一世的书记员，忽然象一只负了重伤的恶狼般伏在地上嗥叫着。可惜徐英来不及再干他一下，自己却被身边的敌人打倒了。

这时，刚被吊打放下来的施存义、郑飞鹏、冒子仁，不顾一切地冲开敌人，伏在徐英身上，用自己浑身是血的身体，抵挡着敌人的皮鞭、棍棒，来保护自己的战友。

当徐英从昏迷中苏醒过来时，已经被关在漆黑的禁闭室里了。没几天，又染上了疾病，高烧再度使他陷入了昏迷状态。

带病跑来看护他的金真和许多难友，看到徐英这个样子，都慌了手脚。有的叫着、喊着，有的急忙拿湿手巾浸了冷水放在他的额上。经过了一个时间，徐英才困难地舒过气来。

金真和他面对着面，他长久定睛注视着金真。这一印象深刻的脸容，终于唤起了他的记忆。

"啊！……金真！………"

"是我。我们大家……"

他不待金真说完，就忍住呻吟，吃力地问道：

"徐英、施存义、郑飞鹏、冒子仁他们呢？……"

"徐英，不就是你？哪还有另外一个徐英？"金真含着泪说，"施存义、郑飞鹏、冒子仁都回来了！"

"徐英，不就是你？"这使他受到猛烈的震惊，刚才还显现在眼前的徐英的影子顿然消失了，他象从噩梦中醒来，重又回到现实的境界里。

现在，徐英又清醒了。他仍然具有充沛的信心，坚持那内容丰富的、艰难而复杂的战斗生活。这种内在的顽强精神，是一种不可抵抗的力量，支持着他和病魔作斗争。他努力克制着过度紧张的神经，好让自己静静地安息。

徐英的病情一天天地好转，渐渐能支撑着起来行走了。但是，小李的病却一天比一天危急，死神正向这小生命猛扑。

金真他们为流行性疾病的猖獗，为小李的危在旦夕而担忧。 一天中午，他们向看守长交涉，要监狱当局立即设法防治流行病，并抢救小李。 看守长见徐英摇摇晃晃地走来，指着他狞笑着说：

"人命在天，那叫我有什么办法呢？ 你们看，徐英的病多么危险，可是他命不该绝，没几天居然能走路了！ "

"嘘……嘘……嘘……"四周发出了忿怒的声音。

"照你的说法，看守所里只要聘个算命先生好了，何必要大夫和护士在这里捞钱？ "

看守长的脸顿时拉得老长，腮边的筋肉在抽动，眼睛发出了凶光。 金真立即向周围的人群使了个眼色，然后，平心静气地说：

"看守长常常讲人道主义，现在，我们请你本着这个精神，对疾病的流行和个别垂死的患者，迅速采取有效的措施。 "

"疾病！ 我又不是医生，你们不该找我的麻烦，那是医官的事情！ "看守长伸了伸脖子，扬长而去。

金真他们经过种种的努力，把医官请来了。 但他和看守长一样，把责任推卸得一干二净。

"疫疠盛行，断断不是人力所能济的。 你们这些人，平日自己不当心，等染了病，却来和我闹，老实说……"医官一本正经地说着，说着，忽然感到自己的话不太妥当，连忙把话咽下去了。

"捞钱饱肚，不治病的大夫！ "

"杀人不见血的刽子手！ "

"…………"

"…………"

你一言，我一语，弄得医官涨红了脸，发作不得，要溜又不能，被难友们挡住了。 他只是慌张地乱嚷：

"你们这样不讲道理，想要造反吗？ "

"不，医官，请你冷静些吧！ "金真坚决地说，"我们是请你来诊治垂死的孩子李慎行的病的。 "

医官无可奈何，只好踉踉跄跄地跟着金真、徐英一起走进了李慎行的号子。

小李脸色灰白，已失去了知觉，呼吸十分急促。

医官按了按小李的脉，摸了摸小李的额角，皱着眉头说：

"这病能不能好，要看病人的运气了，药剂可起不了多大作用！"

满身创伤的冒子仁，仍然发着高烧，却连日守护在小李身边寸步不离。见小李的病已无可救药，象万箭穿心，呆立在那儿，忍受着从来没有经历过的痛苦。这时，他见医官耍刁，就对医官瞪着眼，恨不得一拳把他打死。医官看看不好惹，忙从百宝囊里拿出针剂和注射器来，一面说：

"这是特效药，好不好，就看这一针！"

"少说鬼话，快替病人注射！"

这个老头儿被大家包围着，急得发慌了，眼花手抖，拿着针头再也装不到针管上去，乱了半天，才注射完了，已弄得满头大汗，急匆匆地跑出去了，连注射器也忘了带走。

小李的神经借着药剂的刺激，不正常地兴奋起来了。睁开了几日来一直闭着的眼睛，茫然无神地向四下张望，想动但没劲。最后，他困难地喃喃低声吟哦着：

　　　　风飘飘，雨潇潇，
　　　　狱中岁月迢迢！
　　　　周围虎狼咆哮，
　　　　死神张开魔爪；
　　　　囚子们凄苦长号，
　　　　日日夜夜心在燃烧！

　　　　心在燃烧，
　　　　星火照耀！

举起它英勇前导，

冲破黑暗，激起怒浪惊涛；

迎接破晓的红光，

缔造幸福的明朝！

　　这是刘苏没有完成的遗诗。 小李为了悼念刘苏，把它牢记在心头，时刻独自低吟着。 这首诗，也是小李心底里的呼声。 这声音充满着火一般的热情，表示他的生存的欲望多么强烈！但他终于支持不下去了，声音渐渐微弱得听不见了，灰色的脸很快转青，困难的呼吸也眼看快要停止，头从枕上滑下去了。 冒子仁立即上前紧紧地抱着他，没有一息儿，小李就在他哥哥的怀里与世长辞了。

　　冒子仁顿觉天翻地覆，昏倒了。 当他回复过来时，一片激昂悲壮的《心在燃烧》的呼号声，汹涌澎湃，震荡在他的四周。

　　从此，《心在燃烧》就在狱中唱开了。

第十五章　新形势下

越是苦难的时间，越是过得缓慢。

但是，最近期间，在人们面前的事物，却变化得那么急剧，简直令人不能想象。

《心在燃烧》在狱中更广泛地唱开了。可是，接着而来的，是统治者越来越残酷的摧残，越来越狠毒的阴谋。摆在难友们面前的，只有那么两条路径：或者坐着等待死亡，或者从生死斗争中去求一线生机。而难友们普遍的回答是：要死，也得死个痛快，落个光荣！

这已是一九三〇年了。

国内革命形势正在迅速发展。凡是实行毛泽东同志正确的政治和军事路线的地区，都很快获得了新的革命成果。几个月来，革命根据地扩大了，红军也在飞跃增长。在一系列的胜利声中，江西中央苏区、湘鄂赣、鄂豫皖和浙闽赣等根据地，相继建立并巩固起来了。就是在国民党的腹地——江苏长江沿岸地区，也不断发生了农民武装暴动。许多重要城市里的爱国运动的力量，同样在迅速壮大，斗争的规模越来越大。相反地，在统治集团内部却继续分化，爆发了蒋、阎、冯的混战，加深了敌人的危机。因此，难友们觉得新的革命高潮定要到来，感到无比的兴奋和愉快。同时，他们也意识到，当一个没落阶级愈益濒临毁灭的绝境时，必然更加疯狂地对被压迫者进行血腥的镇压，囚徒是它手中的仇敌，哪有侥幸的余地？目前狱吏们步步紧逼，完全证实了这一规律。难友们认为，迎接光明，不能只是靠等待了事。

为了适应新的形势和要求，在狱中成立了行动委员会和指挥部，组织力量，做好一切战斗准备，以便在时机成熟时粉碎这人间地狱。金真便成为行委会的负责者，徐英和施存义担任了正副指挥。

金真开始了他入狱以来最紧张的生活，不但全所几千名囚徒的命运他要负责，同时他对党所负的责任也就更大了。他考虑，只要事前不发生意外，突出监狱是有把握的，因为这一行动正符合每一个难友的愿望；在看守人员中的组织也逐渐坚强起来，这更可以减少许多困难。但是，一旦出狱以后，群众能否象在牢里那样团结一致，服从整体，却很难说了。如果不作充分的准备和估计，到那时，难免要发生种种个人行动，削弱战斗意志和战斗力量。至于应该如何进攻，如何坚持，如何配合全国的革命斗争，这个长远的计划，一时很难确定，只能提出初步意见，交上级研究。

环境不容许拖拉等待，编队和加强政治教育工作，部署下去了。繁重的任务，使金真废寝忘食，整日整夜没有休息的时间。

他已累够了。但偏偏在这紧要关头，他又接到了冰玉的来信：

金真：

许久以来，你又经历了许多意外的挫折，你的健康遭到了十分严重的损害，唉，我痛恨自己无法帮助你！

金真，你必须珍重自己的身体！光明的来临将是突然的，春神会带给你幸福和温暖！在这一点上，金真，我知道你是有信心的，毋须我再来勉励你！

金真看到这里，不免有些着慌。他臆料冰玉或许已经从其他方面得到了狱中最近的消息，因而她便凭自己的愿望，毫无顾忌地这样写出来了，那是多么危险呀！

接着，他又看下去：

　　我们相见的机会该不会太远了吧？然而，就在这不远的时间里，也使人感到如此悠长！那么，在狱中的你，自然更不用说了！

　　我的金真，过去，你老说不愿辜负我的青春，拒绝接受我的要求，但现在你该无话可讲了！

　　自由之花将为我们而开放，我的金真，千万珍重！

冰玉于雨夜

金真看完了信，觉得她如此冒失，竟把希望作为现实，不顾一切地发泄着自己的感情，一点也不考虑是在什么环境里。他想责备她太天真，太幼稚，但又同情她。种种复杂的心情交织在一起，爱情在侵袭着他，使他不由自主地……

好象是春风旖旎的季节，他们都穿着薄薄的衣衫，在绿水青山环抱的家乡，踏着碧绿的细草，沿着弯曲的小径，走向丛林深处的一座古庙，两人依偎着坐在石级上，倾吐离别以来的情景。冰玉是那样的骄傲，又是那样的美丽。

"离开真理，没有诚挚的爱情，我的金真，我们终于实现了自己的理想！"

丛林里，各种小鸟自由自在地啼唱不休，交织成一支动人的自然的歌曲，好象在尽情地歌颂着他俩的爱情。他注视着她的脸，她也微笑地看着他，两人陶醉在爱情的大海里，幸福笼罩了他们……

"砰！"好象是从山谷里迸出了一声巨响，惊醒了金真的美梦。他惶惑地谛听着，原来是隔壁拖走一具死尸发出的碰撞声。

夜是那样阴森，从黑暗的地狱里往外看去，见不到天和星星。

形势如此紧张，任务如此急迫，正是决定革命斗争成败的当儿，作为一个共产党员，为什么梦寐不安，陷入爱情的幻想中？金真深自愧悔了。在黑暗统治着世界的时代里，哪有幸福可言？而作为一个革命青年，应该是全心全意地献身于革命事业，在斗争最尖锐的时刻，应该是战斗第一，个人的一切，只有到以后再说。

从此，金真一直忙碌着，没有给冰玉写信。他除了参加会议检查工作外，经常找熟悉苏州及太湖沿岸地区情形的人交谈，仔细搜集资料，并布置人调查反动武装的力量及它们分布和驻地的情况，把这一切都用代号详细记下来。紧张的工作占据了他整个思想领域，使他很自然地放开了对冰玉的怀念。

行动委员会的活动，最初，只限于党的主要骨干范围之内。以后，上级党认为，适应全国总的形势和狱中具体情况的发展，看守所的党组织决定成立行动委员会，基本上是正确的，并且提出了某些应该注意的事项。于是，这一消息便随着准备工作范围的扩大，而在难友中广泛传开来了。

为争取生存的机会和革命的胜利而献出自己的性命！难友们都以火一般的热情支持党组织的这一措施。于是，各级战斗组织迅速地搞起来了：看守所的各个部分成立了行动委员会分会，建立了大队部，并以党小组为核心，难友会为基础，成立了小队。从指挥部到行动的战斗小队，层层严密组成。另外，又选出坚决、勇敢、善战的人，编作突击队，准备在必要时用来打冲锋。党员看守从外面弄进来许多锋利的锉子，大家都觑空子偷偷地锉开了脚镣上的钉子，但仍把它好好地戴在脚上，铿铿锵锵地瞒过敌人的眼睛。

"到处有我们的人，只要一出牢门就不怕了！"

"只要我们能团结一致，服从纪律，冲出了城，一到乡下，便是我们的天下了，敌人再啃不到我们的鸡巴！"

"金真的话不会错的。我们按照他的话做去，决不会失风[1]！"

"听说将来红军主力要来接应我们哩！能够冲出去当红军多

---

[1] 失风：出问题，出麻烦。

光荣！"

"冲出去不是好玩的。 象我们这样的老爷身体，可不能打仗，必须现在就要做准备，锻炼好身体，到那时，跑得快，打得狠，胜利必然是我们的！"

"锻炼身体，敌人不早就给我们创造了条件吗？ 忍饥、熬冻，是惯了的。 同时，我们都戴着大镣，一去掉之后，两脚轻松，跳得高，跑得快，还不是和'飞毛腿'一样吗？"

"哈哈哈！"人们大笑起来了。

人们一堆堆地私下里议论纷纷，党员和积极分子更充满了胜利的信心，到处洋溢着活跃、欢乐、兴奋的气氛。 日日夜夜秘密地进行着暴动的准备工作。

金真是那样的忙碌，最近必须完成武装暴动的行动方案。 为了吸收各方面的意见，中午，在二所最西头的一个号子里，召集主要干部会议。 大家很不规则地挤在号子里：有的背靠背坐在地上，有的躺在床上，有的紧倚在门半边，免得惹人注意。 气候本来很热，许多人挨在一起，更加难熬，大家不时举起手来抹掉额上的汗珠。 但这并没有影响他们兴奋的心情。

会议开始，大家汇报了最近几天来难友们的乐观情绪和准备工作。 最后，徐英补充说：

"胜利的信心大家都有，正如各人所汇报的。 可是，有些人把问题看得太简单了，只注意正面的，而疏忽了反面的情况。 事实上，动摇、畏缩的人也还有，象我们号子里那个姓陈的家伙，谁不知道他是个靠拢党的知识分子，但一听到准备暴动的风声，就吓得六神不安，从早到晚，满嘴胡说乱道。 经我安慰一番之后，他还是将信将疑，说什么他今后将不问世事，听天由命，如果侥幸被释，他便落发出家，做一辈子和尚。 我们对这类人若不好好注意，就一定要出纰漏。"

徐英说着，看了看冒子仁和王子义，沉重地继续说：

"我们无论如何不能麻痹。 象那天，冒子仁和王子义喝醉了酒，便乱喊乱嚷，还要动起武来做那姓陈的，幸好被人劝住了，如果一闹开，不知结果会弄成怎样？"

"有这样乱来一起的事！"金真含怒的目光落在冒子仁和王子义身上。"你们这样无组织、无纪律，应该受到严厉的处分！"

大家都看着冒子仁和王子义。

冒子仁和王子义自认识金真以来，今天第一次看到他那疾言厉色的态度，非常局促不安，脸色都变了。

号子里的空气显得特别沉重，大家全不声不响。

"是我错了！"冒子仁沉默了半晌，忸怩地说，"我愿意接受组织的任何处分。"

"我决心改正错误！"王子义也站起来认错说，"为了维护纪律的庄严，我们应该受到应有的处分！"

"只要他们认识了错误，可免予处分，看他们以后的表现！"徐英以探询的目光望了望金真说，"现在我们继续讨论预定的课题吧！"

金真同意了徐英的建议。会议的空气顿然轻松了许多。

讨论一开始，就集中在行动的时间问题上，大家争论得特别激烈。金真主张行动的时间宁可推迟些，必须把准备工作做充分，同时，还可以得到上级党更多的支持，免得遭到不应有的损失。

但是，绝大多数人不同意金真的意见。

"谁肯冒无谓的危险？谁不愿意准备得更周密、更全面点？问题在于当前的处境不允许我们再拖延时间。大家知道，天天有成批的人病倒，有成批的人死亡，如再不迅速行动，我们的力量就要完蛋了！"郑飞鹏的血液沸腾起来了，咬牙切齿地说，"我以为现在不讨论如何行动，而讨论时间问题，完全是多余的。"

"准备，准备，坐着准备，睡着准备，这不是等死？我是坚决反对那些说空话的人的主张！"又有人火冲冲地说，"难道还能闭住眼睛坚持不必要的意见，宁愿大家陷入绝望的境地吗？"

"不劳领导操心，不使上级为难，我们靠自己的力量来解决切身的问题，要动就动，何必拖拖拉拉。"平时不多做声的程志敬也激动地恨恨地发了一通议论。

躁急的气氛那样严重，不少人按捺不住自己的感情了，好象有许多爆炸物，渗入到每个人的血液里去，有立刻发生爆裂的趋势。

金真沉住气，捺着性子，看了看周围好象着了火的战友们，严肃地坐着，一言不发。

这时，走廊里有人连声咳嗽。那是把风的人暗示有狱吏向开会的地方跑来了。于是，大家马上装起一副很随便的样子，闲扯起《封神榜》、《西游记》上的一套鬼话来，混过狱吏的耳目。

狱吏过去了。坐在金真身旁的徐英认为是他应当发言的时候了。于是举起手来用袖子擦去脸上的汗水，然后，很郑重地说：

"看守所里目前的情况，谁也不能否认，确实是危急万分；但是，讨论问题也得冷静些，何必这样冲动？吵嘴是不能解决问题的！"

虽然徐英的态度很好，也很冷静。但是冲动的人们对他的意见，很难听得进去。

"难道你的头脑是一座冰山？"郑飞鹏满面通红地对着徐英说，"过去，我非常尊敬你，现在我才知道你是这样缺乏热情和勇气的人！眼看着病人、死人一天天地增加，你却无动于衷，还怪别人不冷静，恐怕等到你所预定的行动日期，只剩下你一个人去干了！"

冒子仁和王子义满肚子意见，几次涌到喉头，都被压下去了。额角上的汗象雨点一样的掉在破烂的囚衣上，坐在壁角里一声不响。

过激的情绪支配着大家，用怎样的话才能说服这些疯狂了的人呢？金真经过了反复的考虑，发亮的眼睛一次又一次地从大家的脸上掠过，严肃而肯定地说：

"冲动不能解决问题，我们需要有冷静的头脑。在送点上，我完全同意徐英的意见；否则，我们就会犯错误！"

想不到金真也是这一套！难道你没见刘苏、小李和其他许多难友的惨死吗？难道你没有目睹自己优秀的革命干部处于朝不保夕的危险边缘吗？难道你没有看清等待便是绝路吗？死里求生，越快越好，在这个生死存亡的关头，金真和徐英反而缺乏坚定的意志……冒子仁再不敢想下去了。

"老冒，你干吗一直不做声？现在你来谈谈吧！"金真从冒子仁的表情中意识到他所以不做声，不是没有意见，没有牢骚，便笑着请他发言。

冒子仁尴尬地挪动了一下屁股，瞪了金真一眼，盛气凌人地说：

"终归免不了一顿批评，既然要我说，那就说吧！我不谈冷静不冷静，只想问问金真：坐着谈行动能解决什么问题？算了，爱坐着的人，由他们坐下去，让不怕死的人起来行动吧！这不是最合理的办法吗？"

"我拥护这个合理的办法！"王子义连说带嚷地站起身来。

走廊里又有咳嗽声，这次，狱吏呆久了些，会议间断的时间比较长，这却有效地缓和了一下热火朝天的空气。

然后，金真又一次讲话了：

"行委会的组织是一个整体。可是，冒子仁和王子义因我与徐英不能同意某些人的意见，竟主张不要组织，凭各人的意愿去搞，那是多么危险！"他的态度很好，但口吻非常坚决，使人感到有一种特殊的力量。

"不过，这不是冒子仁和王子义的一贯的思想，因此，还有可以原谅的一面！"金真见冒子仁、王子义太紧张了，便又缓和地说。

这无异当头棒喝，使王子义、冒子仁的头脑清醒了些，急得连连搔头摸耳。作为一个党员，怎么好不要组织，不要领导呢？他们激动得几乎掉下泪来。

会议的形势大大地转变了，每个人都准备冷静地重新来探讨问题。

金真及时对行动问题提出了自己的意见：

"悲惨的现实生活，使我们没有喘息的机会，哪一个不想迅速行动？我和徐英的心也正和大家一样，为己，为人，为我们的事业，焦急地准备着献出自己的生命和一切。但这不等于说不要周密的准备。

盲目行动，轻举妄为，决不能得到理想的收获。何况我们的目的，不光是要逃出虎口，更重要的是对全国伟大的革命运动起到应有的作用。所以，我们的行动，如果没有一个统一的、全面的纲领，没有上级党的领导和支持，只凭乌合之众的一股猛劲，势必同归于尽。因此，我们每个干部都有责任与盲动倾向和无组织、无纪律的思想作彻底的斗争！"

施存义、白志坚他们坚决拥护金真和徐英的意见。这样，才把会议的情势完全转变过来。

经继续讨论之后，关于行动的计划和日期，基本上确定了一个较为原则的意见，并指定由金真作具体的补充，而后送请上级党再加以研究，并作出决定。

于是，又有人提出了关于纪律的问题，说：

"正如金真说的，我们必须和无组织、无纪律的倾向作斗争。现在我们已有了组织，但还缺乏应有的纪律，今天会上所表现的就是一例。将来行动开始后，如果象现在一样，怎么得了？当然，遵守纪律必须是自觉的；可是，我们总得明确规定几点，向群众进行深入的宣传教育，否则所谓遵守纪律，势必成为一句空话。"

接着，徐英就提出了五条行动纪律：

一、坚决服从命令；

二、不准退却逃跑；

三、严禁烧杀抢劫；

四、热爱劳动群众；

五、维护整体利益。

郑飞鹏听了五条纪律后，马上声明：

"'严禁烧杀抢劫'这一条，我可不能完全遵守；难道象高等法院院长、看守所所长之流的王八蛋，都放过他们吗？"

"那是另外一个问题！这些人一定要杀，但不能个人行动，得由组织上来决定执行！"施存义解释说。

大家一致通过了这五条纪律。

"是大家通过的，就得大家来遵守！谁破坏它，谁得受应有的处分！"徐英从床铺上站起来，严肃地说。

冒子仁立即表示同意，并对以往自己所犯的错误做了简单而沉痛的自我批评。接着，举起手来，激昂地说：

"我向组织宣誓：绝对遵守纪律，要是违犯了它，愿受最严厉的处分！"

收封的时间到了，会议不能不就此结束。当他们分散告别时，彼此间充满了同志之爱和团结的精神。

夜深了，远处传来古寺凄凉的钟声。

今晚上，金真必须草拟好一个完整的行动计划，供行委会讨论后转报上级党。他倚壁而坐，沉入了紧张的思索中，忘掉了疲劳和一切不舒服的感觉。钟声惊扰着他，夜已过三更了，而他还没有动笔写下已经初步考虑过的计划。后来，他终于拿起笔来，一面想，一面写。

首先，关于行动的时间问题：狱中的党组织，只能凭具体情况，提出自己的要求。但能不能和全国革命形势取得很好的配合，那就很难说了，还得由上级党来研究。如果在最短期间内他们可以同上级党建立更密切的联系，就这一问题多多交换意见，那么，他们将坚持自己的主张，争取在秋收以前举事，这是有利的时机。一方面可以避免因时间拖得太迟而发生变故；同时在突出监狱后，到处都有隐蔽的处所，随地都能取得食物，更不会受寒受冻，减少流动中的困难和危险。第二个是战斗部署问题：行动开始的时候，就利用党员看守偷送进来的一些斧头、刀子，以及自己脚上的大镣等，作为武器，由突击队负责解除驻在监狱大门口的警卫看守的全部武器，党员看守可作有力的内应；然后便换上警卫看守的服装，偷袭附近的公安局和警察队；掌握了必要的武装后，便全部出动，分头完成自己的任务，支援第三监狱和陆军监狱的难友突出监牢，在统一的指挥下，再去解决城内和附近敌人的军事据点。估计最迟在黎明时分可以控制整个苏州城，或者撤离到苏州乡下。第三个是要求上级党给予支援的问题：为了扰乱敌人使它来不及增援苏州城，沪宁路沿线的党组织，必须及时拆毁铁道，剪断电线，让暴动的人们有个休息和整编的机会；同时希望通过上级党和红军主力取得联系。总的说来，这是在蒋政权心脏地区的一次冒险行动，成功或失败都将引起严重的后果。这五、六千人的队伍，怎样在情况生疏的区域里坚持战斗，而不发生意外，那确是个顶伤脑筋的问题。现在，他手头没有一点确实的资料，怎么能提出具体和完善的意见呢？

金真又沉入了深思中，时间悄悄地逝去了。

朝晨的太阳

——红又红，

囚徒队里出英雄！

活虎生龙，

不怕矛头与刀锋！

冲破罪恶重重，

翻天覆地建奇功！

建奇功——

永垂不朽是光荣！

万籁俱寂中，对窗号子里飘来了雄壮的低吟声。长夜逝去得那样快，东方发白了，难友们渐渐地醒来，待要起床了。金真只好匆匆地把考虑好的意见整理起来，到开封的时候，在万分困惫中完成了任务，他才轻松地舒了一口气。

紧张的等待，是最难熬的。

几天前，行委会的行动纲领经过大家的讨论确定了。具体行动的一切准备工作也都安排停当，只等上级党的决定了。

一天一天挨下去，大家焦灼地盼望着上级的决定。但是一个月已经过去了，还是得不到一点消息。冒子仁、郑飞鹏、王子义他们急得成天紧皱着眉头，一肚子的火气。一向比较冷静的金真、徐英、沈贞他们也不由得着急起来。日子越拖越长，干部们已累得疲惫不堪。而金真还得鼓起精神来对付这内外恶劣的环境，不厌其烦地反复打通许多人的思想，克服那种冲动和悲观失望的情绪，并要求大家提高警惕，竭力防止意外的事故。

是八月里的一个下午，天气异常闷热，小窗洞里透不进一点风，空气潮湿得叫人透不过气来，象有大雨欲来之势。金真靠在床头上，正在研究当前难友们的思想情绪，突然接到第三分行委急于想了解行动消息的信。金真叫人按照他的意见写好了回信，交给打入厨房充当伙夫的党员老张带去。可是，当老张从别人手里接过信时，却被一个站在远处的狱吏发现了。狱吏飞快地赶过来，老张背对着他没有觉察，金真从远处却看得很清楚，急得浑身发冷，象掉在冰窟里一样。

狱吏迅速地对老张进行搜查，那张纸条落在狱吏手中了。狱吏把它打开来一字一字地细看着：

三弟：

　　来信收悉。你所提各点，目前我也很难，无能为力，只好等以后再说吧。家中有信，当即转告。望你在彼，事事谨慎，万勿徒然自苦，千万千万！

　　多多珍重！

你的行哥

老张很机警，趁狱吏细看这字条时，也偷偷从旁看了一遍。一转念间，就打定了主意。

金真见老张的神情迅速变得镇静起来，心里也就宽了些。但总是放不下心，仍然一眼不霎地窥探着，并打算着应变的措施。

狱吏看完字条，立刻摆出一副凶相，追问老张：

"这里说些什么鬼话？快讲清楚！"

"那是我哥哥给我的字条，里面谈的是我们的私事。"老张满不在意地说。

"无论什么私事，你都得老老实实的说给我听！"

"我不识多少字，刚请人家念给我听的，只能讲个大意。"

"不要乱扯，快讲！快讲！"狱吏不耐烦了。

"让我慢慢说清楚！"老张镇静地望了狱吏一眼，象煞有介事地说，"我去信向哥哥要钱，要衣服，他说暂时没法可想，须看以后的情形。我问家里的近况，但他也未接家信。另外，他劝我谨慎守法。……"

狱吏见他说得头头是道，没有岔子可找，就不要他再讲下去了。

老张想走了，但狱吏又喊住了他：

"你哥哥的信，难道是飞进来的？为什么没经检查盖章？"

老张不假思索地回答说：

"哥哥的信是附在一个姓徐的难友的家信里寄来的，不知检查的人为何漏了？"

"那是谁？"

"他昨天已开释了。"

"唔……"狱吏无处追根，白白麻烦了一场，悻悻地走开了。

想不到老张竟能如此机警地随机应变，金真暗地里夸奖着他。危险过去了，象卸掉一块沉重的石头，放下了心。但是，将来……将来怎样呢？……

这日子，是无比艰苦的考验！

第十六章　狐群狗党

夜深了。 江上送来凉爽的清风，远处随波浮沉的点点渔火，象闪烁不定的星光，缀在薄薄的帏幔上。 马路上的行人渐渐稀少，只有那沿江的住户，有的还在江岸上散步，或坐在路旁闲话家常。 在马路交叉道口的一边，有座四面围着高墙的洋楼，宽大的铁门关得紧紧的，远远望去，只见里面灯光如昼，人影往来不停。这是蒋政府的江苏省会、镇江城里几座要人公馆中的一所。

这时，这所公馆的大阳台上，坐着三位新得发的国民党江苏省委员会的要人：虞立、陈应时、郭志扬。 不久以前，他们还因案关在苏州高等法院的看守所里：但因他们有二陈系作靠山，所以，不上几个月就宣告无罪，很快爬上了这样的地位。 三个人坐在阳台上，一面喝汽水，一面抽烟卷儿，得意洋洋的谈论着。

"高等法院看守所弄得真不成话了！"虞立还忘不了苏州的事情，恨恨地向郭志扬、陈应时说，"你们看怎么办？"

"那里面集中了这样多的共产党，确实不容易对付！"郭志扬说。

"总得想个办法对付他们，不然如何得了！"陈应时望着虞立说。

"他们一定是有组织的，却叫人摸不到底！"虞立站起来伸了伸懒腰，愤慨地说，"这些坏蛋把监狱作为他们的避难所和训练干部的机关，要不快点下手，恐怕要闹出大乱子来呢！"

"那些家伙着实可恨，一齐杀掉也不冤枉！但他们内外通联，背后有人支持，抓不到确凿证据，还不大好下手哩！"陈应时抚着被打过的脸，皱着眉头说。

"我们得及早想办法，如果让这些人出了狱，还不是我们的危险？我想……"

"那么，就趁今天这个机会，大家动动脑筋吧！"虞立打断了郭志扬的话。

暂时沉默着，大家集中精神在思考，用什么办法来贯彻他们的意图。

"我看派省党部里在这方面有经验的人员去搜查！"郭志扬首先提出意见，"搞到证据顶好，搞不到也把几个顶坏的——金真、施存义、徐英、冒子仁、白志坚、郑飞鹏、程志敬等一批人带来交军法审判！"

"这办法不解决问题！"虞立说，"打草惊蛇，反而弄得以后不好下手。我认为一定要想法子斩草除根！"

"我们自己在里边几个月，也曾利用过一些人，可是什么也没有搞到；监狱当局管得那么紧，今天查，明天搜，也一无所得，派人去临时搜查一下，断断不会得到什么结果！"陈应时似乎感到有力无处使似的，一次又一次地拍着脑袋说，"如果没证据，就把这些人提来，那是自找麻烦，这些家伙实在不是好惹的！"

"最圆满的计划是收买几个头子过来！"

"别做梦了，老郭，对那帮人，在我们没有掌握他们的材料之前，这办法是行不通的！"虞立对收买的办法是全无信心的。

"杀！……该杀！……"

"杀！只是杀在嘴上，怎么办？怎么办？……"

"省党部对付不了几个坐牢的共产党员，那还吃什么饭？"虞立扬着眉说，"老陈，不要丧气！现在，我们有权、有钱，又有法律为我们服务，怕他们飞上天去？……"

"快一点钟了！"郭志扬看了看手表。

"想了半夜，白费脑筋！"陈应时自怨自艾的说。

他们又沉默了。夜，寂静的夜，撒下了清凉的露水，他们的绸衫上有点潮湿了。

"今天想不出办法，有明天，还有后天，达不到目的不罢休！"他们要散场时，郭志扬自言自语地说。

正要下阳台，虞立出了个主意：不如明天先发个电报叫贾诚来，问问他的意见，再作道理。

贾诚突然被省党部急电召去。他想，他和省党部本来没有直接关系，这次去不知为的什么事，会不会又要倒霉？想来想去搞不明白。他非常担心，在火车上坐立不安。

忽然，他忆起了虞立、陈应时和郭志扬，现在都是省党部的常务委员。几个月前，他们在看守所时，可能有照顾不周的地方，这次，说不定有意来找空子难为他的。于是，他又联想到：最近听人说起，这三个家伙诡计多端，手段毒辣。他后悔当时不该太没有远见，没有很好地去奉承他们！

无数疑虑缠住了他，连火车进了镇江车站都不知道。直到有人叫他，才骤然惊觉，沮丧地走出车站，雇了车子奔向省党部。他想受罪的关头已经不远，如何来应付？他一筹莫展，心头着实感到沉重。

很快，他来到了省党部的传达室，递进了名片，但没多久，名片退回来了。传达说：

"这时委员没有空！"

贾诚无心再看退回来的名片，便走出了大门。他想，既然急电叫我来，却又给人以"闭门羹"，实在有点弄不明白。他沿马路走着，心里着实放不下，重新拿出被退回的名片反复瞧着，原来，在名片背后批着两行字，他仔细的一字一字地读着：

此时无暇，请于晚间七时，到江滨寓邸面谈。

　　贾诚问明了他们的地址后，独自乱绕了半天，心里老怀着鬼胎。找了个旅馆，躺在床上，要睡又睡不着，好容易待到了约定的时间，就马上赶去。在一间富丽堂皇的西式会客室里，他见到了虞立、陈应时、郭志扬三人。他觉得，他们不象过去了，不禁望而生畏。他们三人坐在沙发上，看见他进来，只是点了点头，让他在旁边一张藤椅上坐下。

　　室内强烈的电灯光照得人睁不开眼来，贾诚不自主地眯起了眼睛，室内满是富丽的装饰，他顾不得去看。他不待虞立他们开口，便自卑地装着抱歉的样子说：

　　"人力车跑慢了，迟到几分钟，请委员原谅！"

　　"没有什么！"陈应时轻蔑地说，"贾先生一向很好吧？病监里那位高先生，还有……嗯，他们都好吧？"

　　"以前在苏州种种对不起的地方，务乞三位委员宽恕！"贾诚自以为猜得不错，见事情不妙，怪不好意思地连连道歉。

　　陈应时把左腿搁在右腿上，轻松地摆动着，乜着眼，想起贾诚在苏州看守所时的那种凶样子，看看他今天这副卑躬屈膝的鬼相，不禁两颊上堆满了得意的神色。虞立抽着雪茄，昂着头，好象天花板上有什么奇迹要出现似的，根本没把贾诚放在眼里，只有在弹烟灰时，才偶然看他一眼。郭志扬悠然地哼着小调，见贾诚象泥菩萨一样端端正正地坐在椅子上的那种奴才相，真叫人又可厌，又可怜。三人互相看了一下，发出了会心的讽刺的微笑。

　　贾诚非常局促，手脚不知搁在哪里好，心象钟摆样摇摇晃晃地。无声的嘲弄是最难堪的，贾诚觉得时间已过得很长很长了。

　　"不必再提以往的事了！"虞立感到这样已经够他受了，便傲慢地望了望贾诚说，"还是谈谈当前的正经公事吧！"

　　不再算苏州的旧账，贾诚总算过了一关。

　　"你整理看守所，很有成效吗？"陈应时拿起茶来喝了一口，慢吞吞地问，"金真他们如何处理的？有没有结果了他们？"

这叫人怎么回答？苏州看守所的情况，他们不比任何人都清楚吗？为什么还要问他呢？贾诚想：这不是明明有意为难吗？他不能说看守所的情况比过去根本没有两样，给他们抓住了这缺点，加个"办事不力"的帽子，那可吃不消；但不说吧，事情弄大了，更不好。贾诚的神色有些慌张，摸不透三个人的心思。

"随便谈吧，何必顾前顾后？"虞立看透了贾诚的心思。

善于察言观色的贾诚，细细体味虞立的态度，似乎不是为了私人报复，而郭志扬、陈应时好象也并无特别的恶意，他才心定了些。但他估计，不谈些问题是不能过门的。这却不能不好好地掌握分寸，免得给他们找到岔子，叫自己不好下台。主意定了，于是，他恭敬而委婉地说：

"还不是和过去一样！所好的，就是现在不敢常常胡闹了。我一再请示过部长和院长，他们说要慢慢来，横竖人在我们手里，不怕他们飞掉。这办法真好，我就遵办了。各位委员是了解的，要马上对付那些人是有困难的，弄不好，就会……"

"贾先生，看守所里奉行了好办法，结果怎样呢？"郭志扬递给他一根纸烟，悠闲自在地问，"部长、院长是这样指示你的吗？"

贾诚觉得象被审问般的，一步一步逼上来了。饭碗比什么都要紧，可不好得罪他们。但使他苦恼的是：立刻编造不出什么动听的报告来，真好着急！

虞立他们通过和贾诚的谈话，认为他确是一个官场中老奸巨猾、顶可恶的东西。他们存心想弄清看守所的情况，大家好全力对付共产党，而他偏偏怕人家找他的不是，不说实话，存心欺人，得好好教训他一顿。

深夜里，电灯放射出更强烈的光芒，照得人头脑发昏。屋子里寂静得只听到他们四个人的呼吸声。

在这场合里，贾诚特别感到胸头气闷，满身大汗。急中生智，贾诚忽然找到了最妥当的说法，鼓足了勇气说：

"各位要了解看守所的情况，可惜我事前不知道，请各位委员宽假几天，让我整理出一个完整的报告送上来，好吗？"

"贾先生，这些事不都在你的肚子里吗？何必再要几天准备？"郭志扬不耐烦地说，"我们就随便谈谈好了！"

贾诚没有回答。他尽力避开他们集中注视的目光，暗底叫苦：谁来相帮，解一解这个围？

"贾先生，你今天为什么不象过去那样爽快，却畏畏缩缩，吞吞吐吐的？"虞立摆出了委员的官架子，沉下脸说道，"一个监狱如何管理政治犯，省党部随时有权查询！现在许多吃监狱饭的人，太不中用了，必须撤换他几个做做榜样！至于贾先生，……自然又当别论！"

贾诚听了，打了一个寒战，汗也停了，但衬衣早已湿透。他不料他们竟会用他过去对犯人欺诈、恐吓的一套来对待他。他想，万事都有报应，活该现在落到自己的头上。他感到自己已是上了岁数的人，干监狱这项差使也已经有许多年，难道这班委员们竟不能给自己稍留一些余地，让他在老本行中混混日子？况且，贾诚终究是坚决反共的，竟要受这样的冤枉气！但他又转念一想，最可恨的还不是共产党吗？要没有那些坏蛋，我不照常是吃得开的红人，又何至如此？该杀的只有共产党，不怪省党部几位委员大人，他们也是责任所在。

"好，各位委员，就让我向你们报告吧！"贾诚自忖，凭他的反共决心，该也不致被开刀的。于是，打定主意，很自信地说：

"要对付共产党，我首先愿意效劳，最好把他们干个精光才痛快！至于看守所的情形，共产党似乎比以前更顽强了；同时，有些看守人员也受了他们的影响，由过去的仇恨敌对，逐渐转变到同情他们，靠拢他们了。我确实弄得苦不堪言，无法下手！"

"这样干脆，问题才好解决！"陈应时觉得贾诚千不好，万不好，可以权且放下，先利用他坚决反共的长处，商讨个办法对付共产党。于是，他开导贾诚说，"这桩事，首当其冲的还是贾先生，没办法，得想出办法来，否则，大家也帮不上忙！"

"贾先生得想点好办法出来！"虞立也不象刚才那样盛气凌人了。

"给我一个时间，我一切照办！"贾诚高兴地回答着。他怪自己开头太不识相，碰了钉子活该。他考虑磨折囚犯的办法总不出多用刑罚和精神上的迫害；另外，把他们的饮食搞得更坏点。这套办法，已经收到了很好的效果，现在，不妨再加一把劲，虽然会遇到一些麻烦，但既可立功，又可在囚粮上多搞一笔进账，那不是一举两得吗？

"你的意思是不是想慢慢磨死他们？"虞立瘦削的脸上露出了杀气，对准想入非非的贾诚说，"那还不够！"

"虞委员，用什么办法呢？我……"

"好办法很多，大家来研究吧！"郭志扬插嘴说。

贾诚正苦于想不出更好的办法来讨三个委员的欢心，忽然听到郭志扬的话，一块石头落了地，不禁轻松愉快起来，对这几位委员感激得五体投地，连忙诺诺连声地奉承着说：

"如蒙委员不弃，贾某以自己的良心来保证：一定完成委员们交托的任务！"

虞立拍着贾诚的肩膀，鼓励他说：

"这样很好，我们希望贾先生鼓起劲来。后天，请你仍来这里商量。"

这时，三个委员见贾诚不自觉地又重新恢复了当官的架子，兴奋的微笑着离开了他们的会客室。他们互相看了一眼，不禁大笑起来。

光靠贾诚一个人去搞，事实上也有困难，必须找个角色，用另一种方式和贾诚协作，才能万无一失。贾诚走后，三个委员仍继续计议着，思索着。

"倪保忠这个人，你们看怎么样？"虞立忽然想起这个共产党的叛徒来。

"好，好，马上叫值差的打电话通知他，立刻就来！"

一会儿，倪保忠赶来了。他进门就鞠了一个九十度的躬，两手几乎碰到自己的脚尖，然后，奴颜婢膝地说：

"委员先生，有什么公事使唤？"

他必恭必敬地站在一边。

三个委员见倪保忠这副上不了台面的吃相，实在感到讨厌。但想到：人尽其才，各有所用，现在正需要他那种人，足见也不是白养了他的。委员们反复地打量着他：瘦长的个子，穿着既小又短的不合身材的长衫，尖鼻子，深眼眶，眼睛象饿虎般地露出凶光，一望上去，就叫人恶心，知道这是个作恶多端的坏家伙。愈是打量他，他愈是卑躬屈膝，诚惶诚恐地站着不动。

虞立的眼光在他脸上溜了几下，指着贾诚坐过的那张椅子说：

"倪保忠，坐下吧，这次用得上你啦！你可得好好地显一下身手！"

倪保忠想：哪有省党部委员请他坐下的道理，不知今天交了什么好运？他感激不尽，立即回答道：

"在委员面前，怎敢放肆？我就站着好了，谨听委员的吩咐！"

"坐下吧，靠近些，好谈事情！"

倪保忠轻手轻脚地跑到椅子跟前，一面告罪，一面弯下身子把屁股搭在椅子边上。

虞立故意向郭志扬、陈应时把倪保忠赞扬一番：

"你们两位虽没有见过倪保忠，但想必早已闻名了。你不要看他外表如此，却是个很能干的人。别人不愿干、不敢干的事，他都乐意承担下来。我是最熟悉他的。"

陈应时、郭志扬点点头。

倪保忠见虞立为自己吹嘘，又惊又喜，不知应该怎样才好。

"倪保忠原先是参加过共产党的，"虞立看了看倪保忠的神情，佯笑着说，"但他很快觉悟了，决心反对共产党，武工队队长金真他们的活动，就是他和他的父亲倪二报告的，并且曾经破坏过共产党的一个县委会，出计逮捕了中心县委书记余直。凡人走些岔路是不要紧的，只要能及时改正，立功效劳，为党国尽忠，那么，他的前途，就将不可限量！"

"是，是，委员先生！我倪保忠以前的身子是父母的；从今以后，是党国的，不，是各位委员先生的。自当耿耿一心，竭尽我的犬马之力！"

"我们早知你的忠心，所以省党部要你完成这个任务。事前，你可能要吃些苦，但一旦功成，定有重重的赏赐。"

倪保忠没料到象他这样被人看作社会的渣滓、众所侧目的无耻之徒，竟还有升发得意的一天！他想：将来大功告成之后，该可摆摆威风，装装阔气，让那些一向瞧不起自己的人尝尝倪某的味道了！他自以为考虑得很周到了：有利可图，还有什么不愿意干的？于是，急着恳求道：

"任凭怎样，我倪某都乐意去干，吃些苦，毫无问题！我倪某不是靠几位委员栽培，今天还不是仍在苦海之中！"

委员们见倪保忠很坚决，就把商定好的计划交给他去执行。倪保忠一迭连声地允承下来。接着，他洋洋得意地跨出了这座神秘的洋楼。

第三天晚上，贾诚如期又来到了这座洋楼。今天，他的心情是轻快的。一跨进会客室，只见虞立和一个不成人样的家伙在谈话，不见了其他两位委员。贾诚忙走上两步向虞立道晚安，只因那生人是委员的座上客，也就勉强地招呼了一声。

贾诚坐下后，虞立给他们介绍了一下。贾诚心里很诧异，不知倪保忠是干什么的，但又不好问，只是望着虞立。

"贾先生，你的事情，要仗倪保忠的大力！"虞立见贾诚有点瞧不起倪保忠，又替倪保忠吹了一番。"你别看他的外表，他却是一个足智多谋的人，是我们这里得力的人员！"

贾诚总有些将信将疑：这四不象的家伙，到底有多大能耐？但嘴里又不好不回答说：

"经你提拔的人，还有不中用的吗？"

虞立便如此这般地给贾诚作了交代，在重要关键问题上，还再三地叮嘱他。最后说：

"一切的一切，必须按步去做。如果把事情搞糟了，得由你完全负责！"

　　贾诚听了，暗暗想，新官僚比起旧官僚来，终究是要厉害得多，真是集古今中外统治阶级恶毒手段的大成，凡是他所想不出的办法，做不到的绝事，用不来的鬼人，他们竟面面俱全，无所不能，无所不有，真是莫测高深了。

　　贾诚这时，再也不敢小觑倪保忠了，一次一次地和他紧紧握手，连连向虞立说：

　　"有倪先生亲身出马，一切的一切我按计划照办，哪有不成功的道理，请你放心好了。"

　　"那很好，努力干吧！功劳簿上给你们挂上了号，只等好消息来到！"虞立鼓励他们说。

　　一切商量妥当，倪保忠和贾诚欣然向虞立告辞而去。

第十七章　灾难临头

入秋以来，苏州看守所的气氛异常紧张，人们的血液和情绪，变得象危险的爆烈物一样，只要遇到一点震荡，就会立刻燃烧起来。

最近，狱中又新收进许多政治犯，他们带来了种种新闻：全国红军已经发展到×万人了；毛泽东、朱德同志已攻下长沙城；⋯⋯胜利的消息不断传来。狱中部分党员的轻敌思想也跟着发展滋长，以为冲出监牢易如反掌，一出狱，就可以在江南开辟新战场，任他们纵横驰骋了！激昂的呼声到处可以听到，他们主张：行委会不该再拖下去，与其死等上级的决定，不如自己动手干起来，凭这几千人的力量还怕不能解决问题吗？⋯⋯只要起义一胜利，可能促使某些迟疑不决的城市或乡村也很快地行动起来。⋯⋯如果把京沪杭三角地区——蒋介石的巢穴搞翻、搞垮，就可以转变全国的总形势。⋯⋯

"死等不如硬干"的思想象一股不可遏止的洪流，在群众中蔓延开来，原来一些悲观失望的人，也兴奋起来了，要求立即行动，并且提出了口号：

"宁可拼死，不愿等死！"

这种盲动情绪的延续，使金真等几个负责的人十分着急。

金真正病着，但仍得硬撑起来工作。秋天的闷热，特别不好受，躺在号子里，活象搁在锅炉上。盲动的情绪，好象一个沉重的包袱，压得他气也喘不过来，体温往往升到三十九度以上。大家都为他担心。

今天，当他照例躺着的时候，值班看守老宋在号子门口偷偷地向他招手。金真困难地跟着他，挤过坐满、睡满人群的走廊，跑到他那站岗的空地方，挨着小桌边听老宋的汇报。

"这几天，你们得格外注意！……"老宋望了望相隔一定距离的人们低声地说。

"有什么消息吗？谈得具体些！"

"有个所长的亲信曾和我讲：所长最近到南京还不知是镇江去过，回来后，似乎很高兴。"

"还有什么？"

"也是那个家伙向我讲的：现在是'外宽内紧'！"

"外宽内紧"！怪不得最近看守所里的管理这样松弛！这倒是大大值得注意的。

老宋没等金真想下去，又向四周瞥了一眼，紧接着说：

"我看这几天以来，凡是所长的亲信，都在暗中忙着……"

老宋的话还没有说完，忽见看守长飞快地跑来，金真已来不及躲开，老宋露出了不安的神情。

金真马上对老宋使了个眼色。然后，粗声粗气地对老宋发起脾气来：

"我病得这样子，你不替我报告请医生，真不讲理！"

"看病有时间，再胡闹，我报告看守长！"老宋立正在看守长面前愤愤地说。

"病有轻重缓急，我突然间难过得要死，等不到明天了！"说着，金真又回过身来对看守长讲：

"你看他讲不讲道理？"

看守长见金真确是病得很重，不由得不信，释了疑团，以例外开恩的口吻说：

“这次就通融他一下吧！”

“报告看守长，医师不在了！”

“那只好由他去了！”他向四周看了一下，很快走开了。

老宋送看守长出了大门，拐了弯，才轻松地走来，笑着说：

“你这办法真好！这老家伙顶会猜疑人，最近开除了两个党员看守，全是他的鬼把戏！”

“你先前的话，还未讲完吧？”

“是的！他们忙着查问里边几个主要干部的行动，对我们看守人员也很注意！”

“你要特别注意，如果情势不妙时，立即给我汇报！”

两人讲完话，金真正想跑回号子去，忽然在他身旁出现了一个既不熟悉，而又似曾相识的囚徒，殷勤地扶着他。金真十分诧异。但在他的记忆中无论如何搜不出这个人的印象来，他是什么人？在哪儿遇见过的？

“谢谢你，朋友！”金真回到号子里，坐下来和那个似曾相识的人闲扯着。

“说哪里话，互相帮助是应该的！”他谦恭地笑了一笑说。

“你叫什么？为什么案子？”金真又仔细地打量着他说。

“唔，我叫万真甫，人家诬陷我敲诈，县里不讲道理，判了我三年徒刑。我实在不服气，上诉到苏州来。前两天，才转到这里的。”他低声下气地说，似乎抱着一肚子冤屈似的。

“你住在哪个号子里？生活惯不惯？”

“我住在十三号。这里的难友真好，照顾新来的人象亲兄弟一般，我不知怎样报答才好哩！”他眉毛一闪，同金真交了一眼，似乎很诚挚地说。

从谈话中找不出什么破绽来，但他这种态度确有些不入眼。“似曾相识”的印象结合着“外宽内紧”的消息，金真实在放不下心来，晚上，翻来覆去地从记忆中挖掘，但苦苦想了一夜，找不到一点点线索。

天明了，立即找关在十三号里的一个党员来一起研究。

"看这家伙的样子，是个奸猾恶毒的人！"那位素称细心的党员说，"不过从他的罪名和行动上来看，目前还没有发现什么。"

"我所以注意他，并不是因他的样子，而是似乎曾经认识过他，但又无论如何想不起来，因此，请你们多多注意他，防备狱吏布置什么新阴谋！"

金真谈到这里，正好看见万真甫走过去，神经猛地又振动了一下，从他后边仔细端详，这个背影实在太熟悉了……

万真甫很能耐：他的身体虽然看来并不结实，但好劳动，到处替人家打扫号子，倒马桶，服侍病人，凡是别人怕做的事，他样样肯干；并且从来不得罪人，象狼一般难看的脸上，总是堆满笑容。所以没有多久，他在看守所里混得很熟，和任何人都能交上朋友。他常常和人讲，他出身如何穷苦，如何受人欺侮，如何被人瞧不起；进了牢，大家对他很好，他简直愿意死在牢里也不想出去了。当他激动的时候，说得更动听，说什么父母兄弟虽亲，也只能各管各的，哪照应得了牢里的人，所以难友比骨肉的情谊更深、更厚。他的甜言蜜语，博得了许多难友的欢心。

万真甫对任何一个囚徒都很和顺，但对狱吏却是另一副态度：三天两日就要闹一回。一次，同号有个犯人要移送到病监去，他出头反对，同看守长争吵不休，看守长赏他两个耳光，他不知厉害竟也还了一手，结果，被拖出去，过了几天，才送回到七号里。据说，他遭了吊打，又关了禁闭。

从此，他闹得更凶了，说：狱吏尽是狼心狗肺的家伙；天下当官的没有一个好人。又说：自己吃了一辈子穷苦头，不知要到哪天才能伸冤复仇！……他乱骂一起。大家以为他神经失常了，怕闹出大乱子来，硬拖他呆在号子里，不让他出来。当他气愤稍稍平静后，就向大家介绍他痛苦的身世：父亲如何被乡绅活活打死。他不服气，到衙门前喊冤，反吃了冤枉官司。"天下乌鸦一般黑"，现在看来狱吏们和那

189

些人也是一个娘生的。 这样的世界，做老百姓的实在活不下去了！他看见有人同情他，就连哭带诉地说，"要参加共产党，听说共产党讲一律平等，没有贫富之分……"但他见并没人回答他这问题，便抹抹眼泪，向一个政治犯说：

"你是共产党员，请帮助我这可怜虫吧！"

"你不要那么激动，休息休息，以后再谈吧！"

"你不同我谈，我就去找金真！"嘴里这样讲，但屁股却坐着不动。

从此以后，他老爱找党员谈话，逢人便说要参加共产党。 因他是生意人出身，世故太深，人们虽然对他有些好感，却仍然没有对他暴露狱中党的秘密。他很失望，时常在叹气。每看到几个人在一起谈话时，他总要插进去客串几句。 金真给他缠得非常为难，有事或开会时，只好布置一些人轮流和他闲扯，叫他不能来回乱窜。

经过了一个时期，万真甫这种怪僻的性格，渐渐被人熟悉而不以为奇了。 金真也感到"似曾相识"的疑虑太可笑，不再把它和"外宽内紧"的消息联系在一起了。

行委会的准备工作一直在紧张进行，并未发现狱吏有任何新的阴谋活动。

九月廿二日的早晨，一个负责交通的看守向金真传达了一个口信，说上级已经决定他们三天后行动。但正式文件因这几天狱吏检查得紧，没能带进来，待明天再说。 金真的心一阵剧跳，但很快就静下来了。他见那位看守如此慌张，脸涨得红里发亮，眼睛呆了，说话上句不接下句地，生怕他搞错了，又特别郑重地问他：

"这是大事！你到底弄错没有？"

"不错，一点也不错！"交通发急道，"这桩事还能弄错？文件封着，我虽没见内容，但来人和我说得明明白白的。"

"不管怎样，总得把文件拿进来！"

"好，明天……我一定……"

但第二天，他仍未把文件送来。

这可把金真急死了：口信是否确实？会不会有错？而当前使他感到最为难的，是准备工作究竟应该怎么做？要不要传达下去？不传达，怕临时部署赶不上；传达吧，又怕口信有出入，闯出大祸来。最后，他决定召开主要干部会议，且不谈那个消息，而只要求大家在两天内准备好一切，必须做到临事不慌不乱。但无论金真的措辞如何谨慎，大家都很敏感，都认为行动的日期就在眼前了。于是，那股原来已滚热的血液，越发沸腾起来了，人们用理智硬压抑住感情的冲动，作了最艰苦的努力。而正巧这时的天气也坏透了，长空布满灰暗的阴云，风吹不动树梢的叶子，沉重的气压，窒息着人们的呼吸，逼得大家叫苦连天。谁都感到：这日子真比绑赴刑场砍头的瞬间还要难熬！

"呵，我的心着火了……"

"冲呀……杀呀……"

静悄悄的深夜中，常会听到那些可怕的喊声。

在蒙眬中，王子义象很清楚地接到了行动的命令。他们大伙儿冲开了号门，于是他擎着长枪，和冒子仁抢上队伍前头，猛烈地同敌人展开冲锋肉搏，并不费多大劲，便消灭了敌人，冲出了"活人的坟墓"。人们在呼喊，他也跟着叫了起来。

他正高兴，突然觉得有人狠狠地捶了他一拳，他怒冲冲地睁开眼睛，却听到难友在他旁边喊着：

"王子义，王子义，醒醒！"

他被人推醒后，惶惑地不相信自己仍然在监狱里。

"你怎么搞的？大声叫着，把别人吓坏了。如果给狱吏听见了，可真不得了！"一个和王子义要好的难友善意地对他说。

这不是王子义一个人的情况。因此，金真严厉地批评他们：要提高警惕！

"做梦怎么能警惕呢？"

"不冷静，不警惕，才有这样的梦！"

话虽如此，金真内心里也非常焦急烦躁，睡也不是，坐也不是，整日夜在号子里团团转。他疑惑交通的口信有误，但又没有充分的理由。他忧虑万一不幸他的猜测成为事实，那么，他将如何收拾这可怕的局面？反之，又当如何完成这一艰巨的任务？于是，他狠狠地诅咒着交通太不负责了。好容易，又挨过一天，才接到上级的决定。金真颤抖着急急地把它打开。啊呀！这一下，可把金真急坏了，他的脸色苍白得那么可怕，接连吐了几口鲜血，险些儿昏了过去。

　　原来文件的内容，和交通的口信完全不同。上级党因对狱中最近的情况还不十分清楚，要求金真他们在三日内作出详细的汇报。至于行动的问题，上级还得根据汇报作详细的研究。看来，行动已不是眼前的事，但群众可不能忍受了，而前次金真布置了的工作，也必须改变。这一混乱的情况，虽然经过党组织的努力，总算克服了。同时，他又拟好了对上级的汇报材料，交朱之润暂时保管，待机会给交通送出去。但金真的心情，还是象被置在烈火上那样难受……

　　今夜，整个监狱象死一般的沉寂，嗅不到一些生的气息。看守的脚步声很均匀地不断从号子面前走来走去。囚徒们被几天来的紧张情绪累倦了，都酣然进入了梦乡，发出或高或低的鼾声，偶然因身子的转侧，脚上的铁镣铿锵作响。户外的秋虫不停地发出恼人的喧噪，金真由于长时间的失眠，心烦意乱，独自和漫漫的秋宵斗争着……

　　大约已过十二点钟了。突然远处传来一阵急促的脚步声。金真猛的吃了一惊，顿然忘掉浑身的不适之感。他断定难友们不会胡乱动起来的。那么，这些动乱声是从哪儿来的？他希望不是敌人……但是脚步声迅速地在七号门口停住了。七号是朱之润住的号子，所有的文件和急待送出的材料全在他那里。他是顶细心的人，一直负责保管文件的工作。这一次，会不会发生意外？金真提心吊胆地谛听着，紧张地连连打着寒战。

　　敌人把七号的难友全赶在走廊里，一个个全身搜查着。朱之润和往常一样，悠然地站在那儿，任凭敌人翻衣脱袜，不吭一声。他很放心，他那藏文件的地方,从来没被人注意过。可是,另一批进了号子的敌人,一下就找到了朱之润的秘密机关——凿空的床腿子。

"报告,证据找到了!"

贾诚、公安局长满面狞笑着。

"打开来看!"贾诚命令道。

全部材料落到了敌人手里。朱之润斜里看见,不自主地惊叫了一声,愤怒、绝望!……而那个最近调到七号去的万真甫站在一旁,用劲闭着乐滋滋的嘴巴,一副吃人的心肠已不可掩饰地暴露出来了。他想:我倪保忠凭今天的功劳,该有……

从号子里捧着一堆文件跑出来的看守长和书记员他们,按照贾诚的命令,一份份仔细地检查着。局长和贾诚得意忘形地站在一旁瞧着。朱之润离检查的人不远,看清他们就要打开一份顶重要的文件——给上级的汇报材料了,于是在万分危急的刹那间,朱之润表现了伟大的布尔什维克的精神,出其不意地猛扑上去,把那看守长摔得老远老远,一把夺下他手中的文件望嘴里就塞,一时咽不下去,便死命地咀嚼。野兽们慌了,有的钳紧他的牙关,有的扼住他的喉咙,乱做一团。朱之润被围在中间,竭力抵抗着,挣扎着,一直到完全失掉知觉,野兽们才从他的口里掏出了些已经嚼烂了的、只剩下个别人名的纸团。

局长和贾诚睁着凶狠的眼睛,又急又怒,疯了似地狂叫着:

"贼囚徒……"

"该杀的共产党……"

朱之润决心牺牲个人,保卫着党的利益,拯救了多少同志和难友的生命,这种伟大的表现,感动了所有在旁的难友。当朱之润重新醒过来时,从喉间迸出一声惊人的呼号,震撼了狱中的黑夜。

第十八章　解送镇江

清晨，阴惨惨的冬天的清晨，西风夹着寒流掠过扬子江南，那儿的风光顿时变得凄凉萧条了。光秃秃的树枝发出飕飕的声音，鸦雀也不象往时聒噪，歇在老树枝上避风的地方，缩着颈儿用嘴理着自己的羽毛。

金真、施存义、程志敬、郑飞鹏、梅芬、冒子仁、沈贞他们三十多人，被押着，经过静悄悄的街道，向火车站走去。他们脚上都拖着十来斤重的大镣，手上又有铐子，铁索把他们连成一串，铿铿锵锵艰难地行动着。铺着石块的街道上，都结了冰层，如果一个人脚下稍不留神，就会牵着好几个人一起摔倒。刺人的西风刮得大家的脸隐隐作痛，手和脚全冻僵了。可恶的狱吏、狱卒们竟还有意和他们为难，趁这机会打击报复，不时要找个借口，赏几个脚跟、拳头。街上稀稀落落的行人，都以惊奇的目光注视着这批年轻的囚犯，看他们不象行凶作恶的暴徒，究竟犯了什么严重的罪，受着如此的摧残！

囚徒的行列，困难地经过狭隘的街道，出了城门。他们已许久不见狱外的天日，今天虽然仍受着痛苦的折磨，但能在大自然中行动，总算是非常大的幸运。他们时时眺望着辽阔的大地：河山是那么壮丽，村落好象星罗棋布，再抬头看看无际的长空，灰暗的浮云中，露出朝阳的光芒，不禁更振奋起精神来，深深地吸着清新的空气。于是，骄傲地歌唱着，呼号着，向人间表示他们永不屈辱的战斗精神，并将以他们的呐喊声去惊醒许多睡梦未醒的人们。

他们好容易走到了火车站，一个个被狱吏们赶进了专为他们而挂的一节铁篷车里。那上面既没有座位，也很少门窗，到处都是牲畜的粪便。狱吏很快把铁门关紧了，闭塞的车厢，又闷又臭，着实叫人难受。

难友们挤挤轧轧坐在一堆，倒反暖和了些。

"你看贾诚这畜生，今天摆着多大的臭架子，吆吆喝喝地，我恨不得一拳把他打死！"冒子仁打开了话匣子，和靠近他的徐英说。"他以为蒋秃头颁布了一个血腥的《危害民国紧急治罪法》，便可以把共产党肃清了，真是做梦！"

"这次事件对我们是个血的教训！贾诚这个匪徒固然可杀，但象倪保忠之流的叛徒，不惜为虎作伥，甘心充当贪官污吏的走狗，和反动派狼狈为奸，出卖组织和人民的利益，那是更可恨、更可杀的奴胚！"气愤使徐英的嘴唇发抖了。

"失败和流血，是胜利的开端！从叛卖人民的蒋介石到贾、倪之流，认为用屠刀可以征服革命力量，事实恰恰相反，他们正替自己敲着丧钟！不久的将来，他们必然会垮台，而受到人民公平的审判的！"白志坚望着四周的金真、沈贞、程志敬说。

"说得对！"金真干枯的脸上露出了笑容。

施存义接着唱起洪亮的小调来：

> 敌人手里锋锐的兵刃，
> 毁灭不掉志士的战斗精神，
> 前进，前进！
> 血液沸腾，
> 激起革命的风云，
> 打开胜利的大门，

把旧世界的罪恶斩草除根，

——起来，饥寒交迫的人们！

许多人跟着唱和。歌声透过了车厢，荡漾在祖国的原野上。

"嘿，你们这些疯子真在寻死！快不要唱——不要唱！"狱吏瞪着眼睛无可奈何地怒骂着。

"别做你的梦，狗腿子，安静点吧！"难友们哄哄地回敬了狱吏。

车开动了。难友们对这座古老的姑苏城——不，对狱中无数曾共患难的难友们，遥致热烈的敬意和恋恋不舍别离之情。每个人都非常激动，车厢里顿时沉寂无声了。

车向西开去，姑苏城渐渐远了……

早雾还没消退，山明水秀的吴下风光，象个少女被遮在轻纱幔里，只有那挺秀超脱的点点峰峦，时在朦胧中隐约一现。

车过无锡，天气渐渐开朗了。太湖里的许多山峰，耸立在蔚蓝的天际，好象因风而飘摇浮荡，又似乎正向着遭遇艰难的囚徒们亲昵地点头示意。铁路两侧，碧清的溪流象镜子一样，小船好比树叶般漂在水面上，傍水的人家倒映在水里，都变成了一片片水晶的宫殿，更美化了这富有诗情画意的鱼米之乡。难友们争着透过豆腐干大的窗洞，尽情地欣赏祖国美丽的湖山。可是，在他们的胸头忽又涌起一种异样的感觉：美丽的湖山，在罪恶的统治下，遭受了种种的污辱，我们为它未来的命运而坚决奋斗，总有一天，英勇的祖国人民将把它打扮得更美丽、更鲜艳！

这时，梅芬似乎看得更出神，因为她的老家就在无锡太湖边上，而车子开得很快，她所恋念的故乡景色迅速逝去了。她不觉情动，低低地吟哦着秋瑾烈士的诗句：

忍把光阴付逝波，

这般身世奈愁何？

楚囚相对无聊极，

　　樽酒悲歌涕泪多。

　　祖国河山频入梦，

　　中原名士孰挥戈？

　　雄心壮志销难尽，

　　惹得旁人笑热魔。

　　大家听着梅芬所吟的诗句，一时都静了下来。而梅芬的声音，却更显得清脆、响亮了。

　　"想不到你不仅是个女英雄，而且还是个女诗人呢！"程志敬大声夸赞着梅芬。

　　梅芬有点不好意思，笑着低下了头。

　　"看，女英雄变成小姑娘了！"

　　冒子仁的话，逗得大家哄笑起来。

　　正在热闹的时候，金真移动身子，靠近朱之润说：

　　"对于这次审讯，我们得作点准备，老朱，你说怎样？"

　　"好！"朱之润回答金真，"这是很必要的！"

　　朱之润是安徽合肥人，大革命之前，在北京农科大学读书，以后，接受了共产主义思想，加入了中国共产党。毕业后，根据党的决定回到皖北工作。一九二八年春天，他参加了阜阳的农民暴动。失败之后，他便逃至路东一带，继续坚持党的工作，不幸被当地的地主武装发现而被捕，经南京特种刑事法庭转到江苏省高等法院来审理，判了一年两个月的徒刑。朱之润一向沉默寡言，是个不暴露自己长处的人。当他初进监狱时，许多不了解他个性的人，把他认为是个不易接近的孤独者。日于久了，在不断的接触中，才渐渐了解他是最热忱帮助别人，也是最有决心的党员。组织上根据他的特点，要他负责处理和保管重要的文件，而不让他多露面，避开敌人的注意。他对自己的工作做得很成功，连和他同号子的人也不明白这个情况。

最近的事件完全出乎意外：倪保忠是个有经验的叛徒，从他化名打入看守所以来，开始虽因他的面架子和背影约略有点象他的父亲，曾经一度引起金真的怀疑，使他不敢大胆活动，但因金真过去从没和他见过面，终究看不真切，而被他狡诈地混了过去，于是他便放手进行破坏工作。他早就发现了有关行委的一些情况，并搜集到部分的材料，可是他认为凭这些东西，不能达到一网打尽看守所革命力量的目的，不肯轻易下手。通过长期的观察，他决定着眼在朱之润身上了。几天前，狱吏把他调到七号去，他白天装病不出号子，晚上假装熟睡，而两只贼眼却一直牢牢地盯住朱之润。他好不容易挨过了一夜、二夜、三夜……叛徒多少感到有些失望，身体也因几个通晚没睡觉，几乎不能支持了，暗里埋怨自己，以为选错了对象，白白费了这么多的精神。不过，他总不死心，准备再坚持几天，假使再得不到什么，便另打主意了。而就在这期间里，狱中的组织遭到了空前的不幸。

那天，临晚的时候，金真把上级所要的那份关于狱中准备暴动的详细报告，交给朱之润要他收藏一下，准备在尽快的时间里找机会送出去。

已经是夜里十点多钟了，朱之润见号子里的人都已睡熟了，便轻轻坐起来，仔细察看着四周的动静，然后才慢慢下床，伛着身子，用肩胛把木床抬起，急急忙忙把卷得很小的报告塞到床腿子里去。朱之润做完这番工作后，重新望了望睡着的人们，才放心地上床躺下。他的动作灵敏，手脚轻快，没有一点声响惊动别人。

倪保忠白白守候了几夜，心里真是焦急，今夜，突然发现朱之润这一异乎寻常的举动，他知道自己的计谋得手了，而委员老爷所许的金钱、女人、权势……也就在手边了，真是说不出的激动！但他确有能耐，仍然抑制住紧张的心情，装着熟睡的样子，目不转睛地望着慢慢躺下的朱之润，丑恶的脸上偷偷地露出狰狞的冷笑。

敌人掌握了这一切，就在夜深人静的时候下毒手了。

然而，在千钧一发的瞬间，敌人万想不到朱之润竟以出乎意外的英勇行动，把材料的主要部分毁灭了。所以，现在敌人所掌握的证据，只牵涉到一部分负责干部。当然，敌人不会甘心就此放过其他的骨干分子的，所以把平时被认为最可恨的许多人，一起解到军法会审处去处理。但是，无论敌人怎样狠毒，整个看守所的党组织还是坚持了下去，象王子义他们仍能留在那里，接替金真他们的工作。

"案情就是这样，落到谁就由谁去顶，要准备什么？"坐在他们两个前面的白志坚不介意地插了一句说。

"准备一下还是好的！"朱之润严肃而坚决地说，"我基本上同意老白的意见，我们几个有证据落在敌人手里的人，一切应由我们来担当，决不能涉及其他任何人。多留一个，多保存一分力量！"

"无论你说得多么干脆，但敌人早已打好算盘，哪会放过我们这些人！"金真沉重地说，"当然，你和老白说的话是对的，可我们不能不作最坏的打算！"

"敌人的阴谋怎样，我们且不管它。现在先要从我们方面来着想：除有证据的人以外，都应该设法脱身，不到最后关头，决不暴露自己的面貌！"朱之润接着恳切地强调说："同生死、共患难的感情，固然在团结难友进行对敌斗争中起了伟大的积极作用，而目前当敌人想一举扑灭我们的时候，我们万万不能把老一套的原则或方式方法用到新的情况上面来。我想徐英他们几位，也不会有别的意见的！"

"横竖免不了一个死，又何苦叫你们几位挨更多更残酷的折磨？而且眼看着你们……"冒子仁听见了朱之润的话，激动地脱口说出了心里的话。

这时，梅芬摆脱了大家的哄笑，移转她的注意在金真他们的谈话上面来了。她不待冒子仁说完，便推了他一把，肯定而有力地抢着说：

"这不是负一定责任的同志该讲的话，'不免一个死'，待到'不免'时再说！某些同志多受些苦算得什么？大家都把死当作痛快，那是千万要不得的情绪！"

"真正有证据落在敌人手里的，除我和朱之润外，据说只有在一个没被完全毁掉的行委名单上剩下程志敬、白志坚、梅芬三人的名字。这样看来，问题就着重在我们五个人身上，天大的罪状，由我们包揽下来，谁在敌人面前松嘴，谁便是不可饶恕的叛徒！其他许多同志，可以各打各的主意，万万不能学冒子仁的想法，那正好中了敌人的奸计！"徐英见金真和朱之润、梅芬谈得有劲，他也跑过来，激昂地表示了自己的意见。

"你们已谈得很透彻，再用不着我多说了，就这样确定我们的方针吧！"程志敬坐在金真背后，望着徐英、梅芬、朱之润，很镇静地说。

"各位说得很对！我们是无产阶级的先锋队，应该以无产阶级的革命感情为出发点，当革命要我们牺牲的时候，我们决不贪生怕死；当组织要我们保存实力的时候，我们必须忍受任何摧残，尽一切可能维护整体的利益！"从朱之润、徐英、程志敬、白志坚和梅芬的话里，金真更感到他们的英勇可爱。以往，他对他们是有正确的认识的，而现在正当看守所的党组织面临存亡关头时，事实更显示了这些同志的高贵品质。因此内心里涌起了无限的敬意。

参加谈话的人数扩大了。好在狱吏不在这个车厢里，而把住铁门口的狱卒离他们较远，也明知管不了这些天不怕、地不怕的人，免得自讨没趣，索性由他们去了。

"牺牲自己，为革命多留颗种子，那是很正确的！但受特务直接控制的军法会审处，终究不象司法机关多少还讲点人证物证的那一套。我看我们每个人都得做好最后的准备，尤其象我和冒子仁他们，素来就是敌人恨透顶的，而入狱时的案情又特别严重，敌人哪会这么傻，把落在他们网里的鱼放过去？……"施存义愤愤地说着，声音越来越响了。梅芬向他使了个眼色，他才压低了嗓子继续说：

"不过，一切人都可牺牲，却不能断送我们的金真。保护金真，是大家的责任！"

"对，对……"冒子仁站了起来，太阳穴上的青筋涨得很粗很粗。

"这是什么话？……"对施存义、冒子仁的话，金真又感激，又惭愧。

他觉得，由于自己领导的错误，造成党内这样严重的损失，哪还能……想到这里，他的思想突然拐了个弯：还是解决当前的问题要紧，何苦纠缠在那些事情上，徒然浪费时间！他认为施存义的看法，有他正确的一面，他除掉编造供辞，鼓励大家站稳立场之外，还应该对某些干部可能存在的侥幸心理展开批判。因为从事件一发生，便有部分人对上级的设法营救，怀着过高的要求。现在，不把这种思想搞通，很可能引起不好的后果。当然，上级党为了爱护自己的同志，自会尽最大的努力的，但每个人也得发动自己的亲友通过各种途径进行活动，有机会时，也可个别计划逃跑。总之，只要不违反整体利益，任何方法都可以用，即使少牺牲一个也有极大的意义。至于他自己的问题，却没有多加考虑。他明知道，他是敌人特别注意的对象，一切能用于别人的办法，不一定适合于他。

火车离镇江只剩一站路了。金真把自己考虑好的，并且曾经和主要骨干商量过的意见，向大家作了布置。

"别的都同意，但你为什么不替自己打算一下？"

"这样，你是辜负了大家的期望！我们宁愿牺牲自己，保护我们的领导干部！"

"感谢同志们的善意！"金真见大家很激动，便冷静地安慰大家说，"我自己的问题，待我以后慢慢来想，总之，我不会辜负大家、辜负党的！"

听了金真的解释，那些热情的年轻人还没安静下来，有的在暗暗拭着眼泪。

沈贞、徐英、施存义他们是了解金真的意思的，沈贞便站起来解释说：

"金真那样布置着大家，难道他自己能不遵照这原则去做吗？不过，问题不在于他怎么想，而得决定于客观条件，大家何必着急？"

大家没有话讲了，可是心里仍然那么沉重，互相看着，默默不作一声。

"又不是死了人，干吗这样闷闷的？"冒子仁沉不住气，说着，便大声歌唱起来了。

大家都唱开了。在壮烈的歌声中，车子进入了镇江车站。

夜色已匆匆袭来，高悬晴空的明月和无数的星星，照耀着人间，万家灯火也放出闪烁的微光。下车后，他们被赶到一个露天的死角里，等待狱吏们去军法会审处办理交接手续。由于他们是会审处开张后第一个上门的利市，拘押犯人的处所还没有准备好，便决定临时把他们搁在一个破庙的戏台上。

戏台上什么也没有，连墙壁也已塌掉了。西北风刮得那么紧，刺人的寒冷透过破烂的棉衣直钻到骨子里边，冻得大家浑身发抖，手脚都僵了。

"畜生，你想把老子冻死在这里吗？"大家正有气没处发，恰巧见狱吏缩着头从外边走来，冒子仁、郑飞鹏便带头破口大骂起来。

金真想把无谓的争吵扯开，幽默地插嘴对冒子仁他们说：

"你老恨狱中不见天日，今天，有风有月，你可尽情观赏一番，不很好吗？有什么气可生的？"

但狱吏偏不肯罢休，卷起袖口，摆出一副要动武的架子，狠毒地骂着：

"贼囚犯，你还想活？今天送你的终，可太便宜你了！"

"好，让我们来报答你的送终！"大家一拥上前，把洋碗、牙缸、小砖块，一齐向他头上摔去。

"贼囚徒，你们还敢造反，老子报告……"狱吏抱头鼠窜而逃。

月亮西沉了，天昏昏，地沉沉，惨厉的西风越刮越凶，谁也不能睡觉，大家便挤在一起，闲扯些平生有趣的事情，消磨这悠悠的长夜。

"据说，这是座火星庙，那可巧透了！"冒子仁抓抓头皮，装起一副怪脸笑着说。但他又没有马上接下去。

"要讲，爽快点讲，闹什么鬼？叫人等得着急！"郑飞鹏不耐烦了。

"说来话长，你们得耐性点听下去！"冒子仁得意地说，"还在我才上初中的时候，暑假后刚开学，天仍然很热，蚊虫又多，同房间的几个同学都睡不稳，大家便起来坐在一棵大银杏树下面乘凉，天南地北，胡扯一气，不觉拖到了半夜以后。有个姓王的同学无意中谈起谁胆大谁胆小的问题，并自吹自擂是天不怕、地不怕的人。有人便出了个题目，说学校隔壁便是火星庙，要他一个人去把火神菩萨的胡子拔一把来，显显身手，才叫大家信服。这一下，他的牛皮被戳穿了，再也不敢去。于是我一面羞着他的鼻子，一面自告奋勇地独自走向火星庙去。我一头冲进庙门，直奔菩萨的神座，抓紧了它的长须，返身便走。可是'砰磞'一声，震天的巨响，把我吓得心跳胆落。原来这个菩萨年代久了，经我这死劲一拉，半个头掉了下来。当时，大家都佩服我的胆气，我被大家捧得很得意。哪知第二天给老百姓知道了，聚了上百人要找我讲道理，后来，由校长出面，把我责骂了一顿，又赔了几十块钱，把菩萨的头重新装上去，才算了事。"谈到这里，冒子仁特别加大嗓子，故意叹着气说：

"你们看奇怪不奇怪？今天，偏又碰上了火神菩萨，可真是冤家对头狭路相逢了！"

"冤家对头狭路相逢"，大家都捧着肚子笑个不停。戏台上的气氛顿时变得活跃起来。

你唱我吹，大家谈得怪有劲儿。只有一个叫做雷明的，老坐在一边不声不响，看样子是怪难受的。大家都没有注意到他，后来被金真发现了，特地挨到他身边，找出话来，和他交谈着。

"你身子不舒服吗？还是……"金真关心地问。

"不，不，我很好！"他马上打断了金真的话。原来雷明是个年轻的学生，山西人，跟着父亲在西安读节。一九二七年，经学校里一个先生介绍入党。没多久，就被捕了。在西安关了一个时候，后来从南京特种刑庭转到苏州来的。在几次斗争中，他并不太露面。但因他曾经告发过贾诚敲诈他的钱，所以狱吏非常恨他，趁这次机会把他一起送交会审处。他现在很担忧，唯恐会审处把他和别人一样处理。

"那么，你为什么老孤凄凄地鼓不起劲来？"金真轻轻地拍着他的肩膀。

"……"他为难地望着金真，半晌没有回答。

"同志间有什么不好谈的！"金真心平气和地说。

"我在想——"他又考虑了一下，才吞吞吐吐地说："我在想军法会审处究竟是怎样一个机关？"

这话给施存义听见了，他不待金真回答他，便信口说：

"上车前不早就说过了！那还不是旧货翻新的老一套——专营杀人的无限公司！"

金真见施存义回得太干脆了，怕影响雷明的情绪，便马上补充说：

"军法会审处当然是杀人的机关！但按你的案情看来，我可以断定还不至于有什么危险，充其量不过多判几年徒刑，我相信你是能够坚持下去的！"

"我一定能坚持下去！"雷明重复着金真的话。

"但愿你不是冒子仁故事中的那个吹牛大王！"有人带着鄙夷的口吻说。

雷明红着脸，低下了头。

在热闹中度过了难堪的夜，东方已渐渐露出了晓光。

大家为了表示自己的决心，在拂晓的曙光中，不拘形式地作了庄严的宣誓：

"顽强斗争，牺牲自己，保卫党和人民的利益！"

第十九章　党是母亲

金真他们被移押在城内冬赈局巷的警察队里。

这是一座古老的、坐西朝东的四厢房屋。正房已墙塌壁倒不能住人；他们被禁闭在狭小的统厢房内，梅芬一个人关在东南角上一间小屋子里。这些房子，门窗已完全毁坏，下雪下雨时，常常是半屋子的水，逼得人无处躲身。警士的岗位放在院子里和穿堂口，院子很小、很脏，简直无法插脚。

他们从到了新地方后，再不谈案情，自己胸中有数罢了。警察队里一些警士和职员被他们那种嘻嘻哈哈的乐观情趣弄迷糊了，以为他们只是些一般的人犯，看管越来越松，给了他们很多的方便。大家感到环境太单调，时间似乎过得特别缓慢。离开了群众，离开了长期战斗的场所，无聊地挨着日子，这是大家生活上的一个剧变。

冒子仁由于年轻活泼，和看守他们的警士搞得特别熟。因此，他们被允许在院子里晒太阳，捉虱子。冒子仁更随时寻找机会，同警士们谈天说地。警士中也有很热情的人，有一次，一个入队不久的姓黄的警士真诚地问冒子仁：

"看来你们都是纯洁的青年，为什么坐牢吃官司？是否受了冤屈？"

"世上不平的事多着呢！老哥，不能谈这些事。"

"你是不是共产党？"

"我是被江苏高等法院以共产党的罪名判了刑的！"

"你是有饭吃的人，用不着打劫抢掠人家，为啥吃共产党官司？"

"你错了，老哥！我自从坐牢以后——"冒子仁故意如此说——"才懂得共产党决不等于打家劫舍的盗匪！它掌握着真理，而为全中国、全世界被压迫人们的解放，坚持英勇的斗争！"冒子仁一边说，一边问他：

"你也是贫苦人家出身吧？"

"我一家老小九口子，什么都没有，单靠我一个人维持生活！前些时，我失了业，弄得全家挨饥受冻，托了多少朋友帮忙，两个月前，才找到了这个差使。但我又不懂得生财的窍门，就凭十几块钱的薪饷，哪能养活一家子？再加上我的母亲老是病着，莫说请大夫吃药了，万一不幸，连殡殓费用……"谈到这里，老黄禁不住掉泪了。

冒子仁是个顶热情的人，听了那警士的处境，十分感动，便把身上仅有的十块钱完全拿出来送给他，警士不肯收受。冒子仁恳切地对他说：

"你收下吧！我并没有什么违法的事要麻烦你，也决不会向别人讲起，这完全出于我对你处境的真诚同情。"

老黄终于伸出颤抖的手收下了冒子仁的钱。他心里感激不尽，但说不出口来。冒子仁便趁机悄悄走开了。从此，他们两个更加接近了，他遇到些什么事总爱和冒子仁谈谈，而冒子仁对他也更了解了，他确是个老实人，万不得已才干这差使的。

"你有没有要我做的事？我决不拆烂污！"他时常问冒子仁。

"没有！"冒子仁总是摇摇头。

以后，他又天真地对冒子仁说：

"你在外边有那么多的朋友，为啥不早点想法出狱呢？"

"你把问题看得太简单了！"冒子仁坦白地告诉他，"朋友，你知道我们的案子多么严重？打出狱的主意，谈何容易！”

警士听了，忧郁地皱着眉头。冒子仁也不做声。

这时，天气竟转好了：连日阴雨后，密密的乌云迅速消散，重新见到了可爱的太阳，它在严寒中为人间送来了温暖和光明，难友们兴奋极了，都跑出破屋子，齐集在院子角落里一棵蜡梅花树下晒阳光，嗅着花香，谈天说地。那看守见人多了，也就闷闷地走开去。

金真独自留在屋子里，趁此机会给上级党写信。信要写得清楚，又要找许多不相干的事情和语句来掩盖问题，这些难题老是挡住他的笔尖，他独自苦苦寻思。十一点多钟了，金真还没写好他的信。忽然外边有人在喊：

“金真，有人来看你！”

依靠这位姓黄的警士的帮忙，冒子仁把那位来接见的客人带进了屋子。他三十岁上下，白白的圆脸，高高的身材，穿着整洁的服装。金真正在揣测这个完全陌生的来客……

“金真表弟，你好！”

“表哥，你哪有空闲来看我！”金真赶上前去和他亲切地握着手，心里已经明白：是上级党派人来联系了。他顿时满脸笑容，心里说不出的愉快。

他们作了一番假寒暄，见四面已没有别人，这才开始了真实的谈话。

“我是上海方面派来的！”他拿出了他的介绍信。

这是金真他们解来镇江后，第一次和组织上的来人接触。他以非常激动的心情阅读着组织上的来信。阳光透进破窗子，屋子里变得又亮、又暖了。

“老金，你们出事的情节，我们早就得到了苏州方面王子义他们的报告！”他趁金真看信，就先说话了。“目前组织上急于要了解的，是你们到镇江以后的情况。营救的办法，虽已在多方进行，但还没有具体结果！”

"案情是严重的。目前，敌人的注意力虽然只集中在几个主要骨干和有证据的人身上，但问题终归要发展的。"金真已渐渐冷静下来。

"军法会审处并没掌握其他许多人的证据，凭啥来处理？"

"军法会审处的审讯，仅仅是个形式，还不是凭统治者的猜想、推测办事吗？"

"资产阶级的法律是骗人的，执法者的尊严也是伪装的，所以贪赃枉法是他们的常事。我们想通过一个关系，向会审处行贿，钱能通神，或许能收到些效果！"

"苏州的案件，影响太大了，连统治阶级最上层的家伙，也已恼羞成怒，注意着案情的发展，而那可恶的叛徒又在到处攻击，所以，对个别人的行贿不一定能解决问题！"

"党的经费虽然困难，但为爱护同志们决不吝惜这几个钱，且试试看再说！"停了停，他又切齿地说，"至于那可恶的叛徒，倪保忠父子，无论如何必须想法搞掉，去了敌人的耳目，对你们的案子也许有所帮助！"

"对叛徒的惩罚，一面为了保护革命事业，另一面也是为了让这些家伙受点教训，是很必要的。"

"这里的看管，是不是比监狱里要松得多？"他看了看破烂的屋子和站在老远的警士，很含蓄地对金真说。

"对，我们正想抓紧这个空隙，作些打算呢！不过，这只能个别进行，保存革命的有生力量！"

"如果能实现的话，组织上当给你们一定的支援，但主要还是依靠你们自己来打通这条路子。"

谈话快结束了，金真和那位不相识的"表兄"，彼此都怀着依依不舍的惜别情绪。

"请你向组织汇报：解来镇江的同志，在自己的决心和集体主义的精神支持下，决不会有人出卖党的利益。此外，我们都感谢党的关怀和爱护！"金真坚决而激动地说。

"对你们这些英勇的同志，我们只有衷心的敬佩……"他的声音有点变了。

"关于花钱的事，必须特别慎重，敌人是十分狡猾的，不要落个人财两空的结果。应该把这些钱花在最有意义的方面去！"金真最后叮咛着。

外边突然刮起一阵大风，晒太阳的人都跑进来了。

"再见，再见，祝你们健康，祝你们……"来人带着无限敬意和辛酸的泪痕走出门去。

金真送他出去，紧紧地握住他的手，好象还有无限的话要讲，但又不知从何讲起。只是辞不达意地说了声：

"请不要挂念，我们有信心坚持……"

金真送他到院子门口，被警士制止了，只好远远望着，直到看不见了才转身回去。

难友们见来人有些异样，急着等金真回来问个明白。当大家了解是上级党派人来慰问他们的，大家都欢喜得跳了起来，禁不住淌下感激的眼泪，低声地说：

"为了答谢党的关怀和爱护，应该更加强我们战斗的意志！"

许久许久，大家才平静下来。

金真、朱之润、梅芬、徐英、程志敬、白志坚他们被会审处提讯了。然而他们并没经正式开庭，老被关在候审室里，只见倪保忠得意洋洋地跑进跑出，忙个不休。

"死不要脸的臭狐狸！"一看见倪保忠这叛徒，大家心里就来气，骂个不停，连金真也沉不住气了，恨不得扑上前去，咬死了他。

"贼囚犯，死到临头，还想啃人的……"他一边回嘴，一边竖起一个指头对着他们，一副奸相叫人恶心。

"呸！呸！呸！……"大家把满口的唾沫向他脸上身上吐去。

"死到临头啦，还……"他抹着脸，转身跑掉了。

在候审室里等了半天，他们又被送回去，只留下了朱之润一个。据说，审判长马襄临时想起要单独审问他。金真想，敌人这样做，无非打算从朱之润身上追究起，扩大案子的牵涉范围。朱之润自然是有决心的，可是这一来又有苦吃了……他心里非常难过，别人的情绪也和他一样。

施存义、冒子仁他们见金真等人提讯去老不回来，真放不下心，大家都闷闷地连晚饭也没好好吃。临黑时，见金真他们拖着疲乏的脚步转来了，连忙围住他们问长问短，可是，独不见了朱之润，大家突然怔住了。

"朱之润呢？……上哪儿去了？"冒子仁话讲得太急，简直叫人很难听清。

"谁知道？想来……"梅芬感慨地回答了半句。

"据说是审判长马襄临时出的鬼计！"金真作了一个补充。

"啊，马襄！"施存义惊诧地说，"这贼王八还没死掉！这次真象冒子仁说的，'冤家对头狭路相逢'了！"

"怎么啦？"大家转移了话题，向施存义问起关于马襄的事情。

原来马襄是江苏浦东地区人。祖上就是个有钱有势的官宦家庭。他年轻时，在北京读书，加入了保皇党。以后，回到故乡过着他穷奢极欲的地主生活。他满口仁义道德，却一肚子的男盗女娼，什么绝事都做得出来，海匪盐枭和他一脉相通，贪官污吏同他打成一片，真是少有的恶霸。他把杀人放火不当一回事，奸淫人家的妻女更算不得什么。一九二七年，当施存义在这一带工作时，曾和他展开尖锐的斗争。有一次，这家伙被施存义率领的人民武装捉住了，经群众一致要求把他立即枪决，大家还开了一个庆祝大会。哪知执行的人粗心大意，没打中他的要害，他装着死，一待天暗，便溜走了。从此，他以反共为招牌，和国民党搞在一起，又一帆风顺地升官发财了。这回，想不到他竟搞上了军法会审处的审判长。

"碰上这样一个家伙，还有什么可讲的？"施存义跺着脚恨恨地说。

天正下着棉花朵样的大雪，一会儿工夫，地上已积了一尺多深，这是在江南地区罕见的大雪。雪不停地下着，似乎要把人间的污秽和罪恶，全都深深地埋葬掉。

雪花，洁白无瑕的雪花，随着风，带着院子里梅花的香味，从破窗子里飘进来，飞向衣单被薄的难友们身上，把他们冻得浑身打抖。

夜渐渐深了，雪还是不停地飘着、飘着……

大家因担心着朱之润，而偏又遇到这样的雪夜，谁也不能安稳地睡下来，郁郁地在沉重的气氛里坐着不做声。

在困苦难堪的环境中，程志敬费了很大的脑筋才想出了一个打趣的题目：

"昔人对雪吟诗，传为佳话，难道我们能虚度这样的良夜？"

"请你先做首诗给我们欣赏欣赏！"有人这样说。

"唱独脚戏有什么意思，还是大家来联句吧！"程志敬建议说。

于是，你一句我一句地堆起来，堆到后来，非骡非马，全不象诗，引起一阵哄笑。

"我们究竟不配做诗人，羊皮充不了狐裘。"冒子仁说，"还是程志敬先来一首吧！"

"程志敬开头，我来和他的诗。"金真鼓舞着程志敬，怕大家扫兴。

"请出个题给我，好吗？"程志敬说。

"'雪夜吟'不很好！还要什么题不题？"金真不经意地回答着。

程志敬装做为难的样子，想了想，提起笔来写道：

> 满天飞絮夜迟迟，
> 梅蕊噙芬别有姿。
> 预解迎春风节厉，
> 且将雅致入新诗。

他每写一句，便高声朗诵着，又摇头表示不称意，最后，他对金真说：

"诗不象诗，文不象文，可是，总算已完成任务，现在要轮到你了。"

金真吟着程志敬的诗，连声称赞着。然后又表示自己无能为力。

"是你出了题我才做的，不能这样骗人！"程志敬认真地说。

"我们也不同意！"大家说，"你不做，得认输、认罚！"

"认输可以，罚就……"

大家都同声催着金真，金真装着为难的样子说：

"我没有骚人墨客的雅致，哪会吟出好诗来？何苦要我来出丑？"

冒子仁从破床铺上拿下一根木条笑着对大家说："如果金真还要赖，就让我打他几个手心，公平不公平？"

大家哄笑起来。

"我胡诌出来，可不许大家说好说歹！"说着，他便从容低吟着他的诗句：

　　　　不患雨雪阻春迟，

　　　　敢效寒梅历落姿；

　　　　慢道人间崇暴厉，

　　　　慨然赋得曙光诗。

"平仄协调，又各有各的情趣，因事抒情，表现了革命的气节，应该都算不错！"徐英重新吟赏着他们的诗，频频点头说。

"我是老粗，不懂假斯文的一套，你们偏闹个不停！"郑飞鹏发着牢骚，连说带笑一拳揣在床板上，"嘣"的一声，把大家吓了一跳。

"干吗，干吗？……"值班的警士赶了过来。

"活见鬼，大惊小怪的！"冒子仁对着警士冷言冷语地说。

警士火了，气冲冲地推开门来破口骂道：

"不识好歹的囚犯，成夜闹个不休，还要骂人！真是……"

"骂你又怎么？"冒子仁顶上去，指着湿透的被服说，"你又没瞎眼睛，看这地方能睡下去吗？"

"狗娘养的,谁叫你犯罪坐牢的？还嫌这嫌那！"警士的脸色变了，拿起枪来象要动手的样子。

金真、徐英见情况不对，连忙走前去，一面向警士打招呼，一面把冒子仁拉开,防他们冲突起来。警士不肯罢休,正在不可开交的关头,那个和冒子仁熟悉的姓黄的警士恰巧来接岗了，经他做好做歹费了许多唇舌，直到东方已经发白，才把这个风波平息下来。

"都是我闹出来的事！……"事后，郑飞鹏很过意不去的说。

"他妈的，倒霉的人，老碰上倒霉的事！"冒子仁还是一肚子的气。

金真对冒子仁看了一眼，用告诫的口吻说：

"为了尊重党的期望，再不要为了些些小事闹出祸来！"

大家都静静地听着，心里激起了异样的感觉。

雪连日没消，满眼一片白茫茫的，显得十分美丽，引人入胜。

清晨，大家都沉湎于雪后的风光，也有人怀念着苏州看守所内的党组织和难友们。

"谁叫徐英？"警士忽然叫着跑进来。后面跟着一位四十开外的农民，额角上堆满苍老的皱纹，微驼的背，使他的身子稍稍有点向前伛偻。

徐英困难地从地上站起来，脚镣碰着腿踝骨，疼痛使他又往下蹲了一蹲，然后跑近窗子往外望了望，禁不住惊诧地喊了起来：

"啊呀！哥哥，你怎么来的？"

"唔，弟弟！……"他哥哥见徐英迎上来，抢前一步，想赶过警士同徐英拉手。突然见徐英的面貌变得那么厉害，脸色焦黄，眼睛陷得很深，两只手象枯树枝样，只有一对黑亮的眸子还透露着智慧的光芒……总之，两年多的牢狱生活，把一个年轻人折磨得不象人样了！他那慈祥和蔼的眼睛潮湿了，忍不住掉下串串的泪珠，从受够了辛苦的脸上直落到徐英的手背上面。徐英竭力镇静自己，不让感情泛滥，但内心的激动，使焦黄的脸变成了灰白色，半晌说不出话来。

后来，还是徐英打破了沉重的空气，安慰哥哥说：

"我还活着，而且过得不算错，哥哥，你不必伤心！"

他哥哥看见徐英处在这样的境地，还安慰自己，越发感动得失声大哭起来。这种伤心的情景，使旁边的难友们和值勤的警士都不忍看下去，悄悄地走开了。

他哥哥摸着徐英又脏又长的头发，捧着他的面颊，哭泣不停。他费了很大劲，才说出了两句话：

"要是娘见了你，她怎么活下去？……"停了停，他又告诉徐英：他是上海方面叫来探问他们目前情况的！

原来，上级党前次派人来看过金真后，听说他们已提讯过了，担心他们的情况，所以又通过互济会动员受难同志的家属，前来探访。徐英的哥哥刚巧因事在上海，经熟人的介绍，他便承担了这个任务。

徐英听了他哥哥的话，感情格外难于控制。他哥哥又抱着他痛哭不止，一时弄得他也没法了。歇了一会，他才挣脱了哥哥的臂膀，继续安慰他说：

"我一切都很好，哥哥为什么要这样？"

"我看到你，……心里……唉！弟弟……"他哥哥还在啜泣。

"这样，要是给那班狗蛋晓得了，不被他们当做大大的笑话吗？甚至还会来钻空子，搞鬼花样呢！"

"真的，老百姓日日夜夜忙忙碌碌，种了庄稼，养着这批狗蛋来欺负穷人！现在，穷人也得摆点骨气出来，死不屈辱，死不低头，总有一天革掉他们的命！……"说到气愤处，他的哥哥再也不哭了。

徐英拉着哥哥在枯树根上坐下，先谈谈那次审讯的情况，又谈到朱之润的情况，他要哥哥转告有关方面。然后，他们又谈些家常。

"家里的生活怎样？娘她们都好吗？"徐英关心地问。

"家里熬吃省用，还勉强过得去！"哥哥含着泪回答说："娘、弟媳、侄儿都好，就是……"

"只要大家好，我也放心了！"徐英怕哥哥又要忍不住哭起来，便打断了他的话说，"我在这里还好，哥哥劝娘用不着想念我，看到孙儿不就象看到我一样！"

"你的案子到底怎样？听说……"

"案子吗？"徐英想了想，还是不正面回答这问题，只说："请转告母亲，千万不必为我日夜操心！"

"我听人说，你们的案子很……很……严重！"他哥哥困难地说，"你不要瞒我们，好早点想办法！"

早点想办法？凭家里这点儿力量，有什么用？徐英想了想说：

"我自己有数，哥哥，不要为我白白操心！"

"你哪知道，现在，乡下捉到共产党，不管真假便就地枪决了，连尸首也很难找到，难道对你们却如此宽容吗？"

"还是不谈这些事吧，哥哥，……"

他们兄弟俩谈着谈着，难友们慢慢的都围上来了。他哥哥偶然抬起头来，看见许多年轻人，便偷偷地向徐英说：

"这么多人都是和你从苏州一起来的吗？"

"是的！"徐英便故意把问题扯开了，"这里哪算多，还有关着成千上万人的地方呢！政治越腐败，革命的人越多，胜利也越快。所以，我劝哥哥要向前看，暂时受点罪，少数人失掉自由，或者失掉性命，换来的却是永久的幸福。哥哥，你懂得了这道理，回去该劝家里人不要记挂我了。"

"你的话是对，但你也总得为自己打算打算。"

"我的打算，早就有了。当我参加革命的第一天，我便打算好：在必要的条件下，坚决把生命献给党和人民！"

他哥哥望着徐英呆了半晌，他的思想上引起了剧烈的斗争——兄弟的私情和革命的英雄主义之间的矛盾极度尖锐化了。最后，他含泪拉着徐英的手说：

"可怜的弟弟，万一……"

徐英坚决地说：

"万一敌人要杀害我们，正显示出他们的残暴和无能。我们有千千万万被压迫的人民，敌人终究要被毁灭的，而胜利一定属于我们，这是大势所趋，谁也奈何不了的！敌人罪恶昭彰地杀掉我们，而人民审判他们的日子也就在不远的将来了。哥哥，你瞧着吧！所以，我劝家里的人不要为我操心，只望教好我们的孩子，使他们锻炼得更勇敢坚强，踏着先烈们的血迹，为真理和光明战斗到底，那我就死也瞑目了！"

徐英的革命乐观主义精神，感染了他的哥哥，在他愁苦的脸上，竟也露出了一点活力。他多么爱他的弟弟，贪婪地看个不厌，但现在他的弟弟看来是九死一生了，所以他更憎恨敌人。他舍不得离开他的弟弟，想多留一刻也是好的。而警士因他们谈话的时间拖久了，再三来催。他哥哥感到这一见将是他们之间的永诀了，不禁又流下泪来。但徐英终于尽一切努力把哥哥送走了，而且要他向党好好汇报他们的情况。

难友们看了他们兄弟之间的情景，都为他们难过。特别当知道了徐英的哥哥是受组织上的委托来镇江探问大家的情况的，心里更是充满了难于形容的情绪。

"党，我们的母亲！"

第二十章　雪夜越狱

是除夕的白天，又飘着零星的雪花。

囚徒们谈不到什么节日，大家都冷清清地坐着，沉入触景生情的感慨和回忆中。只有冒子仁冒着雪花在院子里徘徊着，随后，金真也觉得坐着没意思，跑出屋子去，和冒子仁一起走动。有人在暗暗笑他们说："看，一对疯子！"但金真和冒子仁却一点也没感到这种讥笑。金真在想念朱之润，不知他这时是在受刑挨打，还是被孤独地丢在那个破屋子的角落里忍受着难于想象的痛苦？冒子仁呢，他又有他自己的想法……

"大冷的天，你们在院子里干吗？"

突然的喊声，引起了他们的注意，定睛一看，原来是冒子仁的朋友——那个姓黄的警士。最近他由于冒子仁的教育和帮助，思想上有了很大的开展，他不仅对冒子仁好，而且对金真他们也格外尊重和关心。今天，他见他们两人想得那么出神，以为他们有什么紧急的事，自己很愿意出点力，便故意去问他们。

金真笑着对他说：

"透透空气，练练身子罢了！"

"你们这些人真奇怪，不仅把痛苦抛在一边，连生命的危险也毫不顾虑！"他低声而诚挚地说。"军法会审处这一关，据我知道是不好过的。 何况象你们这些人都上过报，被认为是顶重要的罪犯呢！"

"为了正义而牺牲是光荣的，我们早就有了准备，难道还能向敌人屈膝求饶吗？"冒子仁一炮放了出去，金真想制止也来不及了。

"谁要你向敌人屈膝求饶？我的意思是想请你们考虑考虑：不要做等死的好汉。"他似乎曾经一番深思熟虑后，才讲出这句话的。

"你的话很对。 我们不是没有考虑过这点，可是问题千难万难！"金真因他说得恳切，不忍冷淡他的一副好心肠，也就不得不讲话了。

"只要你们有这个胆，早些打定主意，有什么难的！"他的话说得十分坚决。

金真、冒子仁听老黄的话里有文章，心中动了一下，但不好随便和他怎样说，只好老是看着他，希望由他自己来把问题讲个明白。

老黄明白了这意思，望了望站在穿堂里的警士，正在看报纸，并没有注意他们，而且也离得很远，于是，他大胆倾吐了长久放在心里的话：

"事情越快越好，免得拖拉发生意外！"他喘着气说，"我替你们把锉刀凿子搞进来，你们等我值班时，一面把镣搞开，一面从床底下挖通墙头！那后壁又薄又不结实，用不到多大力气便可解决问题。 外面靠墙的地方，正是垃圾堆堆，绝对不会被人发现。 然后，在半夜里，等那姓李的坏家伙值班时，你们可神不知鬼不觉地钻出去。 我来替你们望风带路，先找个藏身的地方，过几天再离开镇江，可保万无一失！"

冒子仁听呆了，老望着金真，不知怎样回答好。

"我不知道你们还有什么可迟疑的？人家是一片好心，你们倒……"他见他们老是不回答，不免有些激愤起来。

"我们是完全理会你这种善心善意的！"金真很感激地马上回答说，"不过，我们走掉了，恐怕终究要连累到你，那又怎么对得起你？"

他望着金真他们，毫不犹豫地说：

"朋友，老实说，待你们走后，我也不愿再干这个差使了。 能和你们一道顶好，否则，宁可要饭过日子，也不当统治阶级的狗腿子了！"

金真、冒子仁十分钦佩老黄的热情。同时，觉得一个出身于贫苦的被压迫阶级而受统治阶级影响不深的人，究竟是容易转变过来，接受革命的思想的。这说明革命的胜利是具备着既深且广的基础和有力的保证。

"感谢你替我们打算得那么周密，而且不惜牺牲自己来搭救我们！"金真说，"但这是桩大事，我们还得好好研究一下利害关系，谁走得，谁走不得？待决定了再告诉你！"

那警士认为在这样危急的关头，要干就干了，何必再考虑这，考虑那！他着急地说：

"总之，事情要快！而且，你们两位一定要走，其他许多朋友，各凭各的命运，能多走一个，便多走一个！"

他的话，如此恳切，但金真却有自己的打算，现在还不便和他谈明。

金真回到屋子里后，就把这问题和徐英、程志敬、冒子仁、沈贞他们商量。大家一致主张不能放弃这样的机会，最好能多跑掉一些人，否则就让案情较重的人先跑。只是沈贞和其他一些同志是住在向南的厢房里，看来，很难脱身。但他坚决反对由于这个原因，而影响整个计划。虽然大的原则是确定了，而当进入具体讨论时，却遇到了不易解决的困难。同志们谁也不肯先脱身，宁愿让自己摆在最后边，多挨些危险，觉得只有这样，才心安理得，对得起党，对得起自己的同志。

后来，金真感到这样的讨论，就是拖一月半月也解决不了问题，只有妨碍计划的实现，他只好发表自己的意见了：

"越狱不比平常的工作，只要原则已经一致同意，剩下来的具体行动问题，请大家授权给我，由我负责指挥，谁都得绝对服从命令，大家以为怎样？"

"这种做法顶对！"冒子仁说，"不过，你担任了临时指挥，那不把你自己丢到后边了吗？我不能同意！金真应该是最先走的，指挥由我来当，保证不会误事！"

被冒子仁这么一提，大家都围绕着这问题和金真争执起来了：

"党不能没有金真，大家要他先脱身，他不能自作主张，指挥由谁担当都可以！"徐英、郑飞鹏接着说。

"毛遂自荐，我情愿充指挥，再不要你争我夺了！"程志敬慷慨地说。

金真想，同志们处处为他个人打算，为别人打算，作为一个党员的道德品质来讲，那真是值得人敬佩的；但是他自己，从苏州看守所建立党组织起，一直是主要领导人之一，而目前正当灾难临头的时候，却自己先脱逃了，从党员的立场来说万无此理；何况这次脱逃，尽管是万分侥幸的话，也只能跑掉一部分人，还有大部分人终归免不了遭到敌人摧残，如果自己溜走了，大家的思想和战斗意志或多或少要受到影响。为了不辜负党和同志们的委托，无论结果如何，他应该坚持下去。但现在，他知道凭他一个人是拗不过许多人的意见的，只好说：

"我来指挥，不等于我一定要等到末了才走！我一直是我们这一党组织的主要负责人之一，不能临时把紧要的任务移交给别的同志！"

大家被说得无话可讲了。只有沈贞摇摇头说：

"恐怕金真的话是骗人的！……"

"我决不会骗人！我们就谈到这里为止吧，利用仅有的时间，还有很多准备工作要做。而梅芬临时怎么到这边来，都得很好安排！"

他们按照金真的意图继续讨论了一些具体问题。然后，就由金真同那位警士谈妥，只等适当的时机了。

当天下午，警察队里有许多人要请假回去过年，姓黄的警士代人值班，便趁机会把一套工具搞了进来，他说最好就在明晚——春节的夜间行动，可减少危险。临下班时，他又再三叮咛金真，千万别误了事。

春节，整天下着雪。节日的气氛，和囚徒们是没有什么缘分的：人家披红挂绿，祭祖拜亲，一团喜气洋洋；而他却在极度的紧张中挨着时间，心也熬碎了。金真在昨天就布置了：徐英、冒子仁、程志敬、郑飞鹏四人第一批越狱，然后是梅芬……等人。徐英他们还在推让，而且定要问他自己究竟怎么打算。

"这是命令，谁都得遵守！至于我自己也决不甘心呆在这里，在适当的时机我就行动了！"

各人脚上的镣，在苏州已锉过一次，只要临时一敲就开了。挖墙壁工作，在春节白天老黄值班时，冒子仁他们便动手了。一切都非常顺利，只待晚上十点钟以后，那坏家伙来接班便好行动了。

临晚，风雪越来越大，站在院子里的警士缩到穿堂旁边的小屋子里去了。金真暗想：真是万幸，要是不出别的岔子，不仅向北厢房里的人可以全走掉，连向南厢房里的人也都不成问题。如果，这许多党员完全脱离了虎口，那对党来讲是多么重大的收获。因为存在着这种希望和快乐的心情，使他格外焦急，格外紧张。

雪花依旧满屋子乱飞乱舞，可是为了避免岗警的注意，大家早就安安稳稳地躺在冰冷的被窝里。但是由于大家的心和血液在燃烧，在沸腾，谁也没感到凛冽的寒意逼人。

十点钟过了。那坏家伙已经接了班，到两边厢房里转了个圈子，特别到金真和冒子仁那个床边上张望了一番，这时，大家都浑身发烧，一颗心忐忑不定。许多人全装着打鼾声，只有金真故意抬起头来，和他打了个招呼，他理也不理地走出去了。金真偷偷起来，看着那家伙也已缩进穿堂边的屋子里去，于是他大胆地开始实践预定的部署了。

"冒子仁！"他低低地喊了一声。然后，说："你先出去，如没有情况，你就协同老黄接应后边的同志！"

冒子仁没想到金真会叫他第一个走的，突然听到喊他的名字，竟怔住了，呆呆地望着金真。

"快……快……迟疑就等于自杀！"金真的口气象铁一般地坚决。

"你，还有徐英、沈贞……"冒子仁觉得随便凭哪一方面讲，自己都不该先走，所以不管金真的态度怎样，他还想说出自己心里的话。

"呸！不中用的家伙，快……快……"金真不待他说完，竟狠狠地骂了起来。

冒子仁不敢再执拗了，怀着不可形容的心情紧紧地握住了金真的手，用哽咽的声音说：

"金真……不要忘掉……你自己！"

"知道了！"金真使劲地握了握冒子仁的手，然后便把他往地下一推。

冒子仁最后回头看了金真一眼，忍不住泪珠挂在眼梢上了，但他不敢拖延时间，迅速地从洞口里爬出去。金真看着他的身子渐渐往外移动，很快连脚都不见了，内外一点动静也没有，心里马上泛出一种不可言喻的喜悦。接着，他又命令程志敬：

"快行动，不许你学冒子仁的样！"

程志敬也是恋恋不舍地望着金真，可是他知道这时候时间比什么都重要，多说也没有用，只好遵照着命令行动了。

金真目送着程志敬也出了洞口，心里又是一阵说不出的快感。他正要命令徐英，但忽然附近一阵狗叫声，他心里不禁突突地跳动着。

程志敬刚爬出垃圾堆，忽然一只野狗发现了他，向他乱叫，他不能朝预定的方向去，只得跑上了大街。他想很快穿过去，哪知碰着了巡逻队。他们见他形迹可疑，上来盘查。他知道这一来，整个越狱计划将因他个人的疏忽而遭到破坏，真是又难过，又愤怒。但他表面上装得很冷静，当巡逻队问他住在什么地方时，他满不在意地向东一指，说就在过去不远。巡逻队里的某些人见他很从容，已经要让他走了，可是偏偏有个家伙却死也不放过他，定要追问他住在什么街，什么门牌，为什么夜里独个儿走路。他看到情势不妙，连一线的希望都断绝了，于是，出其不意地夺下对方手里的带着刺刀的枪，对准那家伙当胸一刀。那家伙倒下了，其他的人吓得四面乱跑，东一枪，西一枪地瞎打一起。他怕冒子仁受到影响，抱定拼到底的决心，牵制着敌人的注意，随即借着雪光，瞄准好敌人，接连打倒了四个人。最后，敌人把他重重围住，向他密集射击，他已满身创伤，可是，还拿着没了子弹的枪枝和敌人死干，敌人终不敢近他，直到他已不能动弹时，敌人才把他逮捕起来。

当密集的枪声和呐喊声传入金真他们的耳中时，金真不禁为又一次的不幸而沉痛地慨叹着。

公安局为了追究越狱的事，连夜提讯了。

局长知道这桩事并不小，对他的地位、声望将产生严重的后果，坐在审问席上，急得满头是汗。额角上筋络涨得有手指那么粗，嘴巴里老在骂人，把所有的部下都吓得魂不附体。

"吃饭的家伙，快把犯人全带上来！"

金真他们全被提到审讯室前面的院子里来，程志敬已只剩一口气，被丢在地上躺着。金真向四面一瞥，并不见冒子仁，他知道冒子仁总算脱险了。

"先问姓程的凶犯！"局长大声吩咐挤满在屋里的警官、警察们。

几个警察如狼似虎地把程志敬拖在公案前，他已浑身象个血人一样，完全失掉了知觉。

"你怎么越狱的？又打死了四个巡逻队员，快从实招来！"局长的眼睛瞪得老大老大。

"…………"

"你想装死吗？凭你怎么狡猾也逃不出我的手掌！"局长发狠地叫着。

"共产党员……到死……也得……落个……光荣……"程志敬的呼吸已经断断续续了。

"该死的共匪，快拖去上刑！不死掉，定要他从实招出来！"局长拍着案桌，边骂，边吩咐他的部下。

警士不敢违命，把程志敬拖了下去。但他们见他实在不中用了，便偷偷对一个科长说了一句，科长又汇报了局长，才决定暂时把程志敬搁在一边，先去审问别人。

"把金真、徐英、郑飞鹏提来！"局长凶恶的眼睛仔细打量着他们。

这时，徐英已打算定当，横竖自己的案情已经证据确实，最多也不过一死，索性把罪状一起顶了下来，省得牵连金真和其他许多同志。关于徐英在苏州看守所里所发生的事故，已经在朱之润的事件之后。当时，看守所里的情况非常紧张，武装看守和公安局的警士整日整夜地在走廊里巡视着，连洗脸开饭也监视得紧紧的，所有传递消息的道路全给堵死了。行委会为了要二所支部作好新的准备，特地写了个通知，由一个充当杂工的党员设法传递过去。他刚巧得便去二所，但他没有机会把通知亲手交给支部，只好从窗洞里投进支书所在的号子里。哪知它未落到屋子内，却停留在窗槛上面，没有引起号子里任何人的注意。接着，狱吏进行大搜查，那张通知便落到敌人手里了。狱吏得意地狞笑着，追问这张东西是给谁的。徐英见事已如此，不愿叫同号子的人受累，便挺身而出，干脆地对狱吏说这条子是给他的。狱吏又再三追问他通知中涉及的事，他全都回得一清二楚。这样，他就成为看守所暴动案中有证有据的要犯之一了。现在，他又准备发挥他那种牺牲自己、掩护同志的精神了。

敌人开始把注意力集中在金真身上，想从他那里追出个底细来。

"金真，你是品性顶恶劣的囚犯，苏州看守所计划暴动你是头儿；今天的事，当然也是你布置的，放漂亮点，快招，快招！"

金真还没来得及回答，徐英就抢在前面说话了：

"这事完全与金真无关，是我和冒子仁、程志敬三人秘密策划的！"

"没问到你，不要多嘴！"局长一面喝住徐英，却又有点出乎意外似的，两只眼睛直望着徐英。

"是我犯的罪，你却追问金真，我为什么不讲呢？"徐英一面驳辩着，一面望着金真说：

"他又没犯重案，哪会打算逃跑？想死里求生，只有我们这些活不长的人干的！"

审讯室里静悄悄地，敌人多少双眼睛都看着这奇怪的犯人。金真他们特别敬佩徐英这种无畏的精神，他们谁都不想把问题搞到徐英头上去，但眼前，徐英已这样说了，谁再顶上去，不仅没有挽回的可能，而且会把事情弄得更糟。因此只好不说话了。

"还有什么人？金真他们总不会没份的！"局长用怀疑的目光看了看坐在他旁边的科长，追问说，"而且，那些锉刀、凿子又是从哪里搞来的？你自称好汉，就得一一明白交代！"

"是我从苏州带来的！"徐英轻快地回答着。

"呸！谁相信你的鬼话！"局长气得险些把案桌都推翻了。

"信不信由你！"徐英冷冷地说，"不过，我劝你不要自找麻烦，石卵子里是榨不出油来的！"

"我偏要榨碎你这石卵子！"局长恨得举动失常了，站起来指手划脚地叫警士们：

"快来，做死这个混账的！"

于是，各种酷刑一样一样地加到徐英身上来了。屋里乱哄哄地，任凭金真、郑飞鹏如何讽刺辱骂，也没人来注意他们。每等到用过一阵刑罚之后，便有人向徐英问一次：

"怎么啦！有话快讲！否则……"

"鸟要飞出笼子，人要逃出牢监，那是很自然的事情，用得着大惊小怪吗？"徐英非常倔强地回答，"而且所有的话，老子都讲过了！"

末了，徐英索性不待他们再问，便先骂开了：

"老子没什么可讲的，看你们这些灰孙子有多大本领！"

局长无计可施了。为着发泄他的兽性，他和亲近的左右商议，立即把程志敬、徐英枪决。他想，只有这样，才好对上级汇报，说明公安局的警戒是严密的，越狱逃跑的三个犯人，被当场格毙了两名，借以减轻自己的责任。

程志敬已因伤重断了气。于是，一群暴徒便拖着徐英向外走去。他竭力反抗着说：

"反正不是砍头，便是枪毙，忙什么？"

"不行，……不行！……"

他不管敌人怎样凶暴，还是不顾一切地和战友们一一握别，当敌人把他拖出门外的时候，他便大声地高呼起口号来：

"打倒蒋介石的残酷统治！"

"坚持无产阶级革命！"

"共产党万岁！……"

越狱事件后，金真他们被移到军法会审处的临时收容所里去了。

那是个破败的庙宇，在大殿西侧几丈长的统楼上，中间没有隔墙，东向的门窗全坏掉了，既不遮风，又不挡雨，大家经常冻得缩做一团。押在一起的，除金真他们外，还有新近从苏北解来的一些政治犯。物质生活和环境固然比以前更坏了，但是他们却又有了自己的群众。

早晨，金真就倚在楼头的断墙上。展现在他面前的是一片美好的河山，但美妙的景色并没有引起他的注意，他浸沉于苦痛的回忆中。他一想起英勇牺牲的同志，便不禁掀起胸头的创恸和愤怒。

"干吗？金真！"白志坚在金真背后问。

金真没有听见白志坚的话，仍呆呆地沉思着。

"喂，你干啥啦？"郑飞鹏也从左边跑来，拍着金真的肩膀说。

金真望着白志坚、郑飞鹏说："我想举行一个追悼会，表示我们对烈士的敬仰；同时，又可以教育许多刚入狱的难友，你们以为怎样？"

"那还有谁不赞成的？"沈贞插嘴说，"但我们不应该着重表面的一套！"

于是，他们就分头动员，为徐英、程志敬举行了不拘仪式而非常庄严沉痛的追悼会。

会上，由金真报告了烈士的生平，他强调指出统治阶级的惨无人道和烈士们坚决斗争的英勇表现。也有人发表了自己的感想。这个会，意义非常大，对立场不稳，认识不清的人，起了很大的教育作用。有许多新入狱的难友，总认为只有国民党的下级官吏在横行不法，欺压人民，而现在事实说明：蒋政府的上级匪徒们更是贪暴苛虐，肆无忌惮。因此，要革命便要革得彻底，只有无产阶级取得了政权，才能改变当前的情况，存有任何幻想，都是错误的。同时，也让大家进一步体会到革命便是战斗的概念，在任何场合下，放弃自己的立场和决心，都是革命队伍中不能容许的叛变行为。象被害的同志们，坚持战斗到最后一霎，正是值得学习的榜样。

"壮烈牺牲的同志帮助并提高了我们，在他们面前，自己感到太惭愧了——缺乏布尔什维克的伟大精神和勇敢坚决的意志，那只是一个随波逐流的庸人！"有的难友这样说。

"不辜负党和人民，不辜负流血牺牲的同志，我们必须丢掉任何畏怯动摇的可耻思想，再接再厉地坚持战斗，直到革命的胜利！"有的难友们这样说。

激昂悲壮的气氛笼罩了这所破烂的屋子。

金真激动得太厉害了，长久拖着病的身子眼看要站不住了，但他还竭力支撑着，举起拳头，鼓舞大家说：

"反动的统治阶级企图靠残酷的屠杀，消灭共产党和一切革命势力，尤其当它对苏区的围攻失败以后，便更疯狂、更残忍了！而我们这些陷入反动派手中的人，势必成为它开刀的对象。为了反抗蒋政府这种血腥的措施，我们的案子不论是轻是重，都应该抱定斗争到底的决心，反对任何损害革命利益的表现，准备迎接未来的艰苦和不幸的遭遇，象那些已经光荣牺牲的同志一样。让敌人在我们面前丧失信念，畏缩发抖！"

金真的话刚说完，沈贞、郑飞鹏便带头喊了起来：

"胜利和光荣属于真理的坚持者！"

站在楼下的警卫人员听见喊声，立刻赶上来阻止，可是，随他怎么叫，不怕死的人们仍然继续喊着他们的口号：

"真理是我们的旗帜，胜利是我们的前途！"

"徐英、程志敬烈士精神不死！"

第二十一章　死生之际

最近，金真他们是在生死的边缘上过日子，谁都不知道明天的命运如何；但他们仍和平时一样，有说有笑地和群众打成一片，不断帮助群众解决思想和实际问题。他们的威信越来越高了，每个难友在开庭前、开庭后，都会自动地来和他们商量，如何对付会审处的审讯。敌人听到了一些风声，对他们的监视益发严格了。他们和组织上的联系，已暂时中断。直到今天，金真才出乎意外地从一个象是警察的手里接到了上海党方面的来信。那当然是党不知费了多少周折，才找到这个线索，冒险把它搞进来的。

"多么珍贵的信啊！"金真边拆信，边自言自语着。

他细细地阅读着珍贵的来信。信内首先问起大家的情况，特别对越狱失败之后的境遇十分关切。接着，又告诉他们冒子仁已脱险转往内地，那警士也跟冒子仁一起走了。末了，信上说到姓马的家伙虽则收受了贿赂，但估计他决不会放松苏州的案子，目前正在继续设法，看来很难扭转既定的趋势。……看到这里，金真忍不住骂了声：

"该杀的无耻之徒！"

"好好地看信，骂什么？"沈贞知道定有什么缘故，靠拢来问着。

金真把信递给沈贞说："你自己去看吧！"

沈贞接过信，正要看下去，可是军法会审处来提审他们了，他只好把信交给了另外可靠的同志。

金真、郑飞鹏、沈贞、白志坚、施存义、梅芬被锁在一条铁链上，提到军法会审处去。会审处的审讯完全和他们所想象的一样，只不过做做样子罢了。本来，他们的案子不会一直搁到现在的，只因姓马的家伙等待行贿的全部款子到手，所以把审问的日期压了一下。

当金真他们走向法庭时，正碰上朱之润被人抬着走过去。他已完全不是原来的形状，脸上没有一点血色和生气，要是不仔细地看，真要把他当作一具已死了很久的尸体。他望到金真他们，连抬起头来想招呼的劲儿也没有了。金真打算赶上去和他握手，但被守卫的人员拉住了，一句话也没说成，只见朱之润深凹的眼睛里依然充满着力量和决心。

金真他们被提上了法庭，朱之润却被抬到隔壁另一间屋子里去审问了。法庭是所老房子，里面阴森森的好象破庙的殿宇，那个充当审判长角色的马襄，坐在大堂上面，活象一个阎王。他翘起八字胡子，睁着一双狠毒的眼睛盯住金真他们，半天不做声。

他一个个问着姓名、籍贯。当问到施存义时，他呆了一下，把施存义仔细打量一番，然后狞笑着说：

"你还认识我吗？想不到你也有今朝的！"

"早知你是人面豺狼！可惜当时太大意，让你逃了一条狗命！"施存义对这过去在他手里漏网的恶霸狠狠地瞪着眼睛。

"死囚犯，谁和你斗嘴？"姓马的家伙自觉没趣，骂了声，便，掉头对金真他们说：

"按你们的罪状，早该砍头了！只因国法宽大，让你们活到今天，难道还执迷不悟吗？"

金真他们谁都没有回答。

"你们的一套鬼把戏，朱之润早就供认了！"他装出一副丑样子说，"你们有话快说，免得将来后悔莫及！"

"我是共产党，在苏州看守所想逃跑是有的，该死、该杀，听你的便罢！"梅芬满不在乎地回答说。

"小丫头，想充英雄吗？"马襄看了梅芬一眼，见她年纪很轻而又那么倔强，气愤的说，"凭你的本领多大，颈项总不是铁打的，难道就砍不掉你的头吗？"

"什么小丫头，大丫头的？这是堂堂的审判长该讲的话吗？"梅芬严肃地说，"我不想充英雄，只是个寻常的老百姓，受不了反动统治的重重压迫，才决心起来反抗的，要杀也罢，要剐也罢，听你们的便！"

这时，隔壁传来朱之润和法官的争辩声。朱之润已经声嘶力竭，事情很明显，他唯恐金真他们受法官的欺诈，而间接告诉他们：他是始终坚持立场，不让敌人找到一丝空隙的。

白志坚本来在金真后边，这时站上前去，用讽刺的口吻向姓马的家伙说：

"用刑，骗供，什么都干，好个堂皇的军法会审处！好个装模做样的审判长！"

马襄被骂得心头冒火。但他怕今天的庭开不好，初次亲自出马就碰个钉子，怎么下台？只好暂时忍受着。他觉得苏州看守所案件的关键，就在这几个人身上，决不能轻易放过！

法庭上一时静了下来。姓马的和其他几个审判员都在动脑筋，打算对付这些天不怕地不怕的囚徒。

"你们竟都甘心自投绝路！"马襄皱了皱眉头，故意用和缓的口气说，"你们还很年轻，应该好好争取活下去的机会！现在，你们只要把苏州看守所里共产党的组织同外边的联系，以及如何计划暴动等等情况，爽快地交代出来，就有你们的出路！"

"我们无法回答你的话。"沈贞用比平常响亮的声音说，"关在苏州看守所的政治犯确实不少，但我们根本不知道他们是真是假。若说和我有关系的，那就是朱之润、徐英、程志敬、梅芬几个人。我们想逃跑，倒霉不曾得到空子！同外面联系的事，我根本不知道。"

"呸，别耍你们这套骗人的老调了！"马襄又沉不住气了，瞄着沈贞大声说，"照你这样说，朱之润干吗要毁掉这些重要证据？"

"他毁掉的，大概是我们的逃跑计划吧！"梅芬插嘴说，"逃跑是犯法行为，要想脱罪，把证据毁掉，本来是人之常情！"

"不是问你，站开点！"姓马的叱喝着梅芬。

"又要无赖了！"梅芬冷笑着。

"这是庄严的法庭，不是你卖笑的地方！"姓马的发作起来。

"谁破坏了你们的庄严，问你们自己！"梅芬一丝不让地板起面孔说。

"快拖去，做死这小妮子，非要她招认不可！"姓马的指着梅芬大声吩咐值庭的卫士。卫士待要上前拖梅芬，她却自己跑了过来，毫不在乎地说：

"有什么了不起？用不着动手动脚的，跟你们走好了！"

施存义见不是势头，忙上前阻挡着，向姓马的家伙喝道：

"你们太没人性了！为什么欺负这样的小姑娘？"

"住口！"姓马的象发了疯一样，回头对卫女叫着："把他也带去，狠狠地做！"

梅芬、施存义被拖走了，姓马的宣布暂时退庭，把金真他们送进候审室里。

"唉！这些同志……"沈贞讲了半句，不忍再说下去了。

"怕其他同志吃苦，宁愿自己多受点灾难。唉！……"金真叹息着说。

他们才谈了几句话，离得相当远的刑讯室里，传来了施存义、梅芬的怒骂声。这象钢刀插入他们的胸膛，一股难于忍受的感觉，使他们坐也不是，站也不是，没处发泄，把小屋子里的桌子、板凳都捣翻了。施存义的喉咙大，开始时，他那怒气冲天的吼声，把整个会审处的屋宇都震动了，到后来才渐渐微弱，直到听不见了。施存义、梅芬目前的情景，他们是可以想象的。白志坚愤怒地把一个水壶摔得粉碎，卫士正想打开门来干涉，可是他们又被提去开庭了。

坐在法庭上的仍是原来这个班子，而证人席上却多了一个倪保忠，他一副得意的丑样子，激起了金真的无比愤怒，不由骂起来了：

"死不要脸的叛徒、畜生、狗腿子……"

"只怪你自己忙昏了头，连我都认不出来！"他神气活现地盯住金真说，"现在你可后悔莫及了，还是放漂亮点吧！"

于是，倪保忠在庭上张牙舞爪地、把金真说得象个神出鬼没的怪物一样，不论江南江北过去与现在的重要案件，统说成是金真的罪行。他费尽脑筋，想出他以为最合式的形容辞，诬蔑金真生性残暴，杀人如麻。……

金真并没对倪保忠的控诉作答辩，而直接向所谓审判长说：

"请追问下倪保忠：他所指控我的罪行，为什么比他自己干过的还要熟悉？"

马襄也觉得倪保忠太傻了，这样作证，有什么用处？但他知道姓倪的是省党部的人，后台很硬，可不能叫他落个不高兴，自讨没趣。他总想不要把空帽子戴得太大，好及早结束苏州的案子。但倪保忠在庭上吵闹不休，好象在指挥审判长。姓马的无可奈何，只好婉转地对姓倪的说：

"先搞清楚监狱里边的案件，其他的，暂时搁一下再说。"

"千真万确的事，何必再问？委员的意见，定要追究他在外边的罪行！"倪保忠赶紧抬出委员这个幌子来吓唬姓马的家伙。

既然是"委员的意见"，姓马的就不得不考虑了。他稍稍迟疑之后，便向倪保忠说：

"一切当遵……"马襄觉得不好明讲，便马上改口说："请放心，我自有办法！"

马襄开始以为今天的庭讯，一面把朱之润和金真他们隔离审问，可以两边进行恐吓诈骗；另外再把倪保忠请来，当庭作证，定会搞些结果出来的，哪知道又弄糟了！到底该怎样收场呢？他蹙紧了眉头，捻着胡须，想了半天，最后，只好试探试探倪保忠说：

"倪先生，今天这一庭就开到这里吧！下次审问，请你再来作证！"

倪保忠没有做声，姓马的放心了，便大声对金真他们说：

"今天的审问到此为止。你们回去后，得好好考虑一下倪先生的证词，下次定要回答这些问题！"

金真不屑地望望姓马的和姓倪的，冷笑了一声，故意喃喃地说：

"这就是所谓军法会审处的庄严和合法审问！"

"你说什么？"马某假装没有听清。

"你要我补充一下吗？"沈贞抢先回答说，"我说，这地方如果真算是个法庭，而你还有点审判长气味的话，那便该先治倪保忠的诬告之罪……"

法庭上的帮凶，不等金真他们说完话，便拖着他们走了。

在金真他们被送回收容所的途中，少了施存义和梅芬，谁都闷闷地不想多讲话，只管踏着很深的雪，困难地向前走去。走到破庙前的转角上，一个躺在雪堆上的满头白发的老女人，听到铿锵的镣声，便抬起头来仔细地望着他们，然后，她那眯缝的眼睛直对着白志坚。白志坚被镣擦破了踝骨，正低着头，走在后边，并没有注意到这个情形。越走越近了，那年老的女人猛地站起来，摇摇晃晃地扑向白志坚，一把抱住了他，"儿呀"，"肉呀"，大哭起来。白志坚一听是他母亲的声音，他万想不到他的母亲会跋涉几千里跑来看他的，呆了半晌，才说出一句话：

"母亲，你怎么来的？……"

"在梦里吗？……"他母亲哭得说不出话来了。

原来，他母亲从白志坚的朋友处，知道儿子的案情严重，便卖掉了嫁时的首饰，独自赶到镇江来。她是没出过门的人，一路上车船劳顿已够她受了，到了镇江，又找不到儿子的地方，急得在旅馆里生起病来。这两天，才好些，她东打听，西打听，终于找到了这座破庙。可是，守卫人员不许接见，凭你千求万恳也不行。她不得已，只好每天守在庙旁边，总希望侥幸能见到儿子一面。今天，她来迟了，没逢上他们提庭的时候，万不料在这当儿竟碰上了她的儿子！老人家紧紧地搂着儿子，吻着他的脸，吻着他的手，泪珠掉满了白志坚一身。

母子俩还没来得及谈话，狠心的卫士就赶上来把他们拖开了。白志坚在金真、沈贞的帮助下，还拼命挣扎着，可是他那年老力衰的母亲却给这帮子没心肝的人拉着走了。她的哭声渐渐远去，白志坚感到任何努力已无济于事，便硬自镇静自己，大声喊着：

"母亲，千万保重！儿子会给你信的，你……"交织在他胸头的母子之情和对敌人的仇恨，终于使他激动得不能忍受了。

在他母亲隐隐的哭声中，他和金真、沈贞一起被拖进拘押的地方。白志坚母亲的哭声听不见了，而从黑暗的墙角里和板壁那边却仿佛传来朱之润、施存义和梅芬从苦痛中迸出的叫喊声。

马襄坐在省党部会客室的沙发上。虽则，他是按照预约的时间来的，但会客室里竟还不见主人的影踪。坐得久了，很无聊，他站起来独自在屋里打圈子，心里诚惶诚恐地，不知今天这次会面，能不能得到委员的称赞。

在屋子正面墙壁上挂着蒋介石的像片，他踱到这里，偶然抬头望着它，他觉得蒋介石的脸、眉毛、眼睛、鼻子、嘴巴、胡子……都是那么怕人。他越看越怕，越想越怕，自己不得不承认还不够充当一名马前走卒。那么他应该怎样锻炼自己？他敏捷地解决了这一问题：必须更残酷地屠杀共产党、坚决镇压可能成为共产党的群众和号称进步的各式人等。他联想到会审处审判长的任务，实在很重要，可说是关系国家安危的要职，而当权几位要人把他放在这岗位上，说明是多么器重他。这样一想，他便有些自命不凡了。

他想得太出神了，忘掉时间已悄悄过去。忽然有人推门进来，他以为要人到了，立刻整整衣服，恭恭敬敬站在一边。可是门里出现的，却是个值班的听差，他以很随便的神情看了马襄一眼，倒了杯茶，一声不响地出去了。这使马襄很恼火，而体会到所谓"衙门森罗殿，小鬼即阎王"的滋味。

主人终于来到了会客室。他们互相招呼后，就在沙发上面坐下。他先偷眼看看主人——虞立的脸色，好象仍和平常一样冷冷地，找不出、无论如何找不出一点赞许他的神情。他怀疑，难道这样做还不配委员的胃口吗？不，也许他没有了解这些情形吧？

"虞委员！"他很谨慎地说，"从苏州来的那批死顽固的家伙，我已遵照委员的意图，严格审讯过，他们硬抵赖，经狠狠用刑后，有的只剩一口气了！"

"知道了！"虞立无所谓地说，"早就该杀他一批了，你们拖拖拉拉，让他们多活了一些日子，还跑掉一个，真是可恨！"

这完全出乎他意外。他想固然自己收受了一笔贿赂，但并没放松对案件的处理，委员的责备未免过火了。但又不敢暴露抵触的情绪，只好委婉地说：

"逃跑的事发生在省公安局的警察队里面，他们实在太疏忽了！至于时间拖长了些，那是倪保忠先生的主见，想从姓朱的犯人身上追究个根底，费了很大的劲。……"

虞立没等他说完，便不耐烦地跑到窗口向外望着。从他皱紧的眉头看来，象有什么事使他非常不乐意的样子。

马襄见风头不对，不敢再噜苏，望望虞立，猜不透闷葫芦里是些什么，弄得坐又不是，站又不是。他想，每次都象过鬼门关一样，免不掉受一顿气。但他明白，那就是所谓"上下之别"，他对他的属下未始不是如此，没有理由专门责备在他之上的人。不管在上的态度怎样，在下的总该恭而敬之，唯唯诺诺，这是官运亨通之道。所以他变得更心平气和地等候着委员的指示。

"总之，你们这些人办事都不够认真！"在静悄悄的气氛中，似乎已隔了很久，虞立才转过头来向姓马的说，"你们为什么老不关心国家大事？目前，委员长已决心彻底剿灭江西的赤匪，斩草除根。赤匪妄想苟延残喘，到处组织扰乱。我们在后方的，也就得加倍努力，配合前方的行动，而你们竟这样敷衍塞责，那凭什么搞好工作？"

马襄受了虞立这番教训，可真着了慌。他想，对这些大事他又何尝不加注意？杀共产党是国家大计，他也早就明白了，而上级现在竟把他说得如此不中用，并且把所有的责任都卸在他一个人肩上，那怎么得了？

"你得好好考虑一下！"虞立见马襄不做声，以为他不尊重他的意见，更动气了。

"请虞委员多多指教！"马襄不敢再望虞立的面孔。

"审判长是你当的，这些事，也得我来替你出主意吗？"

"你是上司，虞委员，当时既蒙你保荐了我，如今还得请求你格外栽培，否则，象我这样庸碌的人怎配当这样的差使？"

虞立听马襄说得那么婉转，那么可怜。他想，从这家伙当上了会审处的审判长之后，便只知道奉承省政府那班人，而把自己放在一边，着实可恨；但究竟还是驯服好使的人，就凭这点子好处，也还可以姑且原谅他一遭。于是，虞立把双手叉在腰里，气势汹汹地说：

"难道你不记得吗？委员长早就讲过：'宁可冤杀一千，不要放过一个！'这是消灭共产党的根本办法，你们不要自作聪明，应该照办不误，保险万无一失！在具体处理上，你不妨听听自新人员的意见。"

马襄心里宽松了。他一面听着虞立的话，一面频频点头，表示他对委员的敬佩。

"杀，杀他个一干二净，那总不会错的，你记住了吗？"虞立说到这里，本来不打算再讲什么了。但他想了想，又补充了几句："追线索的事，也不能放松，多捉，才能多杀！象对那姓金的，你们慢慢地搞是对的，必须从他身上找出更多问题来，办法由你们去想！"

马襄听到虞立提到他一个"对"字，心里真是说不出的愉快。连忙说：

"我是不会恭维人的，可是委员的指示，真叫人不能不佩服得五体投地！"

马襄在虞立处领受了一番教训后，他觉得多杀人是容易办到的，倒是追线索的问题着实困难。目前，哪怕看来是很平凡的犯人，竟也会顽强到底，更不要说金真他们了。

他曾为此召集了会审处所属人员的会议，这里有一般的审判员，也有象倪保忠那样的叛徒，希望从这里凑点办法出来。可是，在会议中尽是彼此推诿责任，互相讥笑谩骂的一套空话；什么结果也没有，弄得他非常懊恼。最后，他拖住了倪保忠说：

"我们再谈谈吧，一切得靠阁下大力支持！"

"我不是已经谈过了吗？人家不听我的话，有啥办法？"

"对不起，我的意思是请阁下多想点具体办法出来。"

"具体办法吗？那得让我慢慢考虑！有了，再告诉你！"

"事情太迫切了！"

"想了办法，恐怕你们又是这样那样地各搞各的一套！"

马襄碰了一鼻子的灰，实在难堪，暗暗骂了声：

"尽是些酒囊饭袋、不中用的家伙！"

在没办法中，他居然想到了办法：先杀他一批，对上有了报销，对下能起威吓作用。至于开刀的对象，自然应该是苏州那帮家伙了。

这几天来，金真他们由于种种痛心的遭遇，情绪十分恶劣。施存义、朱之润、梅芬他们的伤势如此严重，又没有任何医疗的条件，只好看着他们奄奄待毙。年近古稀的白志坚的母亲的影子，又老是在他们的眼前浮动。……

今天，金真一大早就起床了，还没洗脸，便去催白志坚写封信给他母亲，他摇摇头，表示不愿意。经金真再三说服后，他才勉强答允了。

"情况如此，我不能再欺骗老人家了！要写也只能是一封永诀的遗书！"

他又迟疑了半晌，然后，拿起笔来写道：

母亲：

　　儿今为将死之人矣！母亲闻之，其何以堪！

　　儿虽不能尽孝于慈亲，尚能以身殉志，可谓不负养育之恩！家境清贫，赖有阿姊阿弟奉侍左右，饮食起居，当可无忧！至于儿媳与儿结婚未及三载，别离已逾两岁。往日，彼已历尽艰辛，自今以后，更何可期？务乞慈亲婉言劝谕，希伊早自为计。彼今仅二十又一，来日方长，万勿自误！孺子托之阿姊，否则，付之他家亦可。危迫之际，语无伦次，谨恳毋再以儿为念。千万千万！敬颂福安！并问姊、弟均好！

儿志坚禀

　　白志坚递给金真看了。他没有马上表示意见，停了停，然后说："写这样的信，恐怕还没有到时候吧！"

　　"反正近在目前，多也不过十天、半月。"白志坚干脆地说。

　　郑飞鹏站在边上，不知他们看的是什么，谈的又是什么，也来接过白志坚的信看了。于是，他也拿起笔来写道：

　　强食弱肉，

　　豺狼狠毒；

　　日暗天昏，

　　人间地狱；

　　身死不辱，

　　永不瞑目！

　　他写好后，一面大声读着，一面交给了近旁的难友说："要是我砍了头，这不诗不文的几句话，就算我的遗言！"

　　梅芬听到他们在白志坚的信上做起文章来了，便从破壁缝里伸过手来说：

"是怎样的信，难道不能让我欣赏一下吗？"

郑飞鹏把信塞在她的手里，停了一会，听到梅芬沉着而低声地吟哦着她自己的遗诗。

正吟哦间，听见外边一片凶狠而嘈杂的呼喊声，指名提金真、郑飞鹏、沈贞、朱之润和她一共十几个人去庭讯。

梅芬在低吟声中，被卫士们扶着走出了破木壁，和金真他们都聚集在一块。被提的人里，有的需要担架，有的需要搀扶，所以大家都没有捆绑，也没有加手铐。但从情势看来，不象平时的提审，因在卫士中间有不少的官儿在内。许多难友都非常紧张，他们下意识地从被褥中一下跳了出来。用手掌擦了擦眼睛，向四周张望着。

"同志们，再见吧！"

每个被提审的人都边走边向睡眼蒙胧的难友们打着招呼。卫士们催得紧，他们没有逗留片刻的机会了。

清晨，街道上的行人很少，他们可以大摇大摆地走着。西北风吹在他们身上虽则很冷，但也有一种说不出的快感。他们大体上估计到瞬间以后会发生些什么不幸的事情，而死亡对他们已不能算作一种威胁。他们齐声喊着壮烈的革命口号，唱着革命的歌曲，声音响彻长空，惊动了沿街的住户。

街道上的人渐渐多起来了。从这些路人的表情和眼光里，都能叫人体会到他们对那批年轻的囚徒怀着惋惜和同情。当他们走过一所学校前面时，一群小孩子老注视着他们，有个别大胆顽皮的还冲上前来，想和他们攀谈，都被卫士们赶开了。于是，孩子们纯洁的心灵，受到很大的刺激，躲在卫士们背后偷偷做手势，暗里咒骂着。

在一个岔路口上，有个衰老残废的乞丐，跪在地下哀号求乞，郑飞鹏看她是那么可怜，就从衣角里掏出他那张藏了很久的五元钞票，抢前两步送给了她。卫士们想上来阻挡，但已迟了，票子早到了乞丐手里。

"谢谢你，天保佑善人……"她又悲又喜连连磕头狂叫。

四周的人都围上来观看：囚犯救济乞丐，真是天下的奇事！

这一切，在囚徒行列的前进中，很快被抛到后面去了。当他们走到一个旷场的时候，卫士们叫大家停下。这里，已布置好一个场面，一旁放着一张小案桌，一个当官模样的往上一坐，另外两个坐在他的两旁。眼前的情景，叫人一看便知道是执行死刑的场面。囚徒们并没惊惶，这是他们早就意料到的事了。

囚徒队里唱响了《国际歌》。接着，便走来几个刽子手，把金真他们推开，单把施存义、梅芬、朱之润、沈贞、郑飞鹏拖到那官儿面前去，开始演出执行死刑的仪式。施存义他们列成一行站着，连受刑残废的朱之润、梅芬也都雄赳赳地挺着胸膛，表现了无比的英勇气概。

"还有话说吗？"当官的家伙神气十足地问着。

"今天，我死你活，过几时，便要你的臭头颅了！"施存义大声怒骂着。

"死到你头上了，还凶什么？"当官的火了。又问梅芬他们：

"你们呢？"

"狗腿子，摆什么架子？历史将记下你们丑恶的罪行！"梅芬愤激而清脆的声音特别引人注意。

"该死的女流氓！"当官的一面骂着，一面又问郑飞鹏、沈贞和朱之润：

"有话快说！"

"奴才，记住吧：血债总是要血来偿还的！"朱之润他们齐声骂了起来。

那当官的想不到他们这样倔强，自己倒弄得怪没趣的。他后悔不该公开执行，但事已如此，便命令刽子手们：

"快执行，快执行！"

刽子手要他们站到旷场那边去执行，但他们不管刽子手的一套，抢着过来和陪绑的难友们告别。郑飞鹏并把身上一件棉衣脱下，请同志代他送给没衣穿的难友。

金真万万没想到这次成批执行死刑，偏偏竟没有轮到他自己头上，自己却充当了陪绑的角色。这可比死更难受千倍万倍。他那含着无限悲愤的目光，呆呆地注视着当前的场面。当他和被执行的同志们握手时，他感到了最大的苦痛。他想，在瞬间以后，他最亲爱的那些战友们便将在敌人的枪口前倒下去了，他真要拼死抱住他们，亲吻他们。但他的身子已发了僵，动不得了，喉咙也象给什么东西塞住了，他觉得他的呼吸窒息，空气渐渐不够了。终于他失去了知觉。耳边只隐隐约约地听到一片呼声：

"共产党万岁！"

"…………"

"…………"

第二十二章　在魔窟里

金真他们在陪绑后，再没回到原来的地方，被移押到镇江县监狱去了。

镇江县监狱比起其他监狱来，并没有多大的差异。一所面东的三厢房屋，缺口处，是一道高高的院墙，院墙中间，有个大门，门外还有一排面西的房屋，是狱吏办公的地方。大门是难得开的，只要大门一响，犯人就马上紧张起来，准备挨刑或上"断头台"。这里挤满了所谓"政治犯"。虱子、跳蚤比任何一个监狱多。向北一排号子最阴暗潮湿，地上没有干的时候，光线特别差，白天也辨不清距离很近的东西。金真就关在这排房子顶西头的一个号子里。

他一进号子，意外地遇见了在他们以后从苏州看守所解来的王子义、葛继成他们。他们已好久不通音讯，骤然相见，大家又惊又喜地呆了半晌，尤其是刚受了严重刺激的金真，更忍不住热血的冲击，而感到头晕眼花了。他不愿把不幸的消息立刻告诉这些同志，可是别人却抢先讲了，于是王子义他们禁不住为这些英勇牺牲的同志哭了起来，接着，又愤怒地对残酷的统治阶级骂个不停。金真见不是势头，只好倒过来去劝他们：

"人哪个不死？徐英他们已为我们树立起光荣的榜样了！……"

这样，经大半天才把各人的情绪平静下来，而把话转到别的问题上去。

王子义讲到看守所情形：在金真他们离开看守所后，贾诚因办事无能，被撤换了。新来的所长，对王子义他们留在那里总感到不放心，硬把他们送到军法会审处来。他们走了，但看守所里的党组织，仍坚持着工作，连所有的群众也都一直坚决站在党的一边，狱吏始终搜不到一些关于他们的证据。军法会审处开了几庭，也找不出一点头绪，最后，只好根据他们原先的案子，胡乱判了他们十五年有期徒刑。日内将要解往江北扬州一带去执行。

"那也罢了！"金真听说看守所的党组织还继续坚持着，而王子义他们已不致断送性命，便舒了口气。"可是我们既要坚持立场，又得保存力量，你们还得接受新的考验，过去的一套是要不得了！"

他们的谈话暂时停了下来。但王子义是爱说话的人，马上又喋喋不休地谈起别的许多事来。

"老王，我想了解一下，在苏州看守所的看守员中间有没有发生问题？"金真打断了王子义的话。

"在看守中，最遭注目的是老宋，好在上级党及时要他离开了，没有遭到危险。可是，他到上海之后，为了递送一个文件，失了事，幸亏内容并不重要，而老宋又对答得好，给巡捕房里关了几天便交保释放了。以后，听说已派到苏区去了。"说到这里，王子义又笑着补充了一句：

"到底还是反动派不中用！"

他们正谈得出神，王子义一抬头，忽然看见一个姓丘的犯人走来，于是，他向金真做了个鬼脸，不再说话了。金真领会王子义的意思，便远远地向姓丘的望了一眼，他是中等身材，瘦削的脸，从外表的轮廓上看来，倒有几分象倪保忠，其他就不太仔细了。他跑远了，王子义才谈出这人的来历。

原来，他叫丘恒新，苏北泰兴一带人。出身是个小知识分子，很早就入了党，在苏北沿江地区工作。以后，苏北建立革命武装，他成了负责人之一。近来，苏北形势恶化，革命武装的力量逐渐削弱，处境一天天危险，使他产生了悲观失望的情绪。他曾想就此悄悄地离开党，离开苏北，到深山旷野去自食其力；但又觉得老过牛马般的生活，了此一生，未免太不值得，一直打不定主意。最后，他以为革命的胜利已毫无希望了，于是决心投靠国民党反动派，把出卖主要的领导人作为他"立功赎罪"的资本。就这样叛徒丘恒新死心塌地充当了敌人的警犬。目前，敌人把他放在牢监里，要他侦察、诈骗其他的难友们。但难友们已经了解他那一套，谁都在骂他咒他，他和人们之间已隔着一道万丈鸿沟了。他独自一个住在一间小号子里，真是难熬！天一黑，在阴惨惨的灯光下，许多被害的同志，都出现在他面前了，他们愤怒的目光象无数把寒光耀目的宝剑直刺进他心灵的深处，他吓得无处躲藏，乱嚷乱叫，也没人来理睬他。好不容易挣到了天明，而自己仍是一个被众人所不齿的孤独者，同样不好受。如今，在他看来，许多坐牢的人，倒好象在天堂里一样，自己再也爬不上去了。

丘恒新和倪保忠可说是叛徒中的难兄难弟！丘恒新为了争取没前途的前途，他竟接受上级特务的命令，来做金真的工作了。他装着一副可憎的笑容，招呼着金真：

"老金，我们两个虽没见过面，但互相早已闻名，不妨畅谈畅谈……"

"呸，别装鬼样子骗人吧！"金真非常决绝地走开了。

"喂，何苦来？……"

丘恒新的话没说完，便被许多咒骂声打断了。

"大家看……看……这万恶的叛徒、无耻的禽兽！"

"剥开他的面具，做死那狗娘养的！"

哄哄的辱骂声围着他，他真无容身之地了。恼羞成怒，他一时发狠，竟忘掉了他当前所充当的角色，恶狠狠地和大家斗起嘴来：

"该死的家伙，总得让你们尝尝我的……"他的话刚出口，还没讲完，王子义便从侧面给了他一个狠狠的耳光，把他打得眼也睁不开了；又有人从背后把他摔倒，拳头脚尖象密集的冰雹般落在他身上。当时，许多人哄做一团，他再也无法辨清是哪些人动手的。等到看守听到他喊"救"声赶来时，人们统统跑光了，只剩下他躺在地上呻吟着。他硬说是金真打他的。金真不和他争吵，而伸出一双因受刑而溃烂已久的手掌给看守和大家看。丘恒新无话可讲了，懊悔他没有事先注意这点。一顿苦吃够了，从此，他无论如何再也不敢跑出小号子了。

不久，王子义、葛继成他们解走了。

县监狱的难友们，一天天和金真接近起来。特务们见丘恒新对金真做不了什么工作，假使再把金真放在县监狱，那就是很大的失着，而急于打算另外的安排。金真自己也早就有了准备，他知道更难堪的磨折落到他的头上，是不远的事了。

一天，临晚的时候，金真被移到了一个新的完全陌生的地方。那里没有另外的犯人，孤零零地，就是他一个。他想这一定是个神秘的审讯机关。

他住在一间单人的屋子里，这屋子比监狱里的隔离监、禁闭室的情形更坏：后壁一个宽广不到一尺的小洞，高高在上，从窗洞里望不见天顶，只能看到后面的围墙；房门上也有个狭长的小洞，但平时是闭住的，只有外间看守人员可以把它揭开。向屋内察看，屋子的面积，只能容靠壁放一张小床，床前留下的空隙，只好挤过一个人。住在里面活象被埋进了深深的地窖：不通空气，不见阳光，连动一动的余地都没有。只好将一天二十四小时全当做夜间来过。眼睛所接触到的，就是墙壁和屋顶，单调得令人憎厌。

金真初关进来时，十分痛苦，但几天之后，就慢慢习惯了。这时间里，既没有审问，也没有人来和他谈话，他很怀疑敌人究竟在搞什么鬼？既然置之不理，又何必把他关在这里？若说把他关死了事，准没有这样便宜。

敌人对金真曾经作过种种打算：他是受过许多考验的人，如果仍用酷刑逼供等等老办法，那是徒然浪费时间；而以往许多事件，又必须从他身上追出线索来，这是多么困难。敌人花了多少脑筋，最近才确定新的部署，发动了新的攻势。

金真被提讯了。他被带到一所象办公室，又象讯问室，又象是会客室的房子里。这段路虽然不远，但他却象从地窖里又回到了他所恋念的人间。啊！蔚蓝的天空多么美丽！清新的空气多么香甜！金真凝视着高空，畅开胸脯深深地呼吸着。

那间屋子并不大，中间横放着一张长方桌子，另有几把椅子，陈设很简单，可能是临时布置起来的。金真因为刚从暗无天日的小屋子里走出来，觉得那个地方很宽敞，又有足够的阳光。屋子里已坐着一个中年人，他戴着眼镜，光油油的脸修饰得很整齐，就是鼻子太低，下巴太尖，有些不相称。他的一举一动，显得很老练，但不管他装得如何斯文，总还是隐隐露出迫人的凶焰。他好象在沉思着，直到金真走近桌子时，才抬起头来打量着金真。

"这些时来，金真，你太痛苦了！"他似笑非笑地摆了摆手，让金真坐下。

老狼装仁慈，凶恶的敌人居然关心起囚徒的生活来了！金真冷冷地回答道：

"囚徒挨苦，算得什么！"

"象你这样年轻而有能为的人，应该自己知道多多珍惜自己！"他一面说，一面从皮夹里拿出一个长方的纸包交给金真。

"你看，人家多么关心你！"

"囚徒哪里谈得上'珍惜'？身子落在你们手里，自己作不得主，关心的人也是白费精神！"金真回答着。他没有立即打开纸包，心里想，这又是什么鬼花样？

"以前没有给你，怕你为此伤神！现在，你好好地去看看，过两天，我们再谈吧！"他觉得金真的态度那样的冷淡，并不想急于拆开纸包，对自己的话，也无动于衷，看样子谈不下去了，便草草地结束了谈话。

不是讯问，而是闲扯，金真弄不懂敌人在使什么鬼计。

"你住的地方太坏了，稍过些时替你调换一下！"当金真走出门时，他又睐着饿鹰似的眼睛，装着关怀的样子说。

"我已习惯住在那样的屋子里！"金真干脆地回答。他忽然明白过来，原来敌人正在用另一套办法——攻心战来对付他，让他的意志慢慢消沉，以至变质蜕化。因此，他必须更加警惕，坚决站稳立场，和这些蠢才搏斗。

他回到号子里，本不想将纸包打开，但转念一想，一个坚强的共产党员，为什么怕看这些东西呢？是敌人的宣传品吧？看了决不能对他发生什么作用；如果是别的东西，看看又有何妨？一个人在号子里，实在太寂寞了，正可借此消磨时间。

他把纸包打开了。出现在他眼前的是一大堆冰玉给他的信。有的是很久以前的；有的却是最近的。他已好多时候不见冰玉的信了，起初，心里多少有点怀疑；以后，他估计当他解来镇江时，曾有信劝她不必再对他怀着什么幻想，或许它已起到了作用，使她把这桩事放开了。谁知她还是那么痴情，而来信竟都被扣在敌人手里呢？这些信引起了他很大的苦恼：看吧，他缺乏这种勇气；不看吧，又万万没有这道理。最后，他感到看与不看都是一样，关键在于自己是否经得起另一种考验？信有次序地迭着，以前的，纸和字都变了颜色。他管不得这些，终于挨次地看下去。

在最初几封信里，冰玉是诉说着她那酸辛的心情：当金真在苏州时，她的希望成了不可实现的幻想之后，她是那么痛苦，但她对金真的爱是那么坚定。随后，她又知道了一些关于金真他们在镇江的情况，她更沉入了无比的苦境，焦急、忧虑常常使她通夜失眠。这时，恰巧也长期接不到他的信，更引起了她种种的猜测：是病了，还是……在这种苦痛的煎熬下，她终于也病倒了。发着高烧，眼前老是出现使人沉痛的幻景。……她目前的生活，并不比狱中人好，医药治不了她的病症，朋友也无助于她的健康。……末了，她在信中提出了内心深处的呼吁：

> 金真，原来为你所爱怜的人，如今正陷于存亡莫测的境地，你下决心救救这从幼便遭逢不幸的孩子吧！我不希望别的，只希望知道你的下落！

他每看完一封信，内心便遭受着一次比一次更猛烈的刺激，他感到头脑发晕，神经渐渐麻痹，引起了一阵阵的战栗。在很长的时间里，他的知觉没有恢复，昏沉沉地象在梦里一般。直到一只乌鸦——象是失掉伴侣的乌鸦，歇在窗后的院墙上，悲啼不休，才把他惊醒过来。但纠缠在他心里的情思，仍然万绪千头。……

他觉得反动统治阶级的凶暴，真是无可比喻：它不仅恣意屠杀被认为触犯了法纪的囚徒，而且以同样狠毒的手段迫使所有无辜的劳动人民掉到苦难不拔的深海中去。用刀用枪来杀人，用种种难于想象的方法来杀人，而达到镇压的目的，已成为那些衣冠禽兽苟延残喘的诀窍。他可惜现在两手空空，无能为力，否则，他真要象某些难友说过的那样——"干了他一个也好！"但他又马上批判了这种无济于大局的想法。

这时，门上的小洞忽然拉开了，象猫儿般的一双眼睛直望着他，阴阳怪气地问：

"信看完没有？金真！"

金真虽看不清外边那人的容貌，可是他听明白是倪保忠的声音。

这种阴险的行为，激起了金真的忿恨，使他恢复了清醒的头脑。他想特务们的这一套骗得了谁？他自己固然决不会就此屈服，出卖崇高的理想；就是冰玉也不是卑鄙自私的女孩子。他爱她，爱她的纯洁无私的心灵；她爱他，爱他的顽强战斗的气节。除此之外，再找不出他俩之间发生爱的任何因素。而特务们竟企图从这点上来打算盘，那真是做梦！

"怎么啦？"金真简单而决绝地问。

倪保忠却不再做声，悄悄地走开了。

整日无聊，枯燥的生活，使他常常想起冰玉。

他想，这女孩子的一生多么可怜！两岁时，死掉了父母，在一个固执多疑的姨母的抚养下长大起来。在她幼年时，几乎每天都得挨打、受骂，她一见到她的姨母，便怕得没命。因此，在她天真的童心里，无时无刻不在羡慕着邻家儿女所享受的慈母之爱，而偷偷地悲叹自己的命运。待她稍长，姨母又死了。由于她的聪敏伶俐和勤劳耐苦，受到亲友们的怜悯，获得了上学的机会。他对她的遭遇，一向是同情的：从童年开始，他们之间便产生了真挚的友情。他的母亲老爱向人家说，"这是一对天生的小夫妻"，逗得人称赞发笑。他俩还小，不懂得母亲的话，虽然感到害羞，但小心眼里也未尝不私下里庆幸着：有这么好的哥哥妹妹长在一起，还不称心吗？以后，大革命的高潮起来了，他长期漂泊在海角天涯；而冰玉也从师范学校里毕了业，老为职业东奔西跑。于是，他俩在互相深切的怀念中，断绝了音讯，直到他被捕为止。

接着，他又回忆起以前冰玉给他的来信中所谈到的一些情节。

自他进了监狱之后，她常常抽空到金真家里去，这对他母亲是莫大的安慰。据说：从他移解镇江后，有天，她又到他家去了。那是傍晚的时候，她老人家还独自在田里干活。当她听到冰玉叫她时，老人家诧异地对她望了一望，然后悲喜交集地一把搂住冰玉：

"啊，我的儿……冰玉，你怎会……？"老人家太激动了，许多话都哽在喉头。停了会，老人家又说，"冰玉，你消瘦得多了！"

"妈妈，……"

"冰玉，你知道金真的……消息吗？"老人家的脸紧贴着她的脸。

"金真吗？……"冰玉心酸得不知怎样回答老人家好。但她终于冷静下来了，向老人家撒了个谎："听人家说，他很好，……"

"真的吗？我想不到我的儿竟落到这般境地！"老人家慨叹着说。冰玉懂得这句话的意思是双关的，她老人家是象爱怜她的儿子般爱怜冰玉的。

"真的。"冰玉心里火辣辣地难熬。

回忆到这些，他不禁痛恨造物之神为什么尽为这善良的孩子设下陷阱？假使在冰玉的生命史中，不遇到他，那她今天何致到这步田地？现在她把热情和希望全寄托在一个生死莫卜，不，有死无生的囚徒身上，因而这幕悲剧不知将如何结束。想到这里，他不能再想下去了……

他停止了对未来的想象，又继续回忆下去。据说冰玉在假期里一直帮助他母亲下田干活。老人家不让冰玉动手，说她好久不做这些活了，一下子干不起来。但冰玉一定要干。不到两天，手上起了泡，手指裂开了，腰和臂膀都酸痛得难熬。老人家反复劝阻她，她还是不听，坚持了几天，竟也习惯了。随后，冰玉又考虑一家子全靠老人家一人劳动过活，着实太苦了，决定把老人家和弟妹们一道带到自己那里去。起初，母亲生怕冰玉累不过来，坚决不肯去。经冰玉整夜劝说，并且表示如果母亲不愿去，那她也留下不走。这才感动了老人家，接受了冰玉的要求。

他不大知道他母亲离家以后的情况，冰玉又不愿常提到这桩事。他心里实在敬佩冰玉这个不同于平常的女孩子。几年前，他父亲被反动政府通缉逃亡，至今下落不明，全靠病弱的母亲和饥寒、死亡搏斗，那怎能持久？年幼的弟妹过着非人的生活，没穿的，没吃的。现在冰玉仗着一股子热情把他们带了出来，但靠她那微少的收入，又怎能维持一家数口的生活呢？

正当他浸沉在回忆中的时候，地窖的门开了，进来一个象是知识分子的青年，后面跟着倪保忠。那青年好象体贴入微地说：

"过去，你病得凶，为了照顾你，我们没把这些信交给你。但经再三考虑后，觉得老叫你俩之间不通音讯，也不很好，你赶快写个回信给那位多情的姑娘吧！"

金真真想给他两个耳光，揭穿他的假面具，但他抑制住了，简单地回答道：

"谢谢你们的特殊照顾！现在我不需写信，待以后再说吧！"

"这样多情的姑娘，你忍心不给她回信吗？"那青年见金真很坚决，仍带着笑容说，"恐怕只是嘴里说说吧！"

"坐牢，哪还管得了这些事？"

"那么，她如果冒冒失失地找了来，你又怎办？"

这句话，打动了金真的心。他想照她的来信看来，如果他再不去信劝她，她很可能跑来乱闯，扑空事小，只恐闹出难于设想的事来。

"好，让我写封简单的回信吧！"

"人家时刻期待着，要写，就写吧！"那个年轻的家伙和倪保忠偷偷地笑了：到底还是这一计来得妙，青年——凭你是钢铁的人，也逃不过这一关。

金真等他们走后，便开始写信了。但万般情思又涌上他的胸怀，他一字、一句，困难地写下去：

冰玉：

你前后的来信，我今天才一起收到。

生长在这个时代里，人们的理想和希望往往是很难实现的。因此，冰玉，我希望你更冷静地考虑你自己的前途。否则，你将……

写到这里，热烘烘的头脑使他再也想不出适当的词句，只好就点些点子，反正冰玉会体味到它的意义的。于是他又继续写下去：

我的母亲和弟妹，确实苦透了。他们需要救助，而你已慨然承担了这个义务，不知你哪来这股力量？不过，你既愿意把他们当做你自己的母亲和弟妹，我还有什么可说的？只有永远感激不忘罢了！

冰玉，我怕你和母亲跑来看我。你该明白：这里是不见天日的地方，空跑一趟，费钱伤神，即使相见，于事亦毫无所济。冰玉，千万勿作此打算！

唉！说不尽的话，也就无话可说了！我敬佩的冰玉……愿你好！

愿母亲、弟妹均好！

金真　九月十三日

信写好了。他象在战场上经过了一番剧烈的战斗，说不出的心情，说不出的意绪，把他纠缠得非常困惫。他把这封短短的信看了又看，看字里行间有没有容易让特务钻空子的地方。

第二十三章　鬼怪憧憧

在一间比较宽大的屋子里，中间放着一张不大的会议桌，靠墙的四周安置着绿色的沙发，电灯发出强烈的光芒。八、九个人很随便地坐在沙发上，有的在看报，有的在整理皮包，有的在抽烟聊天。他们是那样的轻松愉快，谈笑风生。东北的沦陷，祖国的危机，人民的疾苦，全和他们没有关系。

"他妈的，抗日、抗日，还不是共产党捣的鬼！想趁机抢地盘，打天下，捞一把！"

"中国历史上的至理名言'宁赠友邦，勿予家奴'，蒋总裁是清楚的。丢了东三省，可以保存实力打共产党。共产党的祸害，是不可忽视的！"

"张学良的不抵抗，完全是执行中央的命令。我们的国家大得很，有的是土地，失了三省，还有二十一省，怕什么？"

"这是机密，不谈它吧！倒是共产党利用抗日，在争取人心，必须要彻底消灭，格杀勿论……"

"这，等会谈！"一个瘦削的小白脸，轻飘飘地拢了拢油光光的头发说，"昨晚，我到白牡丹那儿过了一宿，喝酒、打灯谜，快乐透了！"一对淫荡的眼睛骨碌碌地乱转。……

这是秘密审讯处的会议室——特工人员的会议室。

正当大家扯谈消遣的时候，有个年岁较轻的人对大家说：

"八点已过，主任该到了。"

"你这糊涂虫，你几时曾见主任准时来开会的？何况今天仅仅是交换交换意见，你安心多玩一会儿吧！"

"我看他这时还在小公馆里，同姨太太寻欢作乐呢！"

"啥时候啦！还在寻欢作乐？"

壁上的时钟"的答""的答"地响着，时间好象过得很快，眼看就要八点半了。这时，会客室的门忽然推开了，走进来一个高个子，后面跟着马襄。屋内的一群人，连忙停止了闲谈，放下手里的东西，端端正正地站了起来。

"今天，主任来得准时！"有人恭维地说。

高个子无所谓地点了点头，对大家说：

"我们马上交换意见吧，停会我和马审判长还有要事呢！"

大家都在会议桌旁，各自找了个位子坐下。

"近来县监狱的情况怎样？丘恒新，你谈谈看！"高个子皱着浓眉，鹰爪的鼻尖上发出光亮，一脸的横肉不时地在颤动，凸出的眼睛直盯着丘恒新。

"搞不到什么线索！"丘恒新慌张地站起来，说："主任，前些时候，我几乎被他们打死了！"

"吃些苦，自有报酬！但为什么搞不到一些线索？"马襄插了一句。

"为了党国，我也准备着吃苦的，主任。"丘恒新感到委屈，但不敢露一点形色，焦灼地说，"最苦的是搞不到线索！"

"为什么？找出了原因没有？"

"他们还是用金真封锁我的一套办法，把我完全孤立了。如果把金真弄服了，许多重要的问题就可以很快解决！"

"倪保忠，你看有什么好办法？"

倪保忠想不到主任会垂青他，急忙站起来，行了一个九十度的鞠躬礼。但很巧，他的头正好把桌子上的茶杯碰翻了，顿时引起哄堂大笑，连主任和马襄也不例外，只有他还是若无其事地规规矩矩回答主任的话。

"报告主任、审判长，这家伙实在太坏了，我想不出办法，早些把他砍头了事！"

"做共产党的哪个不顽强，我们要这些人投诚自首，应不惜用尽一切办法！特别对这些头儿脑儿。"主任以不屑的态度教训着倪保忠。

倪保忠想表示他的反共决心，却碰了钉子，再不敢做声了。最近他给人打了一枪，脸上被擦伤的一条又深又粗的伤疤不时地牵动着。

"一下子把他杀掉，太便宜他了！"叫金真写信的那个小伙子说，"我仍主张抓紧他那弱点进攻！"

"这办法进行了没有？"

"上星期才着手！"小伙子说，"有这样痴情的女人爱他，我们如能掌握好这一环节，哪有搞不出结果的道理？他自己的信里故意谩骂我们，并且不叫她来，可见他心里确实害怕这一着。我已在他的信上批了'准他和家人接见'一语，那女的见了一定会来的。等他们晤面后，我们再作部署！"

"倪保忠和丘恒新得先向该犯做些工作！"高个子对他的秘书说，"如果他两个不中用，我倒想起了那姓李的，他不是和金真很熟吗？就责成他搞这工作。他才来，正好考验他一下！"

倪、丘两人实在怕和金真见面，但主任既如此吩咐了，又不敢不同意。

"我们尽力而为，只怕收效不大！"

高个子没有注意他们的话，拿起当天的报纸来，指着几条新闻，说：

"抗日，这又是一个新问题，新关键，我们得格外注意，更加努力。各地的共产党以及被利用的无知愚民，到处在闹'抗日救国'，如果不坚决镇压，怎么得了？蒋总裁说过，对待共产党，宁可错杀，不要放过。"

一提到新问题，大家又纷纷议论起来了。

"抗日，我们的力量还没有准备好。一旦打大了，共产党便会趁机在屁股后搞我们的鬼，那整个国家就危险了。要抗日，得先平定内乱，特别对那些不可救药的赤匪！"

"哪里宣传抗日，哪里一定有共产党。我完全同意主任的高见，凡是宣传抗日的，一个也不要放过他！"

"不抵抗是中央的既定政策，宣传抗日，就是别有用心，应该严加惩办！而我们的责任，就是要加强特工工作。"

…………

高个子看了看手表，九点钟早过去了。他站起来，连连拍着胸膛，显得那样的威风；一面指着劝金真写信的小伙子说：

"以后，关于金真的问题，由我的秘书负责！"

说完，提起皮包，便和马襄匆匆地拉开会议室的大门走出去了。

那秘书和倪保忠、丘恒新重新商量了一番，排好了工作日程。然后，也学着他们主任，安心去寻找他们那淫佚糜烂的生活去了。

这两天，金真神经一直很紧张，白天黑夜，心情无法宁静下来。他明知这是有害的情绪，可是很难克制它。他深深地体会到：离开了组织，离开了自己的同志，离开了群众而独立作战的真正艰苦性。

突然，开门声打断了金真的思路。走进来的是叛徒倪保忠。他一见倪保忠，脸顿时沉了下来，愤怒的眼光直盯着他。叛徒在剑一般逼人的眼光下，本能地颤抖了一下，他深知金真十分仇恨他，自己也很害怕他，在一阵惶惑之后，便佯装着镇静的样子，鬼脸上堆满了奸诈、阿谀的笑容，奉承金真说：

"你真了不起，金真，我实在佩服你！"

"吃官司，有什么了不起？"

"金真，凭你的才干，当可无往而不利，这里的同仁，对你都有很大的好感。"

金真听他话中有因，就以断然的态度回答说：

"不要虚伪，我们在法庭上再谈吧！"

"何必如此？我们到底还是旧相识！"

"'旧相识'？"金真重复着他的话，然后说，"嗯，认识你是条狗腿子，是个无耻的叛徒！"

"金真，何苦骂人！"

金真仔细地看了看这个狗腿子的脸，忽然发现多了一块枪疤。倪保忠被他看得脸发烧起来。

"啊！怎么几天不见，你却长得更美了！"金真挖苦他说。

叛徒给金真说得目瞪口呆，不知他的用意何在，一时答不上话来，脸上微微露出难堪的表情。

金真见他一时回答不上，便冷笑着说：

"狗脸上带花，多光彩，多美丽！"

这话刺中了叛徒的心，他自然地表露出了对共产党的切骨深仇。恨不得把这枪疤的仇恨完全发泄在金真身上。但主任的话，在他耳畔响着，他不敢任性，只好压抑着冲动的情绪，忿忿地说：

"给坏蛋打了一枪，擦去了一些皮！有种，明枪交锋，暗杀有什么用？"

原来，这个叛徒在突然遭遇的袭击下逃出了性命，漏了网，真是可惜！金真清楚地知道这是谁干的了。以后听说，那天，倪保忠和倪二在镇江大街上摇逛，党的锄奸人员从人群中冲出来连打三枪，老家伙当场死了，而这畜生却转身便逃，脸颊上擦去了一块皮肉，在医院里养了好几天才出来。

"你这狗腿子，总算有运气，看样子还得活几时，留待将来解放了的人民来审判你吧！"

"共产党眼看要完蛋了，谁敢来审判我？"

"有人民在，共产党就在，狗腿子记住这话吧！"

金真说完话，便掉转头去，再也不理睬他了。

"人民是刘阿斗，谁掌握政权就跟谁走！"倪保忠再也无法谈下去了，临走时，不耐烦地向金真提出警告："嘿，还不是你自己吃苦！"

敌人真是愚蠢到了极点，竟叫倪保忠来做说服工作，金真不禁失笑了。但他料到，这不过是开端，许多麻烦还在后面呢！他必须有所准备。

下午，金真又被提到一个空空的屋子里去，桌子旁边坐着叛徒丘恒新，跷着腿，向上吐着烟圈儿，那种悠闲的禅情，使人气愤。他见金真走进来，便站起来招呼着：

"金真同志，请坐，请坐！"

"什么同志不同志！谁是你的同志？"金真一面坐下，一面严厉地斥责他说，"你有什么资格称我同志？'同志'这个名词，是无产阶级革命战士相互之间的光荣、伟大的称号。你是个可耻的叛徒，是人民的敌人。你现在勾搭的那批志同道合的家伙，全是一些卖国求荣的狐群狗党，法西斯特务的狗腿子，我永远也不会变成你们的'同志'，奉劝你别再出洋相了！"

叛徒总归是叛徒的一套，倪保忠换了一个丘恒新，在共产党员面前，未必能有什么高明的手段，金真不等敌人进攻，就给了他一个下马威。

丘恒新窘得啼笑皆非，只好皱着眉头，厚颜无耻地说：

"我们都是搞革命武装的干部，应该互相照顾，何必如此！"

"谁照顾谁？"金真盯住他的脸。

"老金，你坐牢久了，或许对外面的形势不了解！"丘恒新假惺惺地将身子靠近金真说，"这次党的领导犯了错误，'立三路线'使党遭到了重大的损失，我们也就落在国民党手里了。这种路线，已经把党弄垮了。以前在县监狱时，不便向你和盘托出，在这里就不妨谈个明白了。在目前情况下，我们必须为党保存力量，灵活应付，免得无谓牺牲，古人说得对，'识时务者为俊杰'！"

敌人的进攻开始了，这是一个顶顶恶毒的攻势。金真凝神地听着，侧着头，一点也不吭声，让敌人说下去。明亮的眼睛望着丘恒新。丘恒新不敢和金真的眼光交锋，老低着头，偶然趁隙看金真一眼，见金真默不做声，他以为这下或许已打动了金真。于是特地向窗外望了又望，放低了嗓子，凑近金真的耳朵说：

"所以我假充自首，乱交代一通，骗骗敌人，等待机会到来。'留得青山在，不怕没柴烧'！金真，中国革命是长期的，只要自己不死掉，哪怕没有革命的机会？"

"这里是监狱，我们又不开讨论会，用不着我们来检查'立三路线'。"金真冷冷地说道，"'留得青山在'，多好听！保住狗命，在敌人的怀抱里搞罪恶的反革命活动！"

"呐……呐……"叛徒一时说不上话来。他被金真直截了当的话，刺中了要害，不免张惶失措了。但又佯作镇静地说："这也是不得已的事，你不想想，象我这样一个在苏北负责的干部，不为一定的目的，怎会……"

叛徒说到这里，眨着眼，鬼鬼祟祟地不往下讲了。

"谁知道你！"

"识时务的是俊杰，老金，只要你将苏州狱中行动委员会的问题交代一下，不就完事了吗？"叛徒捺住性子，象骗孩子似的说，"出了狱，不又好搞赤卫队、武工队，闹革命了吗？"

"哈……哈……！"金真大笑了起来。

丘恒新呆呆地望着金真，被弄得莫名其妙。

"哈！你已自首出狱，想来你又在搞'革命'工作了？"金真又冷嘲热讽地追问道，"那么和你一起被捕的那位负责干部又到哪里去了？怎样牺牲的？"

金真锐利的目光直刺进叛徒的心里。

叛徒不由自主地寒战了一下，顿时满脸通红，两手硬支着桌边，讷讷地说道：

"老金，你不了解情况，他不听我的话，有什么办法？"

至此，金真实在忍无可忍了，站起来指着丘恒新的鼻子骂道：

"你这出卖同志、出卖组织的叛徒，竟还有脸充当特务的说客，想为反革命立功效劳，拖人下水！好，现在就让你去告诉你的特务爸爸吧：金真生不能为革命事业多做些工作，死也得落个清白坚贞，到革命胜利的一天，这笔账总会有着落的。狗腿子别再自讨没趣，快，滚出去吧！"

金真见叛徒狼狈地站着，便渐渐地逼近前去。丘恒新害怕吃耳光，马上向后倒退着，后脑壳碰在墙壁上，痛得要命。

"还不给我快滚出去！你走你的特务路线去吧！"金真益发憎恨地怒骂着。

"我替你可惜！"

"畜生，谁要你来可惜？"

叛徒逃出了空屋。金真又被送回原来的地方。

这样，金真倒安静了两天。当然他知道特务们是不肯放松他的，而他那种种苦恼的情思，由于特务的骚扰倒克制住了。

秋风飒飒，梧桐树的叶子瑟瑟作响。

金真才吃过早饭，说有人来探望他，又被带出来了。他想：有谁来看他？冰玉吗？已告诉她不要来了，她应该会听他的话的。此外，有谁会跑到这危险的地方来？……最大的可能仍然是冰玉。他疑虑着跟人走去，各式各样的心情，使他很激动，脚步也乱了，脚上的铁镣发出更大的声响。

金真被带到和丘恒新谈话的地方，但当他一进门，站在他面前的却不是冰玉而是个年轻漂亮的小伙子。他定下心来，仔细看了一下，原来是苏州狱中释放出去的李至。他不由吃了一惊，他来干吗？……

"金真，我的老朋友，好久不见了！"李至见金真迟疑的样子，马上走前去握手，亲昵地说："你竟弄成这个样子了！"

李至眼圈儿有些红。

"你怎么来到这地方的，李至？"金真敏感地戒备着。

"坐牢的日子不好过，所以，我忘不了狱中的老朋友！"

金真总感到李至的态度不自然，有些勉强，而且长久不知道李至出狱后的消息，使金真更加警惕起来。

他们两个目不转睛地相对着，渐渐地，李至现出了张惶的神色。

"徐英他们呢？好吗？"他一时找不到话说。

"他们早已英勇牺牲了！"

"怎么我一点也不知道？"

从这句话里，露出了马脚。他对这些事既然全不知道，那么，现在听到了这样的惊耗，为什么没有丝毫悲痛、哀悼、惊讶的表情？何况他又是缺乏修养的人，哪能平静得象死水里掀不起一点波涛来？……

谈话老是展不开，李至在金真面前把准备好的话早已忘掉了。

李至的阶级出身，决定了他那种懦弱的个性和缺乏斗争意志的特点,这是金真完全清楚的。在不得已的情况下，他很有可能被敌人利用，但又不能象倪保忠、丘恒新之流一样的穷凶极恶。金真为了要搞清问题，主动地打开了话匣子。

"从前在苏州监狱中同甘共苦的患难朋友，到今天，活着的已经没有几个了！我也已处在死亡的边缘上,亏你还能想到我。不过,李至，这是危险的地方，你以后不该再来了！"金真仍用在苏州监狱中的态度来对待他。

李至在金真说话的当儿，一直扭转头去望着窗户外边。金真料想他可能害怕暴露出自己的真面目。

"李至！"金真见他不做声，又对他说，"我的案子本来没有什么证据，可是叛徒死不放松我，硬诬我是什么要犯，我反正准备着一条命了！"

金真说完，略停了停，见李至还是没有什么表示，又接着说：

"唉！李至，不谈那些令人不愉快的事吧！你的爱人怎样？家里好吗？……"

李至想起了家，不禁情动于中，感到金真还是那么关怀他，便含着泪，惭愧地说：

"谢谢你，家里还好。但是金真，我实在没脸见你，我……我……已成了……唉！死没有勇气，活着也……我……我已是一个没有灵魂的人了！"

李至垂下了头，两只手只是弄衣角。

"不料你也走上了这条路，李至，那我真无话可说了！"

"金真，怪我自己没有决心！出狱后，我在一个公司里当职员，不料被特务发现了，逼着我去登记。我想敷衍一下算了，哪知随后又硬要我做……这次，他们又威胁我说：假使做不好你的工作，就要……杀我……唉！金真，谅你不会把我当作倪、丘一般看待吧？"

凭他怎样说，终归已是敌人！金真想，不过，对不同的敌人，在具体对待上应有所区别；而且，李至对苏州狱中前一时期的情况，也知道得很多，要是他一揭发，那么，牵涉的范围就决不限于今天这些人了。金真反复地考虑着……

"唉！李至，你已走上了这条道路，叫我怎样帮助你呢？当然，我希望你能跳出这个罪恶的渊薮！但是，我怕你缺乏这种勇气，那是无法可想的！不过，人民的眼睛是雪亮的，李至，你总得少做些伤天害理的事！"

李至流着眼泪，把一只膀子放在桌上，头枕着它，装做考虑问题，防备被人看到。他想：我原是个纯洁的青年，由于意志不坚定，被这批坏蛋拖到这条绝路上来了。别人都有光明、自由、幸福的前途，而自己的未来，只有黑暗和毁灭！触到痛处，他几乎失声哭出来了。

金真恐怕发生危险，所以用安慰的口吻对他说：

"今天，你同样是个不自由的人，李至，眼泪很可能给你带来危险，你得格外小心点！"

"感谢你的叮咛！"李至抽噎着。

在李至尚未恢复常态之前，他们不好走出去，只好胡乱地找些事闲扯着。

"为什么不谈谈你的家和你的夫人，李至？"

"谈他们有什么意思！"李至没精打采地回答说。可是，心里却在想，就因自己有了这样一个被别人称为富贵、舒适、可羡慕的家庭，才使他沉醉、留恋着这个温柔的环境，失去了前进的勇气，终于走上了背叛革命的道路。这条道路，怎么走得通呢？不谈远的，就拿目前的处境来说，又如何挨得下去？他来到这里只不过两个星期，已看到有十多个青年被诬指为共产党，给活活打死、吊死、烧死，绞刑架上天天不闲。这些死去的人，不一定完全是英勇的战士，而特务们为了邀功，对谁都可加上一顶"要犯"的帽子。还有那些不幸的人，熬不住酷刑，而乱交代一些关系。特务为了要追根究底，被交代出来的人，当然要倒霉，而交代的人也挨不了反复的刑逼，结果，还是送了一条命。同时，在那一小撮特务中间，为了争权夺利，也互相猜忌，互相倾轧，除了几个顶红的角色外，人人都不免有自危之感。在这样可怕的环境里，要是自己还有丝毫良心的话，精神上是万万忍受不了的。……

对金真这件事，在他更是为难：特务头子的指示，如此坚决，一定要他搞好金真的工作，否则，自身难保，真是进退两难。他心里自然不愿那么做，特别当他站在金真面前时，即使金真不说什么，他也感到有一股正义的激流冲击着他，使他失掉了对抗的力量。但是，违反上级的指示，他势难逃过眼前的一关。

金真很熟悉李至的为人，清楚地理解他这时的心情，便爽直地说：

"你不要因我的问题伤脑筋，李至，我早有了充分的准备，但愿你不再牵累其他人。他们和你一样有父母妻儿在日夜盼望着呢！"

"哪能这样？唉！……"李至羞怯地回答。

"你是奉命侦查我的，不这样，又怎么办？"

他被金真问得怔住了，想来想去，"不这样，又怎么办？"实在是个问题。只有一点，他似乎已肯定了的：他不能断送金真和苏州监狱中的其他的人们。他自忖：他在牢里充当积极分子的时期，其中有许多人是在他的影响下组织起来的，而金真原是他最敬佩的人，自己曾在紧要关头得到他诚心的帮助，难道现在就翻脸不认人，掉转头来咬他一口吗？果然，今天已成了敌对关系，但他仍不甘心和那些全没人性的特务同流合污。尖锐的思想斗争，使他的脸色一时发白，一时发青，坐在屋子的角落里一动也不动。

"李至，我们就谈到这里为止吧！"

李至仍然一动不动，似乎没有听到。他还在想，如果一直在金真的领导下工作，或者不致堕落到如此地步。

"金真，我无力救你，但也决不忍心伤害你和苏州其他的许多朋友！"

"那怎么办？除非你能设法脱出特务的魔掌！"

临别时，李至的脸上还露出了一种异样的神色，灰白、紧张而又恐怖的神色，一望而知，他那一场最紧张、最痛苦的思想斗争，直到这时还没有停止。

"金真，我希望再有机会……"他欲言又止地向金真说。

"我们没有什么可谈的了！"金真望见来带他的人已站在门边，侧过头来对李至说："从此请不要再来麻烦！"

倪保忠又几次来和金真纠缠，所有无耻的话，全给他说尽了。金真始终抱决绝的态度不去理睬他。

不久，据说李至失踪了，金真心里有数。原来他们的谈话，已给特务们偷听去了。

第二十四章　钢铁的人

　　阴历九、十月的江南，天高气爽，十分宜人。但是关在小号子里的金真，已经注意不到春夏秋冬季节的变换，更谈不到欣赏景色了。他一个人坐在号子里，觉得很寂寞，同时，又感到身上穿得太单薄了，一阵阵的寒冷袭上身来。他为了摒除心头的烦躁，信手写成了一首绝句：

> 西风暗送晚秋凉，
> 万木萧萧怯早霜；
> 残叶飞来枕上落，
> 更何意绪换衣裳？

　　他自己吟了两遍，觉得诗意颓丧，缺乏激昂悲壮的气概，不能代表他的心情，便把它撕碎了。正在百无聊赖的时候，突然有人叫他去接见。他想还不是老一套，便无所谓地跟着走去。当他转弯抹角跑到那座熟悉的小屋子时，看见两个女人在门口张望，他不相信自己的眼睛，赶前几步，又仔细望着，呀，多么熟悉的面貌，不是她们，又是谁？金真一时颤抖发麻，不知如何是好，两腿不由自主地迅速奔向前去。

"啊哟！娘，冰玉，你们怎么来的？"

金真连声惊喊起来。

母亲和冰玉不待他进门，就抢上来抱住他大哭起来。他两条无力的腿频频摇晃，几次险些跌倒，悲痛的心情，使他说不出话来，呆呆地站在那里，只有两手不停地抚摸着两位亲人的肩背。

母亲和冰玉哭了许久，才呜咽地吐出了内心深处的第一句话：

"我的儿呀……唉……你太苦了……"

"金真，……想不到还能和你相见！"

于是，金真和冰玉，把母亲扶进了门，让她老人家坐了下来。

金真不见母亲已三年多了。想不到母亲的身体变得如此快，和入狱前最后一次看到的完全不同了。她不过近六十岁的人，竟瘦削苍老到如此地步：只剩下一把骨头，伛偻着身躯，行动非常困难，白发也快掉完了，脸色黄得怕人，皱纹成了一条条深痕，手指象老树上的枯枝……

和冰玉分别了一年多。就在这睽离的短短期间内，她的变化也不小：脸显得比以前狭长了，深陷的眼眶四周添了一道青色，眼睛也不象往时那样黑白分明，苗条的身腰显得格外消瘦无力。

她们也目不转睛地看着金真：一个二十几岁的青年，竟被折磨成这个样子。母亲轻轻地抚着儿子没有血色的脸、瘦削的臂膀和热血奔腾的胸膛，又蹲下来摸摸儿子的小腿，提提钉在脚上十多斤重的大镣。唉！儿子所受的苦难多么深重，多么可怕！她不断地发出叹息的声音。

"金真，你为什么不叫我来？唉！你……"当金真的眼光对着冰玉时，她如怨如诉地问道。

"冰玉，何苦呢？相见还不是……"金真说到这里，把话截住了，反转来问道："那么，你和母亲怎么来的？"

"这里的长官准许我们来的。我的儿，如果没有冰玉，那我一辈子也来不了！"母亲拭着泪说。

"哟！这里的长官准许……"他不禁浑身寒悚了，嘴里重复着母亲的话，心中想狠毒的敌人竟连两个可怜的女人也不肯放过去。

冰玉见金真那样的惊讶，又环顾四周，这地方不象是监狱，疑疑惑惑地问道：

"这是什么地方？金真！"

金真摇摇头说：

"冰玉，谈谈愿意谈的事吧，接见的时间有限！"

"管接见的人说，可让我们尽情地谈谈家常！"冰玉说。但她还在猜测这是什么地方。

"冰玉，这些时来你苦够了吧？"金真感激而慨叹地说。接着，又转过头去对母亲说："您看，冰玉何苦受这样的罪？"

"我情愿如此，金真。"冰玉扭转脸去好象生气的样子，其实并未动气。

"世界上再没有第二个冰玉，我的儿，你应该永远记住她！"一提到冰玉，母亲便激动得不知怎样讲才好。

"唉！冰玉，我还有什么可讲的呢？"他伸出手去用劲地握住冰玉的手。

冰玉的眼睛原来好象被一层薄雾遮住了似的，而此刻内心的幸福之感，渐渐地把忧郁的阴影驱散开去，眼睛又渐渐地明亮起来了。

母亲睁开昏花的老眼，看清屋里没有其他人，便贴近金真的耳边，轻轻地低声问道：

"你的案子……怎样了？……我的心肝！"

"没有什么！"考虑到老人的处境，金真骗她说，"放心吧，我的母亲！"

母亲信以为真，放下了一块沉重的石头，琐琐碎碎地诉说起家常来了。

"……我们已经没有家了。自从你被捕和你的父亲出走后，许多势利的亲戚，都来向我这老婆子讨债，把家里所有的东西全搬光了，连你在家时常在上面读书写字的一张桌子也不剩。……你父亲没有一点信息，家里有一顿，没一顿，老太婆苦些不妨，你的弟弟、妹妹都饿得不象人。……家里的苦，我从未向人诉说，……怕人笑话我。金真，我们总该有翻身的一天吧？我总是这样来安慰自己……"

母亲想到将来能有翻身的日子，好象坚强了许多。

母亲见金真点着头，便继续唠叨着说：

"……如今，全仗冰玉一个人支撑着家，她哪怕再忙，家事仍然管得好好的，既会侍候我这老太婆，又会教育小孩子。你的弟弟、妹妹，现在也懂得娘的苦，知道学好了。这次，他们吵着要跟来，没有路费，不然，你见了，不知道多快乐呢！"

母亲张着泪眼，看了看冰玉，望着金真说：

"冰玉的好处，我说不尽，日后，由你去报答她吧！"

"母亲，这是我的责任，您不要那么说！"冰玉拭着泪，安慰她说，"我不也是你的女儿吗？母亲，以后不要把这些事老放在心上。"

这时，母亲感到自己的话讲得太多了，便搬了张板凳，移到相距几尺的角落里去，垂下了头，让小两口子谈谈心里话。

"冰玉……"金真欲讲不讲。

"什么？金真，你的冰玉比过去坚强了，有话你就说吧！"冰玉比开始时似乎冷静些了。

金真想把真情告诉冰玉，免得日后事到临头，受不了突然的刺激；而又怕冰玉听了沉不住气，把老人家急坏了，那怎办？……但根据目前的情况，特务们正想利用母子之情，男女之爱来毁灭自己的灵魂，如果不让冰玉理解这一点，那是不应当的。

冰玉见他沉思不语，心里明白：他决不会因他俩的关系而如此迟疑不决，除非案情上有什么问题，说与不说，都有为难之处。她急于要了解这点，她的目光一次又一次地探望着金真，催促他快说。但等了好一会，金真仍然没有说话，她终于忍不住了。

"金真，案情究竟怎样？为什么不告诉我？"

268

金真看看母亲，又望望窗外，然后挨近冰玉，准备要讲了；但又忽然停住，理智告诉他要好好考虑。

"说，快说吧！"冰玉急得流汗了。

"不算什么严重的问题！"他不能再拖时间了，镇静地低声说，"近来，特务们正集中力量审讯我，梦想使我屈服，充当他们的猎犬，你说我能这样做吗？背叛党，背叛人民，断送一切的一切，那不是人做的事！"

冰玉睁大眼睛注视着他。他是那样坚决，充满了仇恨，眼睛里射出一股强有力的光芒。

他又继续对冰玉说：

"冰玉，我自己有充分的信心坚持到底，而且我也相信，我能够得到你的支持和鼓舞。但在特务们技穷计竭的时候，竟狠毒地打算利用我俩之间的爱情，要你来动摇我的意志呢！冰玉，你看……"

冰玉顾不得母亲暗里看着她，也不待金真说完话，激怒地插嘴说：

"坚持革命的立场，亲爱的金真，我也愿意牺牲我的一切！"

金真未及答话，冰玉机警地望望窗外，更有力地低声说道：

"请你放心，为了粉碎敌人的阴谋，你勇敢地、毫无顾虑地战斗吧！"停了停，冰玉接着说，"组织常和我联系，也知道我们来看你，托我带信问你好，希望你坚持下去，党是完全信任你的！"

"啊！亲爱的冰玉，你太好了……"

两双手握得紧紧的，两个头偎依着。坚贞而光荣，伟大而幸福的爱，在敌人的重重壁垒中继续顽强地滋长起来。

满屋子沉寂无声，彼此只听到对方的心在跳动，热血在奔腾。金真终于伸出了手臂，紧紧地抱住冰玉，偎着她的脸，亲切而甜蜜地吻了几下。于是从紧张的呼吸中，他倾吐了心底里的话：

"这是我们的幸福，亲爱的……"

"母亲看见了……外边有人……不要……"冰玉说着，但并没有拒绝，也抱紧了金真。她觉得在她怀里的是一个光明磊落的英雄，她将以此自豪，向人们宣布：这是我的爱人，谁也不能夺取的革命战士！

他们偎依着，含情微笑，看个不厌。现实的遭遇和环境，在这一刹间好象都不存在了。

金真想讲一句他乐意讲的话，也是她乐意听的话，但那是多么困难呀，经最大的努力，他才说了出来：

"我俩的爱，是永远不会毁灭的力量！"

她听着他的话，虽明知并不是什么美妙的歌曲，但那声音和涵义却比任何音乐都动人！她想回答一句，"我愿永远生活在你的怀里！"但她无论如何说不出口来，只是更紧地偎依着他。

母亲是这屋里唯一的旁观者。她虽垂下了头，但暗里却在望着他俩。她见小两口子这样相亲相爱，触起了她复杂的情感：小两口如能顺利结合，那他老人家真可以向亲戚友好表示她的骄傲，她有这样的儿子，这样的媳妇。可惜现在她的儿子不知何时才能释放？冰玉孤苦伶仃的生活不知将如何了结？她不禁为他俩的命运发出了叹息。

母亲的叹息声，象轰然的巨响，把金真和冰玉从爱的沉醉中突然惊觉过来。他俩红润的脸上突然露出茫然失措的神情。

母亲感到很后悔，不该惊扰了他俩，连忙安慰着说：

"金真、冰玉，你们是天生的一对，眼前虽不能长在一起，但总有团圆的一天！"

冰玉羞得没处躲避，脸更红了，立即跑到老人家身边跪下，头船在老人家的怀里，连哭带诉地说：

"母亲……原谅你女儿的狂妄吧！……"

母亲抚着冰玉的头，低声说：

"你俩好，我才乐意呢！快站起来。"

金真呆立在一边。他现在清醒了，良心在谴责他：他和冰玉虽从小在一起，但一直保持着深厚而严肃的友谊关系。现在，他已是死亡边缘上的人，而对冰玉如此任情放纵，这不将使她……唉，不可饶恕的罪人！

"儿呀，下午，我们要回去了，不知何时再见，你还有什么话？……"母亲颤巍巍地站起来，一提到别离，又不禁伤心流泪了。

"母亲，今天不走吧？你休息一宿，明天我们再来看他一次。"冰玉握住他母亲的手，希望邀得她老人家的同意。

"哪有这么多的钱花，冰玉？"她心里也正想能和她儿子有再一次见面的机会。

冰玉用眼睛望望金真，要他留母亲住一宿才走。

"就住一宿再走吧，母亲！"金真这样说，但心在晃荡着：他也想和她们再见一面，但又怕再见……

母亲点点头。然后又惨然地看看冰玉，对儿子说：

"唉！冰玉为了我们全家，受尽了辛苦，你看，她消瘦得多了……"

"母亲，当年我不是依靠你的抚养长大的吗？今天，我尽我的心是应该的。"冰玉不等母亲说下去，真诚地抢着说。是的，当她幼年的时候，人家都欺侮她，瞧不起她，只有他的母亲象对待亲生女儿一样地怜念她，使她深深地体味到母爱的温暖。回忆到往事，她益加觉得他母亲慈祥、亲切、可敬可佩。

"母亲，安心吧！将来，待我……"说到这里，金真再也说不下去了，同时，外边的人频频来催，于是便截住话头，怀着依依的情绪，送她们出门去。

母亲和冰玉一步一回头，眼泪象泉水般地直涌出来。

"儿呀！多多保重吧！你还年轻……有希望……"

"明天再谈吧，母亲……"冰玉安慰着老人家。

他呆在一旁，看着她们说不出话来。

金真回到号子里，独自枯坐冥想。接见时的一切情景，又一幕幕映现在他的脑海里，特别是疯狂的爱情所留下的印象更深刻，象一把钳子钳着他的心。他曾受过各式各样的酷刑，但都没有今天这么难受。他要慷慨悲歌，要奋然跳跃，但既歌不起来，也跃不起来。方才的种种经过，象铜墙铁壁般地围住了他，他这时正激烈地展开内心的斗争。

他正在混乱的情思中挣扎着，突然那个秘书和倪保忠进来了。金真立刻警觉起来，定了定神，迅速镇静下来。

"今天，同你的爱人，同你的母亲，谈得很痛快吧？有没有亲吻拥抱你的爱人？"倪保忠脸上显出下流可恶的微笑。

"你这没有廉耻的东西！"金真暴怒了。

那秘书见倪保忠在旁边起不了作用，反而坏事，就把金真带到先前去过的会客室里，请金真坐下，倒了杯茶水，并递来一支香烟，叫金真先休息一下。

会客室里鸦雀无声。

金真考虑了一下，忖度敌人之所以让他这样接见母亲，接见冰玉，无非是为了实现他们的阴谋。现在，敌人认为是他的理智不能控制感情的时候，立即开始进攻了。金真反复地警告自己：冷静沉着，打败敌人！

那家伙不给他更多的时间思考，便对金真说：

"你的母亲太苦了，这样年老多病，如何活下去呢？"

"乡下人苦惯了的！"

第一着没中，他马上把话转到冰玉身上去。

"那位年轻的姑娘，就是你未婚的爱人吗？"

"可算是异姓的妹妹！"

"谁相信？何必隐瞒！"他不自然地笑了起来。

"囚徒哪里谈得上这些事！"金真冷冷地回答。

"这位年轻姑娘对你如此深情，矢志不贰，除非你是钢铁的人，才会无动于衷！"

金真心中有数，敌人又在使用最最毒辣的一着了。

"爱情和坐牢是两回事，你们是审问案子的，何必管那不相干的事？"

这家伙被金真咄咄逼人的反问，弄得有些尴尬了。发怒又不是，因为在上级面前夸下口承担下来的任务还没有完成；谈下去，又一时找不出话头来。室内可怕的沉寂。

"谈完了吧？"金真想趁机走了。

"慢着，不要急！"这家伙装着很温和的神色，拦住了金真说，"我是同情你们的遭遇的，那位姑娘和你的母亲，多么可怜？我有意想做件好事，让你们有团圆的机会，使她老人家也有所依靠！现在，光明与黑暗都在你面前，你好好选择一下吧！"

"没有这个可能，你也没有这样的力量，谢谢你的好意！"

"有可能，也有力量，问题得看你自己了！"这家伙多么得意，以为进一步进攻的条件具备了。

"怎么？我不懂你的意思！"

这家伙笑逐颜开了。既有这个空子，哪有攻不进的道理！他想，立功的机会来到了，随即从口袋里掏出一张东西仔细看着，却不和金真直接就谈。

金真焦灼不耐地站了起来。

"你要得到幸福吗？"这家伙误以为金真的急躁是因为不懂得他的意思，于是，得意忘形地扬着手里的东西说，"把这张表填写一下，那么，所有的一切：漂亮的姑娘、快乐和幸福全是你的了！"

金真不禁冷笑起来：敌人是多么愚蠢，多么糊涂！

金真的冷笑，弄得敌人摸不着头脑，急急问道：

"怎么？"

"嘿！"金真沉下了脸，又冷笑了一声，严肃而坚决地说，"对你讲吧，我看你们着实蠢得可笑！金真不是丘恒新、倪保忠！"

敌人被金真打昏了头，呆在那儿，好久说不出话来。末了，他带着失望和恼怒的情绪，把金真送回号子，使劲地关上了号门，嘴里恶毒地骂个不停：

"不识时务的家伙，总得给你尝尝最后的味道！"

这一天，正和金真二十多年的经历同样错综复杂。到晚上，他回味着这一切，他意识到他的最后瞬间，就在眼前了。死有什么了不起？许多英勇牺牲的战士不已经为他树立了榜样？而他自己也早就下了决心，断不会再有所留恋。当然，对于母亲和冰玉来讲，那无疑的将是个沉重的打击，但在黑暗的统治下，革命者的反抗到底，同当权者的残酷镇压，都是不可避免的必然规律，又何足为奇？他想到母亲和冰玉明天还要来看他，那是母子、亲人最后的一面，人间没有再比这……但他觉得自己应该更冷静、理智些，让她们能够继续活下去，看到光明、幸福的一天。……

但事情并不如他想象的那样，第二天从早到晚，他一直没见到他的母亲和冰玉，而特务们却不断地来打扰他，找他的麻烦。

"一个聪明的人应该善于为自己打算，两条道路该选择定了吧？"

"我是一个革命的战士，哪会学你们这些王八？要杀便杀，别再噜苏！"他狠狠地咒骂着。

特务们又失败了，沮丧地一个个滚开去。

天黑了好久了。

金真又被提到一间陌生的屋子里，他注目向四面望了望，心里完全明白了。他的心猛然跳动着，眼前一阵漆黑，身子不由自主地晃了几晃。

屋子一头，放着一张长桌子，上面坐着一个大家叫他"主任"的高个子，象一只急待噬人的饿狼一样；桌子两旁，还坐着丘恒新、倪保忠和那个秘书，都恶狠狠地看着金真；在高个子的对面，放着一副绞刑架，绳索等等一应俱全。金真知道，他最后的时刻来临了！

死亡的威胁曾激起了金真神经上的急剧波动，但决不是恐怖。在这一刹那间，有关他一生的重要事迹，例如自己怎样献身革命，如何参加了共产党，党怎样培养教育他成为一个干部，苏州监狱的斗争因何遭到了失败，母亲和冰玉，弟弟和妹妹，以及没下落的父亲……这一切，迅速在他脑海中掠过。

"站定！"那高个子咆哮着，"今天还不老实供认，立刻要你的命！"

不共戴天的仇恨，冲击着金真的血液，他好象掉入了滚水里一样，全身都麻木了，而怒火烧红了的眼睛直盯着那个高个子。

"不用多讲，拿纸笔来吧！"他激昂而响亮地说。

"顽恶不化的贼胚！"高个子一面骂着，一面转过脸对边上的人说："给他纸笔！"

他正要拿起笔来写，忽然望见窗外有两个人影，好象是他的母亲和冰玉，他以为眼花了，又凝神仔细地看了看，确实是她们。一阵激动的战栗透过他的全身，他想和她们作最后的告别，但晓得那已是不可能的事了。

这时，她们还以为是接见，冰玉正扶着母亲跑进门来，却被守门的一下子推了出去。

"白天要你动员金真，你不干；现在，就让你们隔着窗户，看场好把戏吧！"那个秘书向紧靠着窗子的冰玉呼叱着。

她们站在窗外，惶惑、焦急、惊惧，一时都交织在她们的心头，一阵阵猛烈的战栗，使她们全身发软了。但因为还未弄清究竟，一线希望还鼓舞她们勉强支撑着，期待着……

金真拿了纸笔，没有就写，而以激动的声音向窗外高喊着：

"母亲，冰玉，快回去吧！快……"

"不许叫喊，要写就写！"几个特务恶狠狠地上来催着，挡住了他对窗外的视线。

于是金真举笔一挥而就，然后把笔使劲地往地上一摔。

高个子把金真所写的东西看了一看，却完全不是他们所期望的，而是一首悲壮激昂的遗诗。

狂风暴雨过来人，
仗剑驰驱赏志真；
慷慨凌迟心未死，

绞刑架上赋迎春。

　　他拍着桌子骂道：

　　"他妈的，快替我拖上绞刑架去！"

　　"坚持革命斗争的胜利！"

　　"打倒卖国的蒋介石匪帮！"

　　"中国共产党万岁，万万岁！"

　　金真举起拳头高呼着口号，向绞架走去，并回过头来对站在窗外的母亲和冰玉告别：

　　"永别了，亲爱的母亲，亲爱的冰玉！……"

　　"快，快！拖上绞架，拖上绞架！"

　　金真被拖上了绞架。

　　"啊！我的金真……"冰玉一声惊喊，想冲进门来，但在门口倒下了。

　　"嗳呀！……"母亲昏倒在窗前。窗上的玻璃被碰碎了，"匡啷"一声，把敌人吓了一跳。

　　"把金真放下来，我再问问他！"高个子说后又转过头来命令道：

　　"把两个女人拖出去！"

　　金真又被拖到高个子面前，呼吸虽是那样困难，但生命还没有结束。既有生命，便要战斗：顽强地战斗、战斗……

　　"再没有这样的机会了，放老实点，还可一家人团聚！"高个子猛拍着桌子说。

　　金真没有看他，也没有理他。只远远地听到窗外冰玉的悲愤而凄惨的呼号：

　　"呵！……我的金真，……我和你一起……"

　　他也似乎听到了党的号召：

　　"钢铁的战士，英勇地战斗吧！用你的鲜血来灌溉革命的花朵，结下革命的果实！"

他的脸色虽然如此的苍白，但眼睛睁得很大，一道尖锐的光芒直刺向敌人，叛徒丘恒新、倪保忠顿时缩着头，狼狈地避开了金真的目光。一种崇高的无产阶级革命英雄主义的精神激励并支持着他，他又高高举起拳头，喊道：

"坚决保卫马克思列宁主义！"

"真理是我们革命胜利的保证！"

"特务们记住：你们的末日不远了！"

"快动手，快动手！"特务们乱哄哄地叫着。

敌人在手无寸铁的志士面前，弄得束手无策，慌慌乱乱地满头是汗，低下头来，自认又吃了败仗。高个子指手划脚地吆喝着：

"快，快！……"

刽子手也惊呆了，心悸手战地抽动着绳索，勒紧了金真的脖子……

绞刑架吓不倒金真，他依然在怒吼，高歌……嘴唇依然在颤动……眼睛依然在发光，依然在怒视着敌人。最后敌人虽然消灭了革命者的肉体，但是无论如何消灭不了他那布尔什维克的革命精神。

这位钢铁的战士没有死，没有死，永远活在千千万万人们的心中，永垂不朽！

尾　声　胜利声中

现在，新的伟大的时代开始了！

一九四九年的早春时节，在古老的中国领域上，狂风暴雨快要结束，旧社会黑暗残酷的统治，将成为历史上的陈迹。而革命的果实——光明和幸福的生活，永远为亿万劳动者所有了。

无数的人们在欢呼庆祝。英勇的中国人民解放军挟着再接再厉的浩大声势，跨越汹涌澎湃的长江天堑，继续追歼蒋介石匪帮的残余武装。而往年苏州、镇江狱中的难友冒子仁他们——一批解放军的指战员，随军迅速进占了屹立在长江南岸的镇江城。那些曾经凶暴不可一世的郭志扬、虞立、陈应时等人，以及丘恒新、倪保忠之流的叛徒们，都死的死、逃的逃了。

旧地重游，这座用志士的鲜血染红了的城市，掀起了冒子仁和王子义他们胸头难以想象的情绪。

在他们的回忆中，时间过得那么快，它象用闪电般的速度飘忽逝去，而把这些人以往的英勇事迹，匆促地投入历史的范畴。

啊！金真他们遇害和他们自己离开这座城市，到今天，竟然已将近二十年了！

时间虽已过去很久，但金真他们英勇牺牲的情景，还是那么感动人心，总象在眼前一样！

冒子仁、王子义他们，想在这座城市里搜寻烈士们的遗体和遗迹，而这一切，却被统治阶级毁灭得干干净净了。在无可奈何中，他们只好临时布置了一个不拘仪式的灵堂，悼念金真和其他的烈士们。

在冒子仁他们的印象中，金真和其他烈士们一直不顾个人的利害和危险，坚持党的工作，把真理的种子播到"活人的坟墓"——反动的监狱里，使它在黑暗的最深处发育滋长起来。他们把监狱作为揭发统治阶级丑恶面目的场所，更把监狱变成培养革命干部的学校。他们为正义而战斗，直到最后一刻！当敌人将他们拖上刑场，生死存亡已在瞬息之间的时候，他们特别表现了伟大的布尔什维克精神，表现了对革命的坚强信心和明智的远见。

想到这里，这些同志们怀着对金真他们衷心的崇敬，掉下了出于同志之爱的一连串的泪珠；而在这泪珠里，同时也含着对国民党反动派深深的仇恨和愤激之情。

王子义激动地介绍了烈士们的生平。

灵堂里显得越发严肃了。于是有个曾经受过金真影响的同志，从人丛里跑出来，站在金真遗像面前，用洪亮的声音，朗诵着他的质朴而沉痛的追悼诗。

大家都静悄悄地沉入了深刻的回忆中。这时，冒子仁突然站起来，用洪亮的声音向大家说：

"金真和各位烈士，在中国革命暴风雨的时代里壮烈牺牲了。"讲了这句话，他不自主地举起袖子来拭了拭潮润的眼睛，然后继续说：

"今天，我们的伟大事业，在党和毛主席的领导下，已奠定了全面胜利的基础；但只要反革命势力在世界上存在一天，尤其当残余的蒋介石反动集团还没有全部被消灭之前，我们就要象那些烈士们一样，为战胜敌人而不惜献出自己的生命！我们必须把它传授给后一代的青年，培养、锻炼他们的意志，成为'钢铁的人'！金真同志曾这样告诫我们：'决不能忘掉我们最好的榜样——为党的利益流尽最后一滴血的同志们！’”

“它将永远活在我们的心头！”

四周掀起了一阵悲壮热烈的呼号声。

人们的血沸腾了。于是，冒子仁、王子义、葛继成、宋生发和老黄他们等等都高高举起自己的手臂，唱起了当年狱中的《囚徒的吼声》，当作追悼之歌：

> 朝晨的太阳
> ——红又红，
> 囚徒队里出英雄！
> 活虎生龙，
> 不怕矛头与刀锋！
> 冲破罪恶重重，
> 翻天覆地建奇功！
> 建奇功——
> 永垂不朽是光荣！

义愤填膺的歌声，响彻了云霄。

一九五八年七月十日最后脱稿于上海